銀河英雄伝説列伝1

晴れあがる銀河

田中芳樹 監修

遠未来の宇宙。始祖ルードルフ・フォン・ゴールデンバウムによる王朝樹立以降、専制君主と門閥貴族が支配する銀河帝国と、その独裁に抵抗する人々が作り上げた民主主義国家・自《フ》由惑星同盟《リー・プラネッツ》、帝国領でありながら陰で権力を操ろうと画策するフェザーン自治領《ラント》——三つの勢力によって構成された銀河の盤面で繰り広げられる英雄たちの闘争と栄光を描いた宇宙叙事詩は、刊行から現在に至るまで日本SFの金字塔として永らく読者を魅了し続けている。『銀河英雄伝説』を愛してやまぬ作家たちが捧げる六編を収録する公式トリビュート集。

銀河英雄伝説列伝 1

晴れあがる銀河

田中芳樹　監修

創元ＳＦ文庫

LEGEND OF THE GALACTIC HEROES
OTHER STORIES I

by

Supervised by Yoshiki Tanaka

2020

目次

序文

田中芳樹

もう四十年以上も小説を業《なりわい》としてきましたが、「序文」などというえらそうな文章を書くのは初めてです。いや、もしかしたら忘れているだけかもしれませんが。

今回の『銀河英雄伝説』トリビュート集の企画を知らされたのは、まったく突然のことで、サプライズとはこのようなことか、と、つくづく思い知らされました。東京創元社も人が悪い。私の動揺した顔を想像して、ほくそえんでいるであろう編集者たち。おまけに〆切りの早いこと。

呪いの言葉をつぶやきながら、トリビュート集に参加した同業者諸氏の名前を拝見して、私はまた動揺しました。五十音順に、石持浅海さん、太田忠司さん、小川一水さん、小前亮さん、高島雄哉さん、藤井太洋さん。何だこの顔ぶれは、冗談じゃすまんぞ。そう思いつつ、カバーイラストは誰だ、と見てみれば、星野之宣さん、とありました。

私はすこしの間、放心していたように思います。我に返って、つらつら想《おも》いおこしてみると、『銀河英雄伝説』は、ごく地味にスタートした作品でした。自分でも、たいして売れるとも思えず、どうせ売れないならできるだけ好きなことを好きなように書かせてもらおう、と考えながらペンを動かしつづけたものです。

それが望外《ぼうがい》に多くの方に読んでいただける結果になり、あれあれと思っている間に、他のメディアにも進出することとあいなりました。アニメにしても、舞台劇にしても、私は原作者としていっさい口出しをせず、現場のスタッフの方々に任せきりでした。すべてを自分の手でおこなうか、それが不可能なら現場を信頼して任せるか、どちらかだと思います。中途半端に口を出して現場を制肘《せいちゅう》すれば、ろくなことになりません。双方に不満が残り、不本意な結果を招くだけです。

こうして私は、アニメや舞台劇等を、原作者としてではなく鑑賞者として愉《たの》しんでまいりました。ところで今回はアニメでも舞台劇でもなく、小説です。どんな態度をとるのが正しいのでしょう。

じつのところ、放心からさめたときには、私の態度は決まっていました。読者として愉しませてもらおう、ということです。原作を書くにあたって、さまざまな事情や制約から書けなかったこと、才能の限界や知識の不足から書きそこねたこと、書きたかったのに失念していたこと……それらを他の方が書いてくださる。それも錚々《そうそう》たる気鋭の方々がです。私はそれらの力作を読ませていただく。こんなうまい話はありません。

淵源《えんげん》が編集者の陰謀（?）だったとしても、それに参加して筆をとってくださった同業者の方々には、感謝の言葉しかありません。

適切な喩《たと》えかどうかわかりませんが、いわば私は「銀河英雄伝説」という名の野球スタジアムを建設しました。そのスタジアムのなかで、名だたる選手たちが思いのままにプレーし、好打や美技《びぎ》を披露《ひろう》してくれる。そう想像すると、わくわくします。できあがった本を手にする日が愉しみです。そして、できるだけ多くの方々が、その愉しみを分かちあい、「銀英伝の世界がひろがった」と喜んでくださることを、心から祈っております。

二〇二〇年九月二三日

銀河英雄伝説列伝1

晴れあがる銀河

竜神滝《ドラッハ・ヴァッサーフェル》の皇帝陛下

小川一水

■小川一水（おがわ・いっすい）

一九七五年、岐阜県生まれ。九六年、『まずは一報ポプラパレスより』で第六回ジャンプ小説・ノンフィクション大賞を受賞しデビュー（河出智紀名義）、現在の筆名に変更後、二〇〇四年に『第六大陸』で、〇六年に「漂った男」で、一〇年に「アリスマ王の愛した魔物」で、一四年に『コロロギ岳から木星トロヤへ』でそれぞれ第三五回、第三七回、第四二回、第四五回星雲賞を受賞。二〇年に『天冥の標』で第四〇回日本SF大賞ならびに第五一回星雲賞を受賞。他の著作に『老ヴォールの惑星』『ツインスター・サイクロン・ランナウェイ』などがある。

「川に釣糸を垂れていらっしゃるときでも、陛下は、鱒《ます》ではなく宇宙を釣りあげようとしておいでででした」（皇帝アレクサンデル付侍医長《じいちょう》、エミール・ゼッレの回想）

……銀河帝国第二王朝の初代皇帝ラインハルトを偲《しの》ぶとき、われわれはそのようすがに事欠かない。彼の治世は二代皇帝アレクサンデルのそれと比べて十分の一の短さだったが、彼が銀河の端から端にまで印した輝ける足跡は、今でもほのかな光を放っているように思われる。即位前の彼が後の雄将たちを初めて集めた惑星オーディンの元帥府《げんすい》から、旧自由惑星同盟に対して彼が滅亡を言い渡したハイネセン国立美術館跡地の「冬バラ園」に至るまで、差し渡し一万光年に散在する史跡が大きな星座を形作る。その多くは単に帝国政府宮内省に命じられたというだけではない熱意でもって、現地の人々に大切に保存されている。またそれらはラインハルト帝の遺志を受け継いだ現在の政府の命令によって、貴族だけでなく民衆の観覧があるていど許されており、一般臣民が皇室に敬慕《けいぼ》を捧げる機会を提供している。

くだくだしく述べるまでもなく、宇宙港に行けばわかることではある。帝都フェザーン第一宇宙港の全天候ドーム内には、黄金獅子旗《ゴールデン・ルーヴェ》を掲げた純白の美姫《びき》が、一〇〇七メートルの磨き抜かれた肢体《したい》を横たえている。宇宙戦艦ブリュンヒルトは艦齢八〇年を超えて地上係留されたときから、記念館として開放された。この船が戦力外となった今でも、帝国軍総旗艦として現役艦船リストの筆頭に名を記しているというのは、誰もが知る話だろう。付け加えるならば、その核融合炉には今でも初代皇帝が最後に点火を命じた火が保たれている。皇帝その人の信条にかなうかどうか疑わしい、いささか信仰的な行いだが、とにかく火があり、艦内と周辺に電力を提供している。八マルクを支払って艦内見学ツアーに参加すると、機関始動を命じた皇帝の肉声と、往時の艦長ジークベルト・ザイドリッツ准将の復唱を聞くことができる（ただしツアーは、土・日・祭日に限る）。

このように、皇帝ラインハルトの思い出は、本人が遺《のこ》したにしろ周囲が保存したにしろ、華麗かつ雄壮なものが多い。

だが中には少し風変わりなものもある。たとえば Oncorhynchus Imperatoris がそれにあたる。

「皇帝マス」と命名されたこの生物は、惑星フェザーンの首都北方、フェルライテン渓谷《けいこく》の冷たい淡水に棲《す》む優美で大きな魚であり、ひと目見れば忘れられない印象的な特徴がある。生物や天体を新しく発見した人が、憧《あこが》れの偉人や恋人の名をその発見物に捧げることはよくあるし、逆に、学者としての業績を欲《ほっ》した有力者が、金銭で命名権を買い取ったという話もある。しかし、このOncorhynchus Imperatorisはそういうケースではなく、本人の命名である。帝国魚類学会の年鑑には、〇〇三年にラインハルト・フォン・ローエングラム一世が発見したと記されている。また、一般公開はされていないが、フェザーン自然科学博物館の収蔵庫にはOncorhynchus Imperatorisの標本剝製《はくせい》が安置されており、筆者が特別に許可を得て実見《じっけん》したところ、研究者なら見間違えようのない、あの特徴的な走るような筆跡で、R.v.Lのイニシャルが書き添えられていた。

ここに二つの大きな疑問が浮かび上がる。

一つは、これは一体なんなのかということである。といっても、この魚が地球のサケ目《もく》サケ科をベースにした、一種の遺伝子改造種であることは判明している。おそらくは飼育下にあったものが、逃げ出して自然環境で繁殖したのだろう。わからないのは、それがなぜフェルライテン渓谷で見つかったかである。周知のとおり、侵略的外来種の星間移植は旧帝国時代から厳重に監視されている。数千光年離れた地球の改造魚がフェザーンで発見されるにあたっては、何かしらの出来事があったはずなのだ。

もう一つの疑問は、なぜ皇帝がそれを発見したのかということである。

歴代の銀河帝国皇族の中には学問好きな人物もおり、潤沢《じゅんたく》な皇室財産にものを言わせて一定の学術的成果を上げた例もあったが、ラインハルト帝は軍人であって学者ではなかった。

手に入る限りにおいて、彼が新種の魚の探索に入れこんだという記録はない。その帝の、〇〇三年といえばまさに最後の年である。病《やまい》に苛《さいな》まれつつ、宇宙を往来して極めて多忙だったはずの時期に、惑星の水中に潜む魚と邂逅《かいこう》する時間をどうやって捻出《ねんしゅつ》したのか？　具体的にいつ、どうやって「皇帝マス」を発見したのか？

これらはまったくの謎である。

こんにちまで、ラインハルト帝の陰陽《いんよう》入り混じった性格と行状を研究する者は、軍事史家から肖像画家まで枚挙にいとまがない。果断な行動と繊細な感性、自己の野望への華麗な陶《とう》酔《すい》と冷厳な無関心といった、相反《あいはん》する要素を多分に内包した彼の心は、大河の上流の深山《しんざん》に秘め隠された水源のように、われわれの興味を惹《ひ》きつけてきた。

歴史の霧に閉ざされたその川のいずこかに、一風変わった光景がある。黒と銀の軍服をまとって釣竿《つりざお》を手にした黄金獅子の若者が、知られざる大魚をあざやかに釣り上げている。今後の研究が彼に光を当てることを期待したい。

（ドロレス・シューマッハ　史家）

1

「皇帝陛下《ジーク・カイザー》ばんざい！」

「皇妃陛下《ホーフ・カイザーリン》ばんざい！」

夜の山渓《さんけい》に、時ならぬ群衆の歓呼《かんこ》が響いた。フェルライテン歌劇場前の道に列を作った、千名になんなんとする人々の熱烈な見送りを受けながら、前後を装甲車に挟まれた黒塗りの大型地上車《ランド・カー》が走り出した。

宿泊所の山荘へ帰還する車内では、観劇を終えたひと組の若い男女が息をついていた。

「お疲れさまでした、陛……ラインハルトさま」

「あなたこそ、フロ……いや、ヒルダ。体に障《さわ》りはなかったか？」

「おかげさまで、なんともございません。楽しい劇でしたわ」

二人は微笑《ほほえ》みを交わす。漆黒《しっこく》と白銀の凜々《りり》しい軍服よりも、獅子に喩《たと》えられるその豪奢《ごうしゃ》な金髪において銀河に知れ渡る皇帝ラインハルト・フォン・ローエングラムと、つい一ヵ月前までは大本営幕僚総監として智謀《ちぼう》をうたわれ、今ではその身を若草色の優美なドレスに包んだヒルダこと、皇妃《カイザーリン》ヒルデガルドの夫婦だった。

時に、新帝国暦〇〇三年二月。惑星フェザーン上の景勝地で、二人は新婚旅行の途上にあった。

めでたい時期ではあったが、ラインハルトの発熱がここ数週間は治まっているのと比べて、ヒルダのほうは現在、細心の注意を必要とする状態だ。座席が長方形に並ぶ、ラウンジ型の室内に同乗している小柄な少年と巨体の老人、対照的な二人の侍従《じじゅう》が、心配して代わる代わる言った。

「皇妃《カイザーリン》さま、嘘はいけません。今夜の劇は長うございました。きっとお腰のほうに負担がかかっていらっしゃるはずです」

「そうです。三時間も座っていらっしゃったのは、お腹の赤ちゃん、いえ殿下にとっても大変だったはずです。一度侍医《じい》にお診《み》せになられては？」

「あのね、二人とも。気を遣われすぎるのもかえって重荷に感じてしまうものなのよ」

「は」「申し訳ありません……」

「でも、好意は嬉しいわ。何かあったら、頼むわね」

「はい！」

ヒルダの答えを聞いて、老若《ろうにゃく》の二人が声を合わせた。

暗緑色《ダーク・グリーン》の瞳で皇帝夫妻をひたむきに見つめる、鳶《とび》色の髪をした少年は、エミール・フォン・ゼッレという名で、皇帝近侍《きんじ》を務める幼年学校の生徒だ。歳は一五で、気性は賢く素直で熱心である。バーミリオン星域会戦のときにラインハルトに仕えてから二年近く、誰よりも彼を尊崇《そんすう》してきた。その仕事を少年に与えたのが他ならぬヒルダだったため、彼女との親交も深い。

老人はハンス・シュテルツァーといって、こちらは本来この場にいるべき人間ではない。ヒルダの実家の家令《かれい》である。しかし惑星フェザーンは異郷の惑星であるため、身重《みおも》の体となったヒルダに必要な人手が足りなかった。親しい友人たちとは離れており、信頼できる同性の使用人もまだ雇えておらず、それに皇妃《カイザーリン》として慣れない振る舞いを要求されることなどを勘案して、特別に経験豊富な彼の出動が求められた。「彼女がおむつのころから仕えていた」ハンスは一も二もなく承諾し、臨時に屋敷を他のものに任せて、夫妻に随従《ずいじゅう》したのだった。

この二人の存在は幸運であった。車内には他にも随員たちがいたが、エミールとハンスの二人と話すときにヒルダがもっとも打ちとけて安らいでいるのは、誰が見ても明らかだった。他ならぬラインハルトと話すよりもだ。そして、ラインハルト自身がそれを不快に思わない、数少ない人間であるというのが、また彼らの価値を高めているのだった。

とはいえ、ラインハルトはラインハルトなりに、ヒルダや他の者を気遣っていた。

地上車《ランド・カー》の後部の席に、ヒルダは彼と並んで腰かけている。真冬のこととてドレスにもう一枚羽織《はお》っているが、肩が触れそうな近さであるし、実際に車が山道を旋回するたびに、揺れて柔らかな感触が当たる。しかしもたれかかっては来ず、彼女は彼女でしゃんと背筋を伸ばしている。

いまだかつて、ラインハルトとこれほど近い距離で並んだ人間は、数えるほどしかいなかった。彼の愛慕《あいぼ》の対象として誰もが知る二人――姉のアンネローゼと、親友ジークフリード・キルヒアイスだけだ。

その位置に新しく、同じ二四歳のこの女性を据えた。ヒルデガルド・フォン・マリーンドルフは、男性ラインハルトの美貌を完全に無視できる稀有《けう》な女性の一人であるほか、多くの美点を有するのだが、その中には距離感が完璧に近い（か、やや疎《そ》である）ということがあった。べたべたして来ない。結婚し、肩が触れてなお、すべてを委ねようとせず、またこちらを取りこもうともしない。そしてそのままで、十分な好意を感じさせている。

そのことが、合わせ鏡のように、ラインハルトの心にも同種の好意を掻《か》き立てていた。結婚に至るまでは運命と偶然に流されたような成り行きもあったが、いざ事が成ると、この状態は、維持し、発展させるべき価値があるものだと思えるようになったのだ。

つまりラインハルトはこの旅行で、ヒルダを喜ばせたくなっていた。ヒルダと、もう一人を。

口を開く。

「それにしても計算外だったな。旅行を簡単に済ませるつもりでこの地を選んだのに、こうも派手派手しい仕儀《しぎ》になってしまうとは」

「そうでございますわね。わたしも迂闊《うかつ》でしたわ。新帝陛下が即位後初めてのご行幸《ぎょうこう》となれば、上も下も、内外から馳《は》せ参じることは予想できましたのに」

「それは勘《かん》違いというものではないかな、フロ……いや、ヒルダ」

「と、おっしゃると？」

「みんなあなたを見に来たのだ、才色兼備の皇妃《カイザーリン》」

軽い笑みを浮かべながらラインハルトが見つめると、金髪を伸ばし始めた彼の伴侶は、照れるでも喜ぶでもなく眉根を軽く寄せて、こう言うのだった。

「才能も容姿も、わたし以上の人は大勢います。彼らが内心でがっかりしていなければよいのですが」

めっそうもないと随員たちから笑い声が上がり、深い森の中を走る車が、またぐるりと旋回した。

このフェルライテンという土地は山紫《さんし》水明《すいめい》の渓谷ではあるが、新帝都フェザーンから地上車でわずか三時間、手軽な保養地だというふれこみだった。歴代皇帝のような贅沢な新婚旅行（たとえば豪華宇宙客船の船団を新造して、大小貴族一万人の取り巻きを連れて、銀河の名所を半年間渡り歩くなど）をするつもりのなかったラインハルトは、宮内省にいくつかの候補地を挙《あ》げられた際に、山奥で静かに一週間過ごすのだろうと思いこんで、そこでよい、と無造作に答えてしまったのだ。

が、蓋《ふた》を開けてみれば、見込み違いだった。フェザーンは乾燥した惑星であり、水と緑のある渓谷地帯はことのほか貴重な観光地として扱われていた。管理の行き届いた森に別荘や山荘が点在し、ふもとには高級ホテルや歌劇場や競技場、近隣百光年でここにしかない食材を出す七つ星レストランなどが立ち並ぶ、富裕層向けの一大リゾートが形成されていたのだ。

そこに新婚ほやほやの銀河帝国皇帝夫妻が訪れたら？

――大歓迎ブームが起こるに決まっていた。

奉迎会《ほうげい》、舞踏会、展覧会に演奏会に観劇会に晩餐会《ばんさん》。渓谷に到着した瞬間から最大限に過密なスケジュールが組まれており、富裕層を中心に多くの人々が詰めかけた。長い圧政を終わらせた、若く美しい皇帝夫妻とひと時をともにすることができるのだから、それだけでも民衆を熱狂させるに十分だったが、すべての行事の費用を宇宙最強の富裕者である皇帝が賄《まかな》ったことも大きかっただろう。より正確に主語を選ぶなら、皇帝の名において帝国財務省がそのように仕組んでいた。彼らはこの機会を利用して最大限に帝室財産を民間に還流し、もって最大限に新旧諸勢力の好感を得るよう、非常に強く要望していた（宮内尚書《しょうしょ》ベルンハイム男爵いわく「これでもまだ、客船を建造する費用の三〇分の一しか使っておりません。一隻分の、でございますよ？」）。

一週間の新婚旅行の、今夜はまだ三晩目だが、すでにうんざりだった。

皇帝に格式が必要なのはわかっているが、幼年学校を出てからしばらくは、慎ましいリンベルク・シュトラーセの借家で暮らしていたラインハルトである。虚飾と権勢のための浪費や社交を好むわけがなかった。――そしてこの車内の人々も、多少の感性の違いはあれど、大体似たような意見だったのだ。

赤ワインのグラスを手にして語る。

「どうせ大盤振る舞いをするのなら、何か新しいことをやろうとしている、新しい顔ぶれに賜与《しよ》したいものだ」

「銀河帝国の産業は、永年の貴族体制に迎合する形で続いてまいりました。その形は一朝一夕には変わりません。腰を据えて長期戦で取り組まねばならないでしょう」

「一国を根こそぎ変えるのです。それこそ、自由惑星同盟《フリー・プラネッツ》一国を打ち倒したのにも匹敵する難事となりましょうな。お覚悟なさいませ」

ヒルダの言葉の後を、壮年の随員、シュトライトが続ける。中将の階級にある皇帝首席副官で、ラインハルトの目や耳にも相当する重要な部下だ。冷徹無私なことではオーベルシュタイン軍務尚書が有名だが、このシュトライトはまた別の神経の太さを誇り、無頓着な無私、と評されることもあった。

「もちろん、わかっているとも。予《よ》と卿《けい》たちで——」ラインハルトが答えようとすると、またまた車が不愉快に揺れて、今度こそ車内の絨毯《じゆうたん》に赤ワインがこぼれてしまった。さすがに口調を変えて尋ねる。「なぜこんなにやたらと曲がるのだ？　この車は山荘への正しいルートを走っているのか？」

シュトライトが通話機で随伴車の親衛隊長に尋ね、答えを得た。

「正しいルートを走っております。昨日とは違いますが」

「なぜ違う？」

「対岸のまっすぐなバイパス道路に通じる、ふもとの橋が落ちてしまったので、曲折の多い旧道を走っているのです」

「橋が落ちた?」「まさか、テロでしょうか。死傷者は出たのですか」

鋭い目をしたラインハルトと、元・幕僚総監としての機謀《きぼう》を働かせようとしたヒルダが、腰を浮かせる。現・首席副官は、二人を等分に見比べてから、ことさらに慇懃《いんぎん》で無感情な調子で言った。

「幸い死傷者は出ておりませんが……今夕、渓谷の上流八キロにあるラープ湖に旗艦ブリュンヒルトが着水したため、大量の湖水があふれ出しました。その水が、先ほどご夫妻がご観劇されていた最中に、鉄砲水となって、橋脚を破壊してしまったのです」

皇帝と皇妃は、すとんと腰を下ろし、困惑の顔を見合わせた。

「予のせいか?」

「ラインハルトさまがお命じになったわけでは」

「大変お耳に入れにくいことなのですが、陛下のご責任でございます。今朝がた陛下が、地上警備が厳重すぎるとおっしゃって、部隊を遠ざけられましたな。あれで装甲擲弾《てきだん》兵二個中隊と軽装陸戦兵一個大隊、一二五〇名分の防衛戦力の穴が空《あ》いたので、それを埋めるための苦肉の策として、至近《しきん》に旗艦を降ろす決定が下されたのです」

「誰が決めたのだ」

「ミュラー閣下にございます」

ミュラーといったら〝鉄壁〟である。ナイトハルト・ミュラー上級大将は現在、惑星フェザーン衛星軌道上で防空責任者の任にあり、かの忌《い》まわしきウルヴァシーで得られた教訓からも、主君の至近に頼もしき美姫を遣わしたに違いなかった。

「ミュラーでは仕方ないな……」

憂《うれ》いに満ちたあきらめ顔で、ラインハルトは額《ひたい》にかかる黄金の髪をかき上げる。末席の少年が口元を押さえて笑いをこらえている。その様子を目の端に捉えていると、破壊した橋の弁償のご決済を願いますと、シュトライトが散文的な追い打ちをかけた。

「よきにはからえ。それで話を戻すが、予と皇妃《カイザーリン》は結婚式以来の三日間、十分に皇帝夫妻らしく振る舞ったと思うのだ。その点について異存はあるまいな？」

「は」

「明日は午前が遊覧船での川下り、午後が音楽会と晩餐会という段取りだと聞く。しかし、私事たるべき新婚旅行で五分刻みのスケジュールを要求されるのは、さすがに予としても容認しがたい。仮に予が耐えるとしても、皇妃《カイザーリン》の負担の大きいことは明らかだ。これではなんのための新婚旅行かわからぬ」

「お言葉ですがラインハルトさま、わたしだけでなく、陛下がお楽しみでなければ意味がございませんわ」

ヒルダ本人の言《げん》に、ラインハルトはうなずいて、訂正する。

「よかろう、ではヒルダ、あなたと予が楽しめてこその旅だ。残りは四日ある。そこでだ、シュトライト。予は卿らに告げる」

宇宙を手にした金髪の覇者《はしゃ》は、悪王《あくおう》っぽいというよりは、むしろ悪戯《いたずら》っぽい口調で宣言した。

「明日からは、さかな釣りをする」

「……は」

「明日払暁《ふつぎょう》から、予と皇妃《カイザーリン》はこの山渓をさかのぼって人界を離れ、衆目《しゅうもく》に煩《わずら》わされぬ川辺を確保して、そこで大きな魚を釣る。釣りの道具と衣服、糧食を四人分と、悪路を走行できる全地形車を一台用意してもらう。よいな」

ヒルダとエミールは目を見張った。他の側近たち、シュトライトや次席副官リュッケは、眉をひそめて困惑の気配を漂わせた。

その雰囲気を、ラインハルトは仕方のないものとして受け止める。こと戦略的な準備の才能では人界《じんかい》に冠絶《かんぜつ》するラインハルトだから、今の時点から釣竿やトレッキングシューズやサンドイッチの準備をすることの困難さはわきまえている。そしてまた自分が予定を変更すれば、明日以降、何万人の予定に穴を空けるかということもわかっていた。もろもろの苦労が発生することを思えば、まわりが顔をしかめるのも無理はない。

だが、宇宙艦隊の出撃準備では、この一〇万倍の規模の無理な調達が日常的に遂行されている。できないということはないはずだ。

そのように考えていた。

しかしながら実際の周りの気持ちは、当然ながら、

──皇帝陛下が、釣りなんかをなさるのですか？

これであった。言うまでもなくラインハルトは歴戦の軍人であって、河川《かせん》の釣り人ではない。エミールやリュッケを連れて乗馬やチェスをしたことはあっても、釣りをしたことは一度もなかった。そんなことを言い出すとは誰も思っていなかったのだ。

だが、ラインハルトがそんなことを言い出したのには、わけがあった。彼にはこの旅行中でなければできない、ある目論見があったのだ。

末席に控える、鳶色の髪をした少年に目をやる。

「エミール」

「はい！」

打てば響くように少年が答える。その暗緑色《ダーク・グリーン》の瞳が、ずっと大人たちのやり取りを追っているのを、ラインハルトはよく知っていた。

「釣りは、得意か？」

「はい、経験はございますが……僕が、でございますか？」

ラインハルトはうなずいて、近侍と妻とその家令を、順番に見つめたのだった。

「この四人で、大きな魚を釣るぞ」

2

翌日の出立《しゅったつ》は予定に反し、昼食後になった。これはシュトライトのせいでもラインハルトのせいでもなく、フェザーン航路局長官のせいである。

その男が、この朝ラインハルトに凶報を届けたのであった。去る一月三〇日、宇宙艦隊の航行に関わるフェザーン航路局のデータが、何者かのハッキングによって破壊されたというのがその報告だったが、これだけでも若い皇帝の機嫌を損ねる手落ちであるのに、それに加えて長官は不祥事を隠蔽《いんぺい》していたのだった。

「三日前の事件だと？　なぜその日に報告しなかった！」

蒼氷色《アイス・ブルー》の瞳から放たれた怒気《どき》の炎が、TV電話《ヴィジホン》の画面越しに長官を焼き尽くすかと思われた。震え上がってしどろもどろになった長官から事態を聴取し、高官らと対策を協議し、結局オーベルシュタイン軍務尚書が事前に手を打っていたと判明するまでに、貴重な旅行中の時間を、半日近くも浪費してしまったのだった。

しかしこの半日の猶予は、皇帝近辺の新婚旅行実行部隊にとっては天の助けとなった。彼らは突然のキャンセルを各方面に陳謝しまくったり、陸水空の警備陣を市街戦仕様から山岳戦仕様に切り替えたり、前夜命じられたとおりの釣りの支度をしたりといった、多方面の大作戦を展開していたので、皇帝の動きが半日遅れたおかげで、おおいに胸を撫《な》で下ろしたのだった。

ひとり撫で下ろしていないのがラインハルト本人で、昼時になっても機嫌が悪かった。山《さん》行《こう》用に用意されたサンドイッチを、不本意にもいまだに山荘から一歩も出ずにヒルダと差し向かいで食べていると、かたわらに立つ少年侍従《じじゅう》が、心配した様子で声をかけた。

「陛下、その……いつもお疲れさまでございます」

「お疲れさま？　何がだ、エミール」

「皇帝陛下ともなると、楽しいはずの新婚旅行の最中にも、いろいろなお勤めを果たさねばならなくて、ご大変だと思ったんです」

「旅行を邪魔されたから怒ったのではない。むしろ、邪魔をすることを避けて報告を怠《おこた》る者がいたから怒ったのだ。余計な気遣いというものだ」

「えっ？　も、申し訳ありません」

少年は恐縮して下がってしまった。引き留《と》め損ねたラインハルトはため息をつく。

「難しいものだな」

「あの子に邪険《じやけん》にしたわけではないのでしょう」

「そうだが」

「じきに伝わりますわ」

この方面では、ヒルダは若い皇帝の心の機微を捉えてくれているようだった。ラインハルトは気を取り直して言った。

「改めて、山へ出かけようか、ヒルダ。体調は大丈夫か？　遠慮せずに言ってほしい」

「上々でございます。なんでしたら歩いてでも参ります」

彼女がブルーグリーンの瞳に微笑みを浮かべたので、釣行《ちょうこう》は開始された。

もとより、妊娠五ヵ月の皇妃《カイザーリン》に山歩きをさせるのは論外である。命令通りに車が用意されており、一行はそれに乗って、昨日はふもとへと下った渓流沿いの林道を、今日は上流へと登っていった。

惑星フェザーンの山地の冬は素晴らしかった。木々の間を抜けてくる風が、冷たくもみずみずしくて心地よい。木漏《こも》れ日がちらちらと顔を滑ると、春が近いような温かみが感じられる。車内の人々も、昨夜のきらびやかな正装やお仕着せとはまったく異なる、カジュアルな山歩きの装いをしており、いやがうえにも解放的な気持ちが高まった。予定ルート近辺にはキスリング准将指揮下の皇帝親衛隊四四〇名が冬季山岳戦装備を身につけて展開し、徒歩と歩行戦車で厳重に警戒しているのだが、彼らは目立たないようにうまく隠れていたし、それが見えないふりをするのは、一行にとって普段からの日常だった。

乗りこんだ車は、いかにも頼もしそうな六輪の全地形車であるのはよいとして、なぜか年代物のくたびれた代物だった。車内には五名。後席に飲食物のバスケットを守るエミール、中間の席にラインハルトとヒルダ、前席にハンスとブルーデス。

ハンドルを操《あやつ》る、狩猟ジャケット姿のその男に、ラインハルトは声をかける。

「朝方は悶着《もんちゃく》があって顔合わせができなかったな。予がラインハルトだ。名乗ってもらおうか」

「はっ、わし、いやわたくしは、セアド・ブルーデスと申す者で、皇帝陛下にお借り上げいただいた山荘の番人でありまして、渓流釣りのガイドを務めております。山に詳しい者を雇いたいと中将閣下がおっしゃられたので、むさ苦しいじじいではありますが、わたくしが買って出たのであります！」

「あまりかしこまりすぎて、運転を誤られても困る。楽にしていい」

「そうでございますか？」

振り向いた顔は日焼けして、下半分がもじゃもじゃの鬚《ひげ》に覆われている。粗削《あらけず》りの岩のような体格をしているが、人は良さそうだ。その肩を、あわてて助手席のハンスが叩く。

「セアド、前を、前を見なさい！　運転中でしょう！」

「やあ、わかっとるとも。では楽にやらせていただきますでな！」

「ハンス、彼と知り合いか」

「はい、旧知でございます」運転手にはらはらしながら、マリーンドルフ伯爵家の老家令が振り向く。「この者が旧帝国領で働いておりました十年前までは、同職でございました」

「というと、家令か。貴族に仕えていたのか。どこの家だ？」

「ブラウンシュヴァイク公爵家でございます」

一瞬ラインハルトは息を呑み、ヒルダも身を堅くした。それは一同に仇《あだ》なした、過去の宿敵の名だった。

が、すぐにラインハルトは緊張を解いた。かの公爵家は、彼自身が打ち倒したのだ。

「十年前にやめたということは、すでに縁も切れていると考えてよかろうな？」

「もちろんでございます。それに加えてと申しますか、彼が公爵家からお暇《いとま》を賜《たまわ》ったのは、当主の不興《ふきょう》を買ったからでございまして……ありていに言えば、使用人たちの扱いがひどいという理由で、公爵その人にけんかを吹っ掛けたからなのです」

「ほほう」ラインハルトは愉快そうに目を細める。「それでよく命があったな」

「運が良かったです。しかし命と引き換えに、こんな遠い星まで追っ払われちまいましたがな！」

またブルーデスが振り向いて言い、前、前とハンスがあわて、ラインハルトたちは笑った。

もとより、皇帝の身辺に近づく者は、シュトライトらによって、宿泊地の選定段階で徹底的に経歴を調べられている。だからブルーデスも危険であろうはずがない。しかしそれでも、一行はこのやり取りで、さらにくつろいだのだった。

沢は狭まり、舗装は途切れ、雨水に削られて石くれの突き出した悪路となったが、ブルーデスの運転は手慣れていた。六輪車を巧みに操ってヒルダが驚くほど快適な走行を続ける。

一時間余りののち、何やら低いとどろきが聞こえ始めるとともに、前方の木々の間から、驚くべき景観が現れた。

高く大きくそびえる、くろぐろとした一枚岩の壁。見上げる首が痛くなるほどで、五、六十メートルもあるだろうか。その中央に見事な滝がかかっている。巌頭《がんとう》から滑《なめ》らかに流れ出した厚みのある水が、白い波となって勢いよく降りそそぎ、一面にしぶきをまき散らしている。滝壺《たきつぼ》はまだ見えないが、荒々しい地響きがかすかに振動すら伴《ともな》って届く。自然がしばしば見せる、小さな人間のスケールを超えた雄大な奇観が、この惑星にも隠れていたようだった。

「陛下、あれを!」「本当だわ、すごい――」

後ろの席から身を乗り出して叫ぶエミールと、ヒルダの嘆声《たんせい》に挟まれながら、ラインハルトも声こそ上げないが、さすがに目を見張っていた。

車を道端に止めたブルーデスが振り向いた。

「ようこそ、竜神滝《ドラッハ・ヴァアッサーフェル》へ。皇帝陛下」

「あれは、竜神滝というのか」

「そうですとも。フェザーンいちの、五五メートルの大滝です。地質時代の古い岩盤が垂直に立って、谷を堰《せ》き止めとりましてな、あの上が湖になっとります」

「なるほど、たいしたものだ。しかしこれほどの名勝なら、観光客も大勢いよう」

「ところがどっこい、この辺りは黒狐殿の時代には一般人は立入禁止でしてな。こうして入れるようになったのは、まさに陛下がフェザーンを占領してくださったからなんで。だからここが指折りの秘境だってことは、この山爺《やまじ》いのボロ車にかけて保証しますさあ。滝壺も落ち着いた美しいところですよ」

一行はさっそく車を降りた。木々の間を縫《ぬ》って道路から滝壺へ降りる小径《こみち》を、斥候《せっこう》気取りのエミールがはりきって駆け下る。その次にハンスが背後を気遣いながら巨体を運び、ヒルダの手を取ったラインハルトが続く。

ものの五分ほど歩くと、視界が開けた。そこは冬枯《が》れの木立に囲まれた、ほぼ半円形の滝壺だった。岸から岸までは石を投げても届くか届かないかといった距離で、広すぎず、狭すぎないという印象を受ける。おびただしい滝水が霧をまといながらどうどうと流れ落ちているが、岩棚は乾いており、寒すぎるということはない。午後の陽光が背から当たる形となり、穏やかで明るい。

しかし肝心の水面はちょっと異様な有様だった。貨物車ほどもある大岩や、戦艦のドックにあるクレーンのような倒木《とうぼく》、大木の根などが、荒れ果てた様子でごろごろと転がっている。それも黄色っぽい新鮮な土砂《どしゃ》がこびりついているので、昔からそうなのではなく、つい最近何か大きな出来事があったことが察せられた。

「いかがですかな、竜神滝《ドラッハ・ヴァッサーフェル》は！」

荷物を抱えて木立から出てきたブルーデスに、ラインハルトは振り向いて言った。

「フェザーンに長く住むと、こういうのが落ち着いて美しいと感じられるようになるのか？」

首を伸ばして滝壺を眺めたブルーデスは、うおっと驚きの声を上げた。

「なんじゃこりゃあ……。おお、例の鉄砲水か！」

「……ああ」

「お聞き及びですかな、下の橋までやられましたからな。実は昨日、この上のラープ湖でちょっとした増水が起こって、川筋があふれたという話です。山崩れなんかのときに、たまにあることなんですが、よりによってこんなときに起こるとは」

ブルーデスは舌打ちする。鉄砲水の原因までは知らないらしいが、下流の橋が流されるほどの勢いだったのだから、湖のすぐ下の滝壺が荒れていることは予想して然《しか》るべきであった。

「わしの責任でございます、陛下。うっかりしておりました！　まことに申し訳のねえことです、この通り！」

山荘の番人は荷物を放り出して何度も頭を下げた。

確かにハンスは事態を予想するべきだったが、それを言うならこの場の他の三人も予想して然るべき立場だった。なかんずく、一人はさらに責任重大だった。

ラインハルトはわずかに考えたものの、隠し立てしないことにした。

「すまぬ、予が鉄砲水を起こした」

「は⁉」

「とにかく、おまえの責任ではないということだ。ここで構わぬから、支度を始めるがよい」

「あの、なんでしたら代わりの場所へご案内いたしますが」

「よい」

「はっ……ありがとうございます、かしこまりましてございます」

ブルーデスはまた繰り返し頭を下げて、釣り具を取り出し始めた。竿に糸を通し、針に疑《ぎ》似餌《じえ》をつけて、仕掛けを作る。

エミールは興味が湧いた様子で、覗きこんでいる。ラインハルトは滝壺を観察するべく岩棚を歩き回る。いや、そんな素振《そぶ》りをして一行に顔を見せまいとした。

だが、隣にやってきたヒルダに横顔を見られた。

「おとぼけになってもよろしかったのに」

「……ザイドリッツあたりのせいにしておけということかな」

「皇帝陛下がお謝りになると、かえって人を萎縮《いしゅく》させてしまうということですわ」

「ルドルフも、最初はそう言われて謝らなくなったのかもしれぬぞ」

「そうかもしれませんけれど」

ヒルダの言葉には、口にされない続きがあるようだった。ということはやはり、自分の今の腹積もりを、感じ取られているのかもしれなかった。

ラインハルトは踵《きびす》を返して勢いよくブルーデスたちのもとへ近づいた。

「支度はできたか。もたもたしていると魚たちの夕食が済んでしまうぞ。予の釣竿はどれだ？」

「は、こちらでございます。これは逸品《いっぴん》ですぞ。ロッドはワルキューレ戦闘機にも用いられる超軽量合金、リールは超電導モーターを用いておりまして、毎秒十メートルもラインを巻き上げる性能で」

ブルーデスが組立済みの一振りを取り上げて解説を始めると、ラインハルトはそれを受け取ってから、かたわらの少年に渡した。

「だそうだぞ、エミール。使いこなしてみよ」

「僕がですか？」

驚きの声を上げてから、昨日とまるで同じ反応をしてしまったことを恥じたのか、エミールは顔を赤らめたが、これはやはりラインハルトが悪いのである。彼は昨日から普段と異なる行動を連発していた。

「これは陛下がお使いになるはずのものです。僕はそちらの、少し小さいほうでやらせていただくものだと」

「いいからそれを使うのだ。予は別のものを使う」

「でも……」

「それとも、最高の道具を使わなければ予は魚を釣れぬと思うか？」

「そんなことはございません！　でも……」

エミールは暗緑色《ダーク・グリーン》の瞳を潤《うる》ませて困惑を深めていたが、ラインハルトは強《し》いて自分用の竿を押し付けて、少年を岩棚に立たせてしまった。

「さあ、釣ってみよ。予と競争だ。あ、足元に気を付けるのだぞ」

「へ、陛下と競争……」

どういう態度を取ったらいいかわからない様子のままで、エミールがおそるおそる後ろを確かめつつ竿を振りかぶって、大きな倒木の陰あたりへ投げ入れた。

次いでラインハルトはヒルダを手招きして、二本目の竿を持たせ、どう足を滑らせても落ちそうもない、岩陰の小さな浜へ導いた。

「ここがいいと思う、ヒルダ」

「……仰せのままに、ラインハルトさま」

「ん？　何か気になることがあるか？」

「いいえ。あ、強いて申し上げれば、魚が大きすぎて釣り上げられなかったら、お許しくださいませ」

「頼もしいな。もちろん、無理はしなくていいぞ」

ヒルダは優しげな顔でうなずいたが、それはラインハルトが知る彼女の表情の中では、ビッテンフェルト上級大将の突撃を見守っているときの顔に似ているように思われた。

彼女が目の前の水面に仕掛けを投げこむと、ラインハルトは岩棚に戻った。

「さて、ハンス」

「恐れ多くも皇帝陛下を差し置いて、一介の家令如《ごと》きが遊び道具を拝受しては、君臣《くんしん》の序《じょ》をそこなうこと大でございます。それぐらいならいっそのこと、その滝壺に飛びこむようお命じいただきたく存じます」

「うむ……まあ、おまえは好きにせよ」

ラインハルトは三番目に竿を受け取った。名匠が彫り上げた雪花石膏《アラバスター》の像を思わせる色白の織手《せんしゅ》で、少年向けの軽量の竿をしなやかに振りかぶる。

玉体《ぎょくたい》をフィッシングベストとアングラーパンツに包んで、オーバースローでキャスティングの構えをする銀河帝国皇帝。およそ全臣民が見たことのない光景だったが、それを目の当《ま》たりにした人々は、改めて思い知ったのだった。——この方は、軍神《マルス》と美神《ミューズ》に愛された方なのではない。すべての神々に愛されている方なのだ、と。

「では、始めようか」

躍動的な投擲《とうてき》。空気を裂いて竿がうなり、軽やかに糸を吐いてリールが叫ぶ。

冬の午後の日差しが、金髪と釣糸を淡くきらめかせた。


が、釣りの神にだけは愛されなかった。


西へ傾いたフェザーンの恒星が木々の影を崖に伸ばし、鳥たちがねぐらを目指して舞い上がるころ、人々は再び集まる。

「ハンス、何匹釣れたかしら?」

「は、皇妃《カイザーリン》さま。四匹でございます」

「まあ、すごいわ。私はまだ二匹なのに。ブルーデス、これは何という魚かしら?」

「へえ、皇妃《カイザーリン》さまの二匹はアマゴでごぜえますな」

「エミール。あなたのほうは?」

「僕は、その」

「どうしたの、魚籠《びく》を見せてごらんなさいな。ゼロでも恥ずかしくないわ。——あら」

「おお、こいつはてえしたもんだ。アマゴに、ニジマスもいるな。それも七匹も!」

「本当ね。あなたは釣り師になれるのではないの?」

「まぐれです。僕は釣り師より医師になりたいです……」

エミールは小さな声で答えたが、これは照れているのでもなければ、本当に釣り師が嫌なわけでもない。

他の人々同様、背後の岩棚に立つ孤高の人を、猛烈に気遣っているのだった。

彼の足元の魚籠の中には、水だけが揺れている。何度となく竿を振っては仕掛けを引き上げているのに、一度も成果が出ていなかった。

一同は額を集めて相談すると、ラインハルトのそばに進み出て言上《ごんじょう》した。

「陛下、少しよろしいでしょうか」

「ん？ なんだ」

滝壺の真ん中近くにルアーを投げこんで、熱心に見つめていたラインハルトが振り向くと、エミールが勇を鼓《こ》して尋ねた。

「なんの魚を狙っておられるのですか？」

「なんの魚？」ラインハルトはきょとんとして聞き返す。「何がいるのだ？ 釣ってからでなければわからぬであろう。大きなマスなどであればよいが」

「申し上げにくいのですが、順番が逆でございます。普通は、何を釣るか決めてから、釣るのです」

「ほう……」興味深そうに目を見張ってから、ラインハルトはさらに言い募《つの》る。「しかし、こうも考えられよう。小規模な偵察艇部隊を、敵地の要路にひそかに貼り付ける。何を撃破するかは事前に決定せず、目の前を通過した船団が強大すぎれば見逃し、獲物として魅力的であれば、攻撃する。そういうつもりで、魚を待つのだ。大規模な通商破壊戦ではこのような作戦が欠かせぬし、しっかりと適地を選定すれば、戦果は出るものだぞ」

「マスを釣りながら宇宙をお釣りにならないでください……！」

その場の人々の本音を代弁したエミールの叫びは、滝壺の水音を凌《しの》いで、山々と宇宙にまで届くかと思われた。

ヒルダ以外の三人も、主君の振る舞いがおかしいことに、うすうす気づいていた。ラインハルトの仕掛けはルアーなので、投げてから細かくリーリングして魚を誘うべきだが、彼はそれを水底に沈めただけでじっと待っていたのだ。

ヒルダがうやうやしい物腰で進み出て、しかし口調はきっぱりと、確かめた。

「ラインハルトさまは、もしかして、魚釣りが初めてなのではございませんか？」

ごお、と梢《こずえ》を鳴らして風が吹いた。夕方の風が豪奢な金髪を揺らしたその一瞬、ヒルダはあるものを見たと思った。だが、風が収まると若い皇帝の顔にはさばさばした笑みがあり、かたわらの灌木《かんぼく》の茂みに釣竿を預けた彼は、潔い敗北者のように両手を広げた。

「うむ、明察だ、皇妃《カイザーリン》。予は魚を釣り上げたことがない」

「陛下……」

「一一歳のころ、フロイデンの湖で竿を振ったことがあるだけだ。人生でそれ一度きりだな」

心なしか肩を落として哀愁を漂わせるラインハルトに、ヒルダは寄り添った。

「獅子は空を飛べませんし、鷲は海を泳げません。星々の世界を旅していらした陛下が、釣りをご存じなくてもお恥じになることはございませんわ。師表《しひょう》をお仰ぎ下さい。こちらのブルーデスは、きっと陛下に釣りの蘊奥《うんおう》をお教えできます」

「素直に習えということか」ラインハルトは独白しつつ顔を背《そむ》ける。「そうだろうな。ここはそうするべき場面なのだろう。――他の場合なら」

「他の場合……?」

いぶかったヒルダが、さらに尋ねようとしたとき、エミールが驚きの声を上げた。

「陛下、ヒルダさま、あれを!」

彼の指差す先で異様なことが起こっていた。先ほどラインハルトが茂みに立てかけた竿の先が、ぐいぐいとしなっているのだ。ずっと力なく垂れていた糸が、今は針金のように固く張りつめて、ゆっくりと水面を切り進んでいた。

「何か、かかっています!」

ラインハルトがすかさず釣竿に手を伸ばした。しかし主人に触れられる一瞬前に、釣竿は倒れて滑り出していた。その進行方向にいたハンスがとっさにかがんでつかんだが、腕ごと横へひっぱられて焦《あせ》る。

「つ、強い！」

彼がたたらを踏んで、岩棚から落ちそうになった時、横からもう一人の老人が飛びついた。

「ハンス！」「おお、セアド」

山荘の番人と巨体の家令、しばしば力仕事もこなす二人の男が力を合わせると、形勢は逆転した。竿を立ててはリールを巻き、竿を立ててはリールを巻く繰り返しで、じりじりと獲物を引き寄せていく。

「よし、上げますよ！」「あっ、まだ早い――」

ブルーデスが叫びかけたが、そのときにはハンスが力ずくで竿を引いていた。深みから引きずり出された魚影が、水面を突き破って躍り出る。

「……おお！」

誰もが声を上げた。落日の光の中に金のしぶきをまき散らして、とても大きな、人間の大人ほどもあろうかという、流線型の姿が弧を描いた。下顎《したあご》はいかつく張り出し、背びれ、尾びれはあちこちが千切れてなお逞《たくま》しい。生き延びた長い歳月を表《あらわ》すものか、黒い斑点の散らばる黄褐色《おうかっしょく》の体表は、こすれて傷付いている。

そして何よりも、その額には――。

「――角《つの》？」

魚の額には鋭くとがった角としか思えぬ、一本の白い突起が伸びていたのだ。

人数分の啞然《あぜん》と呆然《ぼうぜん》に囲まれた怪魚は、一瞬ののちに身をひねって針を振り払い、水面に落ちた。岩でも放りこんだかのような、激しい水音と白泡《しろあわ》がはじけた。

それが消えると、あとには夕闇と、ひとつのつぶやきだけが取り残されたのだった。

「竜魚《ドラハンフィッツシュ》だ……」

山荘の老いた番人が、水面をにらんでいた。ラインハルトは彼のそばに立った。

「竜魚《ドラハンフィッシュ》というのか、あれは」

「へえ――この川筋でだけ、ごく稀《まれ》に見られる魚です。珍《めずら》しいというか、あんな魚はいない、と学者は言っとります」

「なるほど、角があったな。確かに、あんな魚は見たことがない」

「はあ」

うなずいた老人は、何かを感じたらしく、はっと見上げる。ラインハルトが、赤熱《せきねつ》し始めの鉄を思わせる、豊かな熱量を隠した口調で言った。

「いいだろう。明日からは、あれを釣る」

彼の眼差しは暗く静まった水面へ向けられている――そのように誰もが見て取った。

一人の女性を除いては。

3

その夜の寝室で、ヒルダが最近できた同室者に尋ねた。

「エミールのためなのですね？　陛下」

彼女は侍医たちの意見を容《い》れて、ベッドにクッションを置いて楽な姿勢でもたれている。その同室者、すなわちラインハルトはガウンをまとってソファに脚を組み、暖炉の火明かりで何やら書物のページをめくっている。

つまり、夫婦の時間に持ち出された会話だった。

「なんのことかな、皇妃《カイザーリン》」

「陛下の、昨日からの……新しいお振る舞いのことです」

ラインハルトに驚きはなかったが、頰《ほお》にごくわずかな血液が通うのを意識した。他の相手なら不愉快な気持ちになっただろう。しかしそれは、この相手に向けるべき感情ではなかった。穏やかさを保って答える。

「やはり、見ていてわかるか」

「ええ……」

「さぞかし滑稽《こっけい》に思っただろう」

「それは違います」ヒルダが体ごとこちらを向く。「わたしは、からかったり嘲笑《わらっ》したりするつもりは、毛頭《もうとう》ございません。お手伝いさせていただきたいのです。お邪魔でなければ」

「それは好ましくないな」

「さように、ございますか」

「ああ。なぜなら、予はエミールだけでなく、あなたのためにもそれをやっているからだ」

「……とても嬉しゅうございます」

一瞬、傷ついたような顔をしかけたヒルダが、了解に至って、はにかんだ。

しかしラインハルトはその笑みを、まっすぐ受け止めることができなかった。四年越しの付き合いとなるこの女性とは、口に出さずともわかり合えることが増えていたが、この件はそうでないことのはずだった。膝《ひざ》の書物をローテーブルに投げ出して、言う。

「言うまでもないが今日、予は、良き父たらんとしていた」

「……はい」

「しかし、それに成功してはいなかったと思う。いや、あなたの気遣いはありがたいが、自分がどうだったかぐらい、わかっている。未熟な姿をさらしていた。だが、予は気を遣われたいのではない、示すべき姿を示したいのだ。それがなぜエミールに対してなのかと問うなら……予が、彼の父親を奪ったからだ、という答えになると思う」

「アムリッツァ、でしたか」それはラインハルトが勝った戦場の名前だが、彼の麾下《きか》の巡航艦が、ある軍医を乗せたまま沈んだ場所の名でもあった。「多くの者が亡くなりました。エミールの父親以外にも」

「子供らに分け隔てなく愛を注げなどと言わないでほしいな、皇妃《カイザーリン》。これは慈善ではないのだから。ごく個人的なわがままだ。予は父親にならねばならない――」ラインハルトは続けようとして、はっと言葉を切る。「いや、すまない。これではまるで、今はまだ父親ではないと言っているかのようだな」

「お気になさらず――むしろ、それは嬉しいお言葉ですわ」

「ならよいが」

「ええ」うなずいてから、ヒルダが付け加える。「とても」

「話を戻すが、予は父親にならねばならない……」独《ひと》り言のように繰り返して、口ごもる。

「予は……」珍しいことであり、それを意識してもいた。これは格別にデリケートな話題であり、過去にはただ一人の親友としか話したことがなかった。「予は、父親を知らない」古傷が開いて、侮蔑《ぶべつ》と憎悪の残滓《ざんし》がこぼれだし、じんわりと胸が痛んだ。

ヒルダは、口を閉ざしていてくれる。ラインハルトは続ける。

「予の実父は、あなたもおそらく知っていようが、尊敬に値《あたい》しない男だった。だから予は全力で、彼と異なる人間になるべく生きてきた。その道にはたびたび、別の父が現れた。幼年学校にひしめいていた門閥《もんばつ》貴族の子弟ども――その親たちだ。予は彼らを、いや、彼らは予の、やはり取り除くべき障害だった。その道を抜けると、行く手にさらにまた別の男が現れた――それも予は取り除くつもりだったが、その機会が来ないまま、それは予の前から消えた。以後、やつらのような形で予の行く手を妨げる男はいなくなった……」

ラインハルトは口を閉ざす。話の向かう先を、一時見失ったような気がしたのだが、そのときヒルダが言った。

「そのような類例の数々をご覧になってきたにもかかわらず、陛下は、『在るべき父親』の姿があると、お信じになっていらっしゃるのですね」

それが一種の反語に聞こえたので、ラインハルトは驚いて、「いないというのか？　そんな父親は」と問い返した。

ヒルダは静かに首を振る。「いいえ、そうは申しません。たとえばミッターマイヤー元帥や、身内のことで恐れ入りますけれども、わたくしの実父フランツなどは、その種の、良き側面を持つ父親なのではないでしょうか」

「……ああ、そうだな。その通りだ」

「ですが、いずれも陛下の臣《しん》であって、お師父《しふ》様ではございませんわね」

「ああ……」

「いつか、子供の前に立派な父として立つ日のために……今、エミールと？」

「もちろん、彼にとっては冒瀆《ぼうとく》の面もあろうが」

「あの子は、決してそうは思わないでしょう」

話が進むにつれ、口に出す必要は薄れてきた。ヒルダの共感の気配が感じられるとともに、ラインハルトは磁器めいた滑らかさの頰を手でつかんで、顔を暖炉のほうへ向けている。隠しておきたい当の相手に向かって、内心を吐露《とろ》してしまった、ばつの悪さに襲われていた。

その気持ちが変わったのは、ヒルダが意外なことを言ったからだった。

「陛下にひとつ、厳しいことを申し上げてよろしいでしょうか」

「厳しいこと？」挑戦されると、持ち前の覇気《はき》が頭をもたげる性格だ。「いいぞ。聞こうか、皇妃《カイザーリン》」

「わたしにしましても、母にならねばなりません」

ラインハルトは虚《きょ》を突かれて口を開けた。ヒルダが手を当てている、うっすらと膨《ふく》らんだ腹に目を留める。

「大変だろうとは思っているが……」

「こればかりは男と女の体の違いですから、すっかりわかってほしいとは申しませんけれど、ひとことで申し上げるなら――」

ここでヒルダは、ラインハルトが幼年学校を卒業して以来、誰もやったことのないことをした。

背中のクッションを引き抜いて、ラインハルトへ軽く放り投げたのだ。ぽすん、と受け止められると、ガウンの前を開けるように手ぶりする。

「それをお腹に収めたままで、全軍の指揮をお執《と》りになっていただければ、おおよそわかると思いますわ」

目を見張ったラインハルトは、クッションを腹に当てたところで、水晶《クリスタル》の欠片《かけら》を打ち合わせるような、涼《すず》やかな笑い声を上げ始めた。「なるほど、それは難業だ」とひとしきり笑ってから、クッションをそっと投げ返す。

「いや、笑いごとではないな。予がもし大本営幕僚総監の顕職《けんしょく》にあって、突然の椿事《ちんじ》で人生も肉体も変化してしまったとしたら、きっとひどく悩んだことだろう」

「ええ、本当に――」

クッションを受け取ったヒルダが、不意に、顔をそこに押し付けた。

「皇妃《カイザーリン》？」

「……申し訳ありません、大それたことを」

蚊《か》の鳴くような声で答えられて、ラインハルトは首を横に振った。

「よい。あなたの指摘は、いつでもとても役に立つ」

「はい……」

「言いたいことはわかった。予の悩みは、特別なものでも珍しいものでもないというのだな。

きっとそうなのだろう。宇宙には、母親たらんとして悩む女、父親たらんとして、そうなれなかった男が星の数ほどいる……」

その独白は、ラインハルトの脳裏に、つい最近失ったばかりの一人の臣下の姿を呼び覚まさせた。いや、呼び覚ますも何もない。あの不敵な金銀妖瞳《ヘテロクロミア》をもう二度と見られないという事実は、部屋の壁が一枚なくなったかのような大きな喪失感を、ラインハルトの中に残していた。彼が成し得なかったことと、おのれに成し得ること。二つは見えない地下水脈でつながっているのだと、ラインハルトは改めて自覚した。

「……あの男にもいかんともし得なかった難問に、予が取り組まねばならないのだから、苦労して当然か」

「元帥ならきっと、陛下のお振る舞いを応援してくださると思いますわ」

「どうかな。鼻で笑われそうな気もするが」

「だとしてもですわ」

まだすべてが始まったばかりだったころの清新さを、かすかに思い出させてくれるかのようなヒルダの答えに、ラインハルトは微苦笑した。

がさり、と暖炉の薪《たきぎ》が崩れる。静寂が部屋を満たしていく。

薪に灰をかけてベッドに向かい、腰を下ろした。奥へ詰めて場所を空けるヒルダに、ささやきかける。

「予は、きっと宇宙を手に入れねばならない。これぱかりは決して破れない約束なのだ。フロイライン、いや、ヒルダ。いずれ間もなく、あなたを残して征旅《せいりょ》に発《た》つことになろう。そこへはエミールもまた、連れていく。赦《ゆる》してもらえるだろうか」

ヒルダの瞳が柔らかく輝いた。

「どうぞ、陛下のご随意に」

4

銀河帝国の片隅のイゼルローン回廊には、かの不敗の魔術師の衣鉢《いはつ》を継いだ共和主義者たちが逼塞《ひっそく》しており、これを引きずり出すことが新王朝にとっては急務である。

しかし、この冬の新婚旅行の間だけは、皇帝の脳裏から例のユリアン・ミンツとやらは完全に消え失《う》せて、別の場所に逼塞した大物を引きずり出すことが、至上課題となったかに見えた。

早朝の竜神滝《ドラッハ・ヴァッサーフェル》。昨日と同じ水音のとどろく岩棚で、折り畳み椅子を玉座《ぎょくざ》となしたラインハルトが、側近たちから報告を受ける。

「陛下、滝壺の詳細な見取り図にございます。仰せの通り水中には入らず、ドローンによる空撮で作成いたしました」

「うむ、ご苦労」

「陛下、フェザーン自然科学博物館の両生類部門長から、竜魚《ドラハンフィッシュ》についての回答がございました。それによれば、弊職の全知を傾け、また当部門全職員が鳩首《きゅうしゅ》会議を尽くしたが、下《か》問《もん》の如き有角《ゆうかく》の渓流魚は見聞の内にあらず、とのことです」

「予は学者ではないが、魚というのは両生類ではなく魚類なのではないか？」

「惑星フェザーンには海がないため、魚類部門が独立していないそうで……」

「頼りにならぬ者たちだ。まあ、竜魚《ドラハンフィッシュ》が新種である可能性は高まったわけだな」

「はっ」

「警備の様子はどうか。予の見るところでは、この滝壺の周囲は枯れ木ばかりで隠蔽物がない。襲撃者、狙撃者のたぐいが潜んでいても、熱源センサーを使えば一目瞭然だろう」

「お見立ての通りでございます。万事、不都合はございません。ただ、上の湖の淡水漁業者たちが早朝から抗議のていで陛下を待ち構えておりましたので、これは押さえました」

「淡水漁業者？　ああ、旗艦による被害か。けが人は出ていないのだな、よし、吝嗇《けち》らずに補償をしてやれ」

そのかたわらで、番人ブルーデスが昨日と同じく、釣りの仕掛けを作っている。

「昨日は間に合わなかったが、今朝はこんなものが届いてますぜ。こっちは最高級のロボットルアー、こっちは、おう、電場誘引《ゆういん》スピナーだ」

「ロボットルアー？」

聞き返したのはラインハルトだが、ヒルダのそばにいたエミールも耳ざとく反応した。新しい小道具に興味があるらしい。近侍《きんじ》としての立場があるので駆け寄ったりはしないが、ちらちらとブルーデスの手元に目を走らせている。

ラインハルトはヒルダと目配《めくば》せし合って、少年に声をかける。

「エミール、ブルーデスから釣り具についての説明を受けよ」

「え？――は、はい」

勅命《ちょくめい》は何度も訊き返したりするものではない。ラインハルトに目顔《めがお》で促《うなが》されて、エミールはブルーデスのそばにしゃがんだ。皇帝一行のために急遽《きゅうきょ》取り寄せられた、ということは最低でもこの惑星でもっとも高価な釣り具の数々を、手に取る。

「ロボットルアーというのは活発な肉食魚向けに作られた疑似餌ですな。こいつを水に投げると、小魚そっくりの動きをして獲物を惹きつける。電場誘引スピナーというのはわしもカタログでしか読んだことがなかったが、魚の側線《そくせん》と前庭《ぜんてい》器官に働きかけて、物陰にひそんでいてもおびき寄せちまうという代物です。まあ究極の釣り針ってわけだ」

「へえ、すごい……」

目を輝かせる少年のそばに、ラインハルトが立った。

「エミール、おまえは釣りの経験があると言っていたな。昨日もたくさん釣り上げていた。こういうものは好きか」

「はい、面白いと思います。父が昔——」一瞬、声を詰まらせる。「上陸日に、よく釣りに連れてってくれました」

「そうか」

「はい」

「では、それを使え。予はこちらで竜魚《ドラハンフィッシュ》を狙う」

趣味人の富豪や貴族向けに作られた小道具から視線を外して、ラインハルトは昨日と同じ、ただの金属片のルアーを指さした。エミールとブルーデスがあわてて止めようとする。

「陛下がそちらを？　昨日からあべこべばかりで、困ります」

「皇帝陛下に高価《たか》い道具を使ってもらわねえと、他の人間もやりづらくてしょうがねえです」

ラインハルトは抗議に耳を貸さず、素朴な疑似餌と竿を手にして、岩棚に立った。

そして奇妙なことを言った。

「おまえたちは、予がこう言ったらどうなると思う。『竜魚《ドラハンフィッシュ》よ、わが針にかかれ！』と」

皆が困惑して顔を見合わせた。まだその場にいた、副官のシュトライトやリュッケたちも首をかしげる中で、エミールが思い切って言上した。

「おっしゃっただけでは釣れないと思います。竜魚《ドラハンフィッシュ》は人間ではないのですから」

「そうだな、エミール、いい答えだ。だが、覚えておくといい。皇帝も人間ではない」

滝の上から遅い朝日が差し、振り向いたラインハルトの髪を神々《こうごう》しく燃え上がらせたが、ちょうどそれを仰いでいたエミールには、むしろ陰を帯びて見えた。

「皇帝が本気で釣れろと命じたら、それは釣れてしまうのだ。なぜなら皇帝とは、あらゆる人間がその命に従う機会を待っている存在だからだ。——過去の誰でもいいが、ゴールデンバウム朝の皇帝がひとこと釣れろと言ったら、周りじゅうの人間が水に飛びこんで、我先にと魚を引きずり出して来ただろう。それどころか、街に戻ったら、いつのまにか皇帝のための釣り堀ができていたかもしれない。それを誰がやったのかがわかるのは、皇帝がすっかり釣り堀に入り浸るようになってからだ」

エミールは沈黙した。ラインハルトが滝に向き直って、かろやかに竿を振った。輝きが宙を走り、爽快な音を立ててリールが糸を吐いていく。

「だから」

小さな水しぶきがあがると、慣れない手つきでリールを巻き始める。

「予は、自力で釣る。まだ予の意のままにならぬものが、この世にあってくれるうちに」

小魚に似ていなくもない金属片が、昨日釣りを始めたばかりの初心者に操《あやつ》られて、ぎこちなく水中を泳いだ。

エミールが精巧な小道具の数々から手を放して、やはり素朴な、金属キューブを連ねただけのプラグ針を手に取った。糸に付けて、ラインハルトの隣に立つ。

「僕もこちらにします」

「遠慮は無用だぞ。おまえは皇帝ではないのだから」

「はい。こちらで釣り上げたほうが、嬉しいと思うので」

しごく真面目にそう言うと、少年は竿を振りかぶって投げた。

それからの三日間、銀河帝国が一度も見たことがなく、また、この後も見ることのない、風変わりな光景が、この人里離れた滝壺で繰り広げられることになった。

「陛下、あの、申し上げにくいのですが！」

「なんだ、エミール」

「そんなに一本調子にひっぱってはよくないと思います。手首のしなりを利かせて、クン、クンと跳《は》ね上げると、生きているように動くかと」

「こうか」

「いえ、もっと強く、もっとメリハリをつけて！」

「なかなか難しいな」

覇王《はおう》の行いを見るに見かねて、近侍の少年が手ずから教えたかと思えば、

「そもそもこの岩棚が良くないな。予はあの木陰に移るぞ」

「え？　こちらのほうが見晴らしがよくて投げやすいですが」

「うむ、射界《しゃかい》を広く取れる、良好な狙撃地点であることは認める。だが、この地形図をよく見るがいい。伏兵《ふくへい》が潜みそうな倒木、大岩、岸辺の木などといったポイントは、いずれもこの岩棚から死角になっているのだ。ここは必ずしも釣りに向いた場所ではない……どうだ？」

「ですからマス釣りと宇宙をお釣りになるのは違うと……！」

「艦隊戦ではなく地上戦との類比だ。士官時代にそのような経験もある」

「地上戦……」

「ふうむ、陛下。そいつは一理ありますな。確かにあの木陰は、竜魚《ドラハンフィッシュ》の潜む岩の周りを狙いやすそうです」

若い初心者が意外な応用力の高さを示して、少年だけでなく山のベテランを唸らせる時もあった。

釣りの神はともかくとして、天気の神は滞在の終わり近くまで慈愛を示した。二月だというのに風はなく、ラインハルトたち五人と、それに奉仕するべく林間《りんかん》までやってきた側近たちと、それらを護衛するべく周辺の山腹に展開している親衛第二中隊の隊員たちは、分けへだてなくうららかな陽気を与えられた。周辺の地形が険しいために、無関係な人間をほぼ完全にシャットアウトできることもあって、劇場や式典会場で客席を監視している時よりも、警備陣はよほど心穏やかに皇帝一行の遊行《ゆうこう》を眺めていられたのだった。

ほぼ最初から最後まで、波乱のドラマに彩《いろど》られていたのがラインハルトの人生である。その中にぽっかりと空いたエアポケットのような空白の数日間は、後世の歴史家からだけでなく、現代の口さがない人士《じんし》からも、注目を集めておかしくないはずの期間だった。

それが奇跡的に忘れ去られていった理由の一つは親衛隊の部隊構成であり、もう一つはラインハルトが木陰で交わした、ある会話にあった。

「陛下、竜魚《ドラハンフィッシュ》がもし釣れましたらば、その取り扱いについて、何か腹案はございましょうか」

「もし、ではない。必ず釣ってみせる」

そう答えてから、ラインハルトはマリーンドルフ家の老家令を振り返る。

「とはいえ、立派な魚をただ食べてしまうのが惜しいというのもわかる。話を聞かぬでもないぞ」

「いたみいります。しかしこれは、食べるのが惜しいというよりは、むしろ恐ろしいという話でございます。ブルーデスは隠遁《いんとん》した人間なので、存じませぬようですが」

「ほう……何か知っているのか」

「伯爵家の家令などを務めておりますと、好むと好まざるとにかかわらず、帝国社交界の灰色の噂《うわさ》なども流れてくるのでございます。たとえば、存在しないはずの角の有る生物について——」

ハンス・シュテルツァーのひそかな忠言は、ラインハルトの秀麗《しゅうれい》なおもてをいささか曇らせたのだった。

それに比べるとセアド・ブルーデスの進言はよほど明快かつ直接的で、耳に入れやすかった。

「竜魚《ドラハンフィッシュ》を釣ったことはないが、初日に見た限りではニジマスに似ておりましたな。体じゅうの黒点と、横腹の太い赤紫の縞《しま》。ルアーに食いついたってことは、肉食性でありましょう。性質はニジマスそのまんまですな」

「仮にその、ニジマスの仲間だとすると、今のやり方で釣れると思うか」

「へえ、釣れますとも。今の道具も釣り方もニジマス向きですし、狙うポイントもニジマスのいそうな場所でごぜえます」

「では、なぜ今まで誰も釣れなかったのだ？」

「なぜでございましょうなあ？　とんとわからんです。しかし陛下ならきっとやつをお取りになると思います」

腕組みして首をかしげる番人をしばらく見つめてから、ふんと鼻を鳴らして竿を振るラインハルトだった。

言うまでもなく二人の老人との会話などは、彼にとって些事《さじ》である。もとより「光年以下の単位の出来事には興味がない」と言われるのがラインハルトの地《じ》の性質であって、そうでない場合というのは、彼が認める一握りの才ある人間と話すときと、彼が知らない、持ったことのない家族というものと向き合う場合に限られていたのである。

——おれはエミールとヒルダの前に、「父親」というものを示せているか？

「来ています、陛下、当たりです！」

「むっ」

エミールに言われるまでもなく、ラインハルトは手ごたえを感じていた。竿先《さおさき》がびくびくと不規則に引かれる。細い糸を通じて、何者かの意思が竿先に伝わってくる。あいつか？

——いや、小さい。

「竜魚《ドラハンフィッシュ》ではない、な」

「でも魚ですよ！　やっと来ましたね！」

エミールの白い頬が紅潮《こうちょう》している。自分が釣れた時よりもうれしそうなのは、この若い主人に、釣り上げる楽しみを知ってもらいたいと思っているからだろう。ラインハルトが至高《しこう》の座に就《つ》いて以来、こんなに率直な喜びをぶつけられる機会はなくなった。気持ちを動かされずにはいられない。

深い翡翠《ひすい》色の水中に、小さな銀鱗《ぎんりん》がひらひらと踊っている。初めての当たりだ。そのまま丁寧に足元まで引き寄せたほうがいい、とラインハルトの理性は唱えていたが、彼の感性が反乱を起こした。これをひと息に釣り上げてやったら、きっと勇ましい姿を示せるだろう！

ついその声に従って、強引に竿を起こしてしまった。水面を突き破って二〇センチほどの魚体が跳ね上がり、勢い余ってラインハルトたちのいる小岩へ飛んでくる。

「ヤマメだ！　捕まえます！」

エミールが自分の竿を放り出して玉網《たまあみ》を構えたが、目測を誤った。魚は網の横を素通りして地面に叩きつけられた。その拍子に針が外れ、魚は何度か強く跳ねて、下流側へ滑り落ちていった。

「ああっ！」

その小岩より下は滝壺の出口で、集まった水が盛り上がって狭い急流へなだれ落ちている。魚はちょうどその出口に落ちて、たちまち見えなくなった。

「も、申し訳ありません、陛下！　せっかくの獲物を……！」

エミールが泣きそうな顔で振り向く。ラインハルトは小さく息を吐いて「いや、よい」と返し、それから、普段なら言わない言葉を付け加えた。

「予の引き揚《あ》げ方がまずかった。おまえのせいではない、エミール」

「しかし……」

「あれは竜魚《ドラハンフィッシュ》ではなかったからな。逃がしてやったのだ」

そう笑顔を向けながら、内心では押しのけた理性に責められていた。なんたる不様《ぶざま》、これではまるで童話の酸《す》っぱい葡萄《ぶどう》だ。エミールの目には、おれはあの強がるキツネのように映っているかもしれない、と。

冬の日が落ちては上がり、落ちては上がったが、皇帝一行が自力で水中の者たちに大気を味わわせてやったのは、ラインハルトが釣り損なったこの一尾《び》が最後となった。これについては皇妃《カイザーリン》ヒルデガルドの冗談めかしたひとことが、正鵠《せいこく》を射ていたと後に判明する。

「釣れませんわね、初日に私たちが全部釣ってしまったのでしょうか？」

その通りだった。

そしてこの新婚旅行におけるラインハルトのひそかな試みは、六日目の夕刻、完全に破綻《はたん》した。


時刻は一五時過ぎで、一行が厨房車《ちゅうぼうしゃ》の用意したお茶を楽しんだあとだった。翌日は再び首都に帰る予定であり、朝から見送りの式典があるので、閑静《かんせい》に休養できるのは今が最後だと皆が承知していた。ヒルダはさすがに釣れない釣りから気が逸《そ》れて、ハンスとともに鳥を眺めたり山景《さんけい》のスケッチをしたりと気晴らしを始めていたが、それでも社交場で大勢の人士と挨拶し続けるよりは、よほど心気《しんき》にいいと明言していた。そういうわけでラインハルトとエミールは、正体不明の竜魚《ドラハンフィッシュ》の待ち伏せを最後の最後まで粘《ねば》り抜いたと、称《たた》え合うことになろうとほぼ確信しつつ、お茶のテーブルから竿の置いてある小岩へ戻っていった。

すると、竿立てに預けておいたはずの、エミールの竿がなかった。

「あれ？」

エミールはあたりに目をやり、少し横手の浅瀬に倒れているのを見つける。ああ、と歩み寄ってかがむ姿を、数歩後ろからラインハルトは目にした。

「陛下！」

と背後から声がしたので振り返ると、斜面の上の車道から、キスリング親衛隊長が、猫科の猛獣のようなしなやかな身のこなしで駆け降りてきた。「気象台から警報が出ました。今夜は天候が崩れるそうなので、お早めにお帰り願いたいのですが」

「あと一時間ぐらいはもつと思うが——ああ、おまえたちのためか」

「御意《ぎょい》」

天候を見誤らないのは、名将の必須《ひっす》条件だ。ラインハルトにも当然その能力があった。退却する軍隊を殿軍が守るように、皇帝が帰路についてから親衛隊は撤収を始める。それが山域に散らばっているなら、引き上げにも時間がかかる。

最後の一時間で、あの大魚ともう一度まみえたいという気持ちはあった。だが、こういうときに早めの決断を下すのが、彼の皇帝たる所以《ゆえん》だった。

「やむをえぬな、ではこれで切り上げよう。皇妃《カイザーリン》にも伝えてほしい」

「はっ」

キスリングが深々と頭を下げる。ここで文句を言わない君主は貴重であった。

「エミール——」

振り向いたラインハルトは瞬《まばた》きする。

水辺に誰もいなかった。ほんの数秒前はそこにいたはずの鳶色の髪の少年が、跡形もなく消えていた。

「エミール？」

付近の木立にでも入ったか——いや、あれは？

傾いた西日を浴びた滝水がどうどうと降りそそぐ、常に波立ちざわめく水面のずっと先に、ばしゃりと人間の手が突き出した。

「エミール！」

叫ぶと同時に駆け出している。もし学生時代の彼であれば、誰よりも素早く水に飛びこんで、溺者《できしゃ》を助けあげていただろう。まったく同様に今のラインハルトもためらわなかったが、彼の肉体と周囲の人間は、昔とはすっかり変わっていた。

「陛下、いけません！」

飛びこむ寸前、強力な腕が彼を羽交い絞めにした。それが仕事とはいえ、親衛隊長の反応速度は驚くべきものだった。

「キスリング、あれだ！　あそこにエミールが！」

「なりません、玉体をお安《やす》んじあれ！」

「しかし！」

「あれか、わしにお任せを！　うおおおお！」

代わりに雄叫《おたけ》びを上げて突っこんでいったのは、誰あろう、セアド・ブルーデスだった。

「ブルーデス、無理をするな！」

「なんの、ここはわしの庭ですゆえ」

老体に鞭打《むちう》ち、二月の冷たい水を蹴立てて泳いでいく。得意満面で皇帝一行をこの地へいざなっておきながら、目当ての魚をいっこうに釣らせてやれないということを、彼はずっと気にしていたのだろう。

ばらばらと駆けおりてきた親衛隊員たちが、まずラインハルトを囲んで守り、次に折り畳みボートを水面に浮かべた。電動スクリューが水しぶきを上げる。皇帝の水遊びを見守っていただけあって、水難の救助体制も万全だったが、ラインハルトの望みは、自分がボートに乗って駆けつけることだった。少年が溺れたのは、あらゆる意味で自分の責任だった！

「エミール！」

やがてボートがブルーデスに追いついたが、すぐに助け上げることはしなかった。船べりから身を乗り出して、何やら手間取っている。無線で報告を受けたキスリングが、説明した。

「番人の話では、エミールの足に釣り糸が絡まっているようです。それで水中に引きずりこまれたらしいと」

「引きずりこまれた？　何にだ？」

「わかりません。――どうかご冷静に。いま、水中のエミールに酸素マスクを当てました。しばらくは持ちます」

「他に手はないのか！」

「ヘリや重機は近づけません。糸を探して切るしかないでしょう」

現場は滝の至近で、倒木と岩が絡み合い、しかも頭から水しぶきのかかる地点だった。キスリングの言《げん》は隙《すき》のない正論であり、ラインハルトは言い返せなかった。

それでも気が気でない。堂々たる艦隊戦においては、小国の人口に匹敵する人命をほろぼすことをためらわない彼が、たった一人の身近な少年の危機にあって、顔色を失っていた。

過去何度も体験したように、また大切な人間を失うのだろうか。ロイエンタール、ルッツ、ファーレンハイト、シュタインメッツ、シルヴァーベルヒ、ケンプ、そして――ジークフリード・キルヒアイス。自分は、誰かを大事に思った瞬間、必ずその人を失う定めなのだろうか？

であれば、今、誰よりも大切に思っている二人の女人《にょにん》も、いずれ……。

道理に合わない思いに頭を支配されかけて、ラインハルトは激しく首を振った。

何をばかなことを。今はそんなことを考えている場合ではない。

今できることは、なんだ。

あの少年を救うために、他でもない自分にしかできないことは、ないのか。

――そして、垂れていた黄金のこうべを天に振り仰いだ時、彼はおのれが何者であるのか、何でないのかを、思い出したのだった。

「そうか、大神《オーディン》よ」

夕空に放たれた、叫びというよりむしろ静かな独白。

これまでの悲嘆を忘れたかのような声に、周りの者が見上げる。

「陛下？」

「それは予にふさわしき振る舞いではない、ということなのだな。区々《くく》たる人助けにかまけるのは。確かに予は言った。そのようなときに大神《オーディン》が予を罰し給《たも》うと」

そう言うとラインハルトは、忠実な親衛隊長に向かって白い手をひらめかせ、鮮やかに通信機をもぎ取った。

「陛下、何を」

「これが予のなすべきことだ。こういうことしかできぬのだ」

それはまったく得意げな笑みなどではなく、自嘲と寂寥《せきりよう》のそれだった。

「――ザイドリッツ、聞こえるか。そうだ、皇帝ラインハルトだ。今から言うことを、ただちに実行に移せ。説明しているひまはないが、人命のかかった重要な勅命《ちよくめい》である」

旗艦の艦長にそう言い聞かせると、ひと息置いて、皇帝は美姫《びき》に命じた。

「翔べ、ブリュンヒルト」

静寂が訪れた。正《まさ》しく、それは嵐の前の静けさだった。

やがて、遠い轟音が届き、大気が揺れる。瀑布《ばくふ》の地響きよりもはるかに深く強く、すべてを圧するそのとどろきは、この場の誰もがよく知っている音――宇宙戦艦の噴射音に間違いなかった。

そして姿が現れた。崖上から優美に尖《とが》った舳先《へさき》を突き出し、白い巨体を傾けて、旗艦がなめらかに旋回上昇していく。それを見上げた人々は、あるとき、ふとまったく無関係に思える異変に気付く。

地響きがない。

上ではなく下から広がり、ずっと満ちていた滝の音がない。

振り返った彼らは、目にしたのだった。

濡れて輝く広い岸壁を。それを覆っていた勇壮な流れの消失を。

上流からの流入が途絶え、ただ下流への流出のみが続いた「竜神滝《ドラッハ・ヴァッサーフェル》」の滝壺に、ひときわ大きな一軒家ほどもあるねじくれた枯れ株が姿を現したのは、それから間もなくのことだった。

露出した水底《みなそこ》を、ラインハルトは歩く。水苔《みずごけ》にまみれた岩々は滑りやすいが、堆積《たいせき》した真新しい砂利を踏んでいけば、不意の転倒に襲われることもないと、すぐに体得する。

ふと、おかしなことに気付く。滝壺の水がほとんど抜けてしまったというのに、地面に取り残されている魚影が見当たらない。案内人の連れてきた釣り場なのだから、最初からいなかったとは考えにくい。先の鉄砲水ですべて流れ出してしまったのか、あるいは……。獰猛《どうもう》な大魚《たいぎょ》に、食らい尽くされてしまったのか。

物思いながらボートに近づくと、いまやそれは岩の上に傾いて乗っていた。池底に伝い降りた親衛隊員たちと番人が、ずぶ濡れの少年を発熱毛布に包んでいるところだった。

「エミール、無事か」

叫ばなかったのは、それが質問ではなく確認だったからだ。隊員からすでに報告されていなければ、走っていた。

少年の暗緑色《ダーク・グリーン》の瞳がまばたきし、ラインハルトを捉えた。

「へい……か？」

「ああ」

「これは……？　滝壺が、からっぽに」

「彼女に水浴びを終えてもらった」

ラインハルトは上方にちらりと目をやってみせたが、エミールは意味がわからないようだった。若い皇帝はただ首を横に振って、少年の冷たい頬にそっと手を添えた。

「すまぬ、予が目を離したばかりに」

「とんでもございません、釣糸を踏んでしまった僕の失敗です。それなのに、こうまでして助けていただいて……」

「気にするな。予はひとこと命じただけだ」

エミールにとっては、皇帝が救助を命じたということそのものが驚きらしい。当たり前のようだが、過去には侍従の命など歯牙にもかけない皇帝もいた。

足元で激しい水音がした。二人はそちらに目を向ける。

「陛下、あれを」

「ああ」

抜け残った水のたまった浅瀬で、何者かが窮屈そうに暴れている。それを目にしたラインハルトは、さすがに浅からぬ驚きに打たれる。

頭から尾の先までが、エミール自身に匹敵するかと思えるような、堂々たる大魚だった。ブルーデスが言っていたように、ニジマスのたぐいがうんと成長したもののように見える。しかもその額には、あの骨質《こつしつ》の鋭い角が突き出していた。

魚の口からは、きらめく釣糸がくねくねと伸びて、少年の足元で切り落とされていた。

「釣り勝負はおまえの勝ちのようだな」

「いいえ、陛下の勝ちです」

そう言うと、エミールはにわかに身を包む毛布を払い、ラインハルトに向かって片手を差し出した。

「僕の命を奪おうとしたそいつを、陛下がこらしめてくださったんです。僕の針にかかったのだとしても、その僕の命を陛下が救ってくださったんですから、こいつは陛下の獲物です！」

その言葉に、無関係な周りの隊員たちまでもが、こぞってうなずいた。

「そうだな。──予にはそちらが、相応《ふさわ》しいのだろうな」

ラインハルトはかすかに微笑した。

「陛下！　エミール！　大丈夫ですか⁉」

ハンスに足元を気遣われつつ、岸辺からヒルダも降りてきた。エミールの様子を確かめて、無事だとわかるとほっとひと息つく。

「よかった、一時はどうなることかと……」

「驚かせてすまなかった、皇妃《カイザーリン》」

「驚かせてすまなかった、ですって？　それはもちろん驚きましたわ、陛下」そばに来たヒルダが、感心した様子で言う。「まさか、滝をひとつ消してしまわれるなんて。よくあの一瞬で思いつかれましたこと」

「予が、何を思いついたと？」

「水源をあふれさせていた旗艦を飛び去らせて、上の湖の水位を下げることで、一時的に滝壺の水を抜く。そういう作戦を」こともなげに言って、ヒルダは眉根を寄せる。「……思いつかれたのでは、ありませんの？」

周りの者がそれを聞いて、ようやく得心した顔になる。ラインハルトはただ、軽くうなずいて応えたのみだった。

いまや西の空は橙《だいだい》色に染まり、日暮れが始まっていた。東の空は崖に遮《さえぎ》られて見えないが、黒雲が近づいているに違いない。ラインハルトは二人の家族に声をかける。

「皇妃《カイザーリン》、エミールを連れて引き上げにかかってほしい。天候が崩れるそうだからな」

「かしこまりました。ハンス、手伝って――」

「ああ、ハンスは少々用がある。ブルーデスとともに、竜魚《ドラハンフィッシュ》を運ぶのだ。キスリング、代わりに皇妃《カイザーリン》を頼んでもよいな」

「はっ」

親衛隊長の率いる一団が岸辺へ去っていくと、あとには皇帝と、直衛の小部隊と、二人の大柄な老人たちが残った。

さて、とラインハルトはそれまでとは口調を変えて切り出し、いささか芝居がかった素振りで大魚を見下ろして立つ。

「溺れた者が助かったうえ、大きな獲物も手に入った。めでたしめでたし――といきたいところだが、問題がひとつあるな、ブルーデス」

山荘の番人は、エミールよりも先に救出され、毛布を羽織って立っていた。水を向けられて、いぶかしげに答える。

「は、問題とは、なんでごぜえましょう?」

ラインハルトは言った。

「それは、この竜魚《ドラハンフィッシュ》が、禁制の遺伝子改造種だということだ」

「い、遺伝子改造種――」ブルーデスが目を見張る。「なぜそうだとおっしゃられるのです?」

「ポイントはこの魚の『角』だ」ラインハルトは地に片膝をついて、つぶさに巨魚を見つめる。「この結晶質の角は、旧貴族たるカストロプ公の息子が飼育していた、有角犬《ホーンヘッド》の角と同じものだ。あの愚か者は、敵に向かって有角犬をけしかける映像を自ら公表していたから、角の形も広く知られている。そして、仄聞《そくぶん》するところでは、あの犬は悪趣味な好事家《こうずか》向けに作られた遺伝子改造種だったそうだから、この竜魚《ドラハンフィッシュ》も、おそらく同種の人工生物なのだろう」

そう話してから、かたわらのハンスに一瞥をくれる。

「もっとも、この知識は予のものではなく、このハンスからの受け売りだ。さほど人口に膾炙した話ではなかろうな。――しかしブルーデス、ブラウンシュヴァイク公爵家の元家令たるおまえが、こうしたことを知らないのは、いささか不自然ではないか？」

立ち上がったラインハルトに鋭い目で見つめられたブルーデスは、顔をこわばらせていたが、やがて深々と頭を垂れた。

「ご炯眼《けいがん》、恐れ入ります。お察しの通りでごぜえます。わしはこの魚が違法の改造魚であることを存じておりました。知っとりながら、黙っていたのです」

「なんと、セアド……」ハンスが衝撃を受けたようによろめく。「まさかとは思っていましたが、おまえはこともあろうに皇帝陛下をたばかり申し上げというのですか！　なんと滅相《めっそう》な、大それたことをしでかしたのか！　大罪ですよ！」

「待て、ハンス」軽く片手を挙《あ》げて、ラインハルトはブルーデスに促《うなが》す。「理由を聞きたい。おまえはなぜそんなうそをついた？　予を水辺に誘い、怪物に襲わせんとしたのか？」

「裁きの神に誓って、そのようなつもりはございません」ブルーデスはきっぱりと首を横に振った。「そもそも竜魚《ドラハンフィッシュ》は角こそ生えておりますが、人を襲う性質はもちあわせておりません。見かけに反して非常にうまい、食用魚なのです。あまりのうまさに、ご禁制でありながらわざわざ帝国領から移入されたのが、この魚なのでごぜえます。この上のラープ湖に養殖場があるので、こいつはそこから逃げ出したものでしょうな」

「養殖場というと、例の抗議に来ていた淡水漁業者とやらか」

「さようにごぜえます。あれはただの業者ではありません。旧フェザーン時代、元自治領主《ランデスヘル》のルビンスキーがひそかに手掛けていた事業の人間なのです。ふもとのフェルライテンの町へ降りると、この魚を食べさせる秘密の料理屋などもあるのです」

「ほう……あの黒狐の小遣い稼ぎだったということか」

おとがいに手を当てたラインハルトが、ちらりと冷たい眼差しを向けた。

「つまりおまえは、古い主人のもとでの商売を、新しい主人のもとでも続けるために、一芝《ひと》居打ったのか？」

「セアド、そうなのですか」ハンスが問い詰める。「おまえはあの男とつながりがあったというのですか」

「あったらこんな仕事を任せちゃもらえねえよ、ハンス。黒狐殿は湖の権益をひとり占めするいやなやつだった。おれはやつの商売には嚙んでなかったし、これから嚙みたいとも思ってねえよ」

「では、なぜ改造魚のことを……？」

「正直に話せばよかったって？」老いた番人は、旧友に向かって小さく笑みを見せた。「でも、陛下とあのエミールぼっちゃんが、あんまり楽しそうに釣りたい釣りたいとおっしゃっていたもんだから」

「……ああ」

「幻の『竜魚《ドラハンフィッシュ》』──気に入ってもらえると思ってな」

数瞬、大魚を囲んで、一同は沈黙した。

やがて薄暗さが募《つの》り、周囲に一陣の寒風が渦を巻いた。嵐の到来を告げ、人間たちをひときの休暇から追い立てるかのような風だった。見えざる手に豪奢《ごうしゃ》な金髪をかき乱されたラインハルトが顔を上げて、帰還を宣言した。

親衛隊員たちに前後を囲まれて、全地形車へと歩きだしたのは、皇帝ラインハルトと家令ハンス、担架に乗せられた大魚、そして銃口ひとつ突き付けられないままの、山荘の番人ブルーデスだった。

「あのう、陛下……お咎《とが》めはごぜえませんので？」

「おまえは皇帝たる予に車を運転して帰れというのか？」

問い返されて目を白黒させるブルーデスに、ラインハルトは付け加えた。

「それにおまえは、予の代わりに水に飛びこんだ」

「……はっ」

「愉快な休暇であった。『竜　魚《ドラハンフィッシュ》』はもらっていくぞ」

先に車に戻っていたヒルダやエミールたちが、こちらを見て手を振っている。

わずかに立ち止まったブルーデスが、林道に出たラインハルトの後ろから、急ぎ足に追いついて来た。

5

新帝国暦〇〇三年二月五日、皇帝ラインハルトと皇妃《カイザーリン》ヒルデガルド、新婚旅行を終えて柊館《シュテッヒパルム・シュロス》に帰着。旅行は静穏で、事件・事故などはなかったと伝えられる。

新帝国暦〇〇三年二月二〇日、フェルライテン渓谷ラープ湖の淡水漁業会社が特定外来生物法違反で捜索を受ける。後に同社は養殖施設を没収されて会社解散。

同日、フェルライテンの高級料理店「ダックス・ネスト」、飲食店衛生法違反で営業停止処分を受け、閉店。

新帝国暦〇〇三年三月一四日、皇帝ラインハルト、二五歳になる。

同日、銀河帝国魚類学会は、皇帝より鑑定を依頼されていたサケ目サケ科の魚体を、出所《しゅっしょ》不明のまま新種と認定。Oncorhynchus Imperatoris と命名する旨《むね》を奏上《そうじょう》し、勅許《ちょっきょ》を得た。

新帝国暦〇〇三年五月一四日、柊館《シュテッヒパルム・シュロス》、炎上。

同日、大公アレクサンデル誕生。

新帝国暦〇〇三年六月一日、シヴァ星域での会戦において、旗艦ブリュンヒルトが敵艦の接舷を受ける。このときの防御戦闘で親衛第二中隊は七八パーセントの人員を失い、解体された。

新帝国暦〇〇三年七月二六日、皇帝ラインハルト、崩御《ほうぎょ》。

同月三〇日、ローエングラム王朝第二代皇帝アレクサンデル・ジークフリード・フォン・ローエングラム、即位。

新帝国暦〇〇八年九月一日、エミール・ゼッレ、帝都フェザーンに新設されたラインハルト皇帝軍事医科大学校に入学。

新帝国暦〇一六年六月二〇日、エミール・ゼッレ、銀河帝国医師国家資格取得。宇宙軍軍医少尉に任官し、第二宇宙艦隊にて初任実務研修過程に進む。

同年八月一日、惑星フェザーン衛星軌道を周回中の貨物船「親不孝号《アンデューティネス》」にて、備品老朽により船内火災発生。帝国軍艦が急行して救助に当たり、研修軍医エミール・ゼッレが乗員中の負傷者四名を救出。

新帝国暦〇二八年一月一日、エミール・ゼッレ、皇帝アレクサンデル付侍医長に就任。

（本作は矢口高雄氏の『釣りキチ三平』44巻「竜神滝の竜」を参考にしました）

士官学校生の恋

石持浅海

■石持浅海（いしもち・あさみ）

一九六六年愛媛県生まれ。九州大学卒。公募短編アンソロジー〈本格推理〉への投稿を経て、二〇〇二年、カッパ・ノベルスの新人発掘プロジェクト（KAPPA-ONE）第一期に選ばれ、『アイルランドの薔薇』でデビュー。『月の扉』に始まる〈座間味くん〉シリーズ、『扉は閉ざされたまま』に始まる〈碓氷優佳〉シリーズのほか、『水の迷宮』『BG、あるいは死せるカイニス』『Rのつく月には気をつけよう』『温かな手』『フライ・バイ・ワイヤ』『殺し屋、やってます。』など著作多数。

「とうとう、来週から部隊実習ですよ」

ひと口ビールを飲むと、ヤン・ウェンリーが天を仰いだ。「面倒くさい」

「ほほう」ビアレストランのカウンターで、アレックス・キャゼルヌは後輩の横顔を見た。「大丈夫なのか？」

面白がる口調になってしまったことは否定できない。ヤンも敏感に察知して、不本意そうな顔をした。

「そんなに頼りなく見えますか」

「お前さん、耐寒訓練の野外訓練場で、凍死しかけただろう」

キャゼルヌの指摘に、ヤンはのけぞった。

ヤンは自由惑星同盟《フリー・プラネッツ》の国防軍士官学校生だ。士官学校では四年次に部隊実習のカリキュラムが組まれている。それまでの三年間で軍人としての基礎を学び終え、いよいよ現場で実際の任務を体験するわけだ。ヤンは戦略研究科に属しているから、おそらくはどこかの艦隊で幕僚《ばくりょう》について、作戦立案を学ぶのだろう。

「実習先はどこなんだ？」

キャゼルヌの質問に、ヤンは視線を戻して答える。「惑星ネプティスです」

「それはまた、辺境だな」

「成績が悪いものですから」

他人事のように言った。

戦略研究科はエリート揃いだけれど、ヤンの成績はせいぜい「半分よりも上」といったところだ。

「まったくお前さんと来たら」キャゼルヌのコメントはため息交じりだ。「戦史と戦略の成績は抜群なのに、他が超低空飛行だから、平均すると並になるんじゃないか。もっとまんべんなく、そこそこの点を取ろうとは思わないのか」

しかしヤンの反応は温度の低いものだった。「興味のないことに時間を費やすほど、人生は長くないですよ」

こんなふうに、本人がまったく気にしていないことが問題なのだ。とはいっても、昨年ならばともかく、今のキャゼルヌには関係ないといえば関係ない。やや口調を変える。

「まあ、ネプティスは温暖な惑星だから、少なくとも凍死することはないだろうな」

「まだ、その話題を引っ張りますか」

ヤンが頭をかこうとして、ここが食事をする場所だということを思い出したか、手を止めた。士官学校は校則で長髪を禁じている。ヤンも黒髪を短くしているから、頭くらいかいても不潔には感じない。それでも自然にそういう配慮ができるところが、キャゼルヌが彼を気に入っている理由のひとつだ。

ヤンがまたビールを飲んだ。

「私のことはともかくとして、少佐の新しい職場はどうですか？」

キャゼルヌもビールを飲む。

「快適とはいえないが、不愉快でもない。そんなところだな」

キャゼルヌはヤンの六期上だ。士官学校の経理研究科を出て、後方勤務本部に少尉として任官した。一年後に中尉に昇進。タッシリ星系の補給基地で中尉を三年間やって、大尉になるタイミングで士官学校の事務次長に着任した。ヤンと知り合ったのはそのときだ。

少尉を一年、中尉を三年というのは、士官学校卒業生が通るお決まりのルートだ。大尉になってからは、本人のがんばり次第で昇進のスピードが変わる。キャゼルヌは大尉を一年で通過して、少佐になった。昇進と同時に士官学校を離れ、今は首都ハイネセンポリスの憲兵隊に所属している。

わずか一年で大尉を終えたのは、士官学校卒業生でも最速といえる。キャゼルヌ自身も、それ以上のスピードで昇進した例を知らない。もっと早く昇進するには、軍首脳部が顔色を変えるほどの功績をたてないと無理だろうし、尉官クラスの軍人にそんなことができるとは考えられない。

「隊長が厳格な人でね。だから腐敗したり綱紀《こうき》が緩《ゆる》んだりはしてないけど、若干《じゃっかん》息苦しい」

ヤンが声を立てずに笑った。彼は士官学校生でありながら、一向《いっこう》に軍人らしく見えない。だから最前線で戦闘している姿は似合わないけれど、憲兵姿はもっと似合わない。

「じゃあ、ワイドボーンあたりがぴったりですね」

ヤンは戦略研究科の同級生の名前を挙《あ》げた。十年に一人の逸材《いつざい》と呼ばれる優等生だ。

「確かに、性《しょう》に合うのは間違いない」キャゼルヌも口元を緩める。ヤンと違って、ワイドボーンはどこから見ても軍人にしか見えない男だ。「まあ、本人は宇宙艦隊司令長官か統合作戦本部長を目指してるから、憲兵が似合うと言われたら怒りだすだろうけどね」

二人で声を上げて笑った。

士官学校事務局時代、キャゼルヌはなぜかこの平凡な生徒とウマが合い、異動してからも機会を見つけて会っている。今夜も、部隊実習のため惑星ハイネセンを離れるヤンが、挨拶を兼ねて声をかけてきたのだ。

二人はハイネセンポリスの外れにあるビアレストランに腰を落ち着けた。酒も料理もまずまずで、静かすぎずうるさすぎない雰囲気が気に入っていて、キャゼルヌはよくこの店を利用している。酒の中ではワインとブランデーを選ぶことが多いけれど、ビールも嫌いではないのだ。なんといってもビールは他の酒に比べて値段が安いから、後輩に酒をおごるにはちょうどいい。

「ワイドボーンと聞いて思い出したが」キャゼルヌは言った。「士官学校のみんなは、元気か？」

「元気ですよ」ヤンはフライドポテトを一本つまんだ。「この前ラップが風邪《かぜ》をひきましたが、もう回復してますし」

「それはよかった」

ジャン・ロベール・ラップもまた、戦略研究科の生徒だ。戦史研究科が廃止されたときに、戦略研究科に転科したうちの一名。

士官学校の入学試験は、研究科ごとに募集がある。受験時でいえば、戦略研究科の方が戦史研究科よりもかなり偏差値が高い。だから戦略研究科への転科は、他の生徒からやっかみ半分「栄転」と言われていた。

キャゼルヌは戦史研究科が廃止された後に士官学校にやってきたから、戦史研究科時代のラップを知らない。少なくともキャゼルヌの目には、戦史研究科よりも戦略研究科の方が、彼の能力を発揮できるように見えた。

誰に対しても誠実で人望の厚いラップは、正直なところワイドボーンよりも将器《しょうき》としては上だ。ラップ自身にとって本意だったかどうかはともかく、転科は大正解だと思っている。ちなみに戦略研究科に転科したもう一名は、キャゼルヌの目の前にいる。

「ラップが病気で離脱でもされたら、同盟軍にとって大きな損失だ。ただの風邪と聞いて安心したよ」

ヤンの表情が明るくなった。「やっぱり、そう思いますよね」

ヤンとラップは仲がいい。軍隊、それも幹部候補生ともなると、自然と競争意識が働く。だからお互いのことを素直に見られなくなるものだ。しかしヤンは、ラップの成功を自分のことのように喜ぶことができる。本人は「自分は幹部候補生じゃありませんから」と言うが、親しい友人がほめられて素直に喜ぶ性格も、ヤンの美点だと思っている。

「そういえば」ヤンがなにかを思い出したように目を大きくした。「元気どころか、元気すぎる奴がいますけどね」

「なんだ？　そりゃ」

「マッツ・フォン・クラインシュタイガーですよ」

「クラインシュタイガー」口に出して繰り返して、巨体と赤土《あかつち》のような色をした頭髪を思い出す。「ああ、〝パティシエ〟クラインシュタイガーか」

「そうです」

銀河帝国と自由惑星同盟がはじめて戦火を交えたダゴン星域会戦以降、帝国から同盟へ多くの亡命者が流入してきた。その結果「いかにも」帝国ふうの姓を持つ人間が、同盟でも普通に見られるようになった。中でも〝フォン〟とつくのは貴族の証《あかし》であり、マッツ・フォン・クラインシュタイガーも亡命してきた帝国貴族の子孫であることが窺《うかが》える。

先祖はともかく本人は生まれも育ちも同盟だから、進路を限定される謂われはない。軍人となって帝国と戦うことになる士官学校生にも、一定数の亡命貴族の子孫がいる。クラインシュタイガーもその一人だ。

「クラインシュタイガーがどうかしたのか？　元気すぎるというくらいだから、悪い方向への変化ではないだろうが」

「まあ、そうですね」ヤンは困ったように笑った。「どうやら、彼女ができたようで」

「ほほう」キャゼルヌは口笛を吹く真似をした。士官学校は全寮制で規則も厳しいけれど、空《あ》き時間はあるし街に出ることもできる。だから学校の外で恋人を作る者は、男女を問わずそれほど珍《めずら》しくはない。「めでたいことじゃないか」

「まあ、そうですね」

また同じことを言った。口では肯定しながら、表情で否定している。いや、否定というほど強い感情ではない。素直に喜んであげていないというレベルか。

「なにか、不満でもあるのか？」

「いえ、そういうわけじゃありません」ヤンはビールを飲んだ。「私たちがずいぶん協力したってだけで」

キャゼルヌは目を細めた。

「お前さんが他人の恋路に協力とは、珍しいな。いったい、どんな協力をしたんだ？」

「試食係です」

ヤンは即答した。

「……なるほど」

士官学校生は、余暇《よか》の時間を趣味に充《あ》てることが多い。授業が厳しいぶん、息抜きが必要だからだ。士官学校に入学した時点で軍属扱いとなるため、小遣《こづか》いに毛の生えた程度とはいえ、給料も出る。だから趣味に金を使えることも、それを後押ししている。

趣味は生徒によってさまざまだ。フライング・ボールをはじめとしたスポーツ系が多いけれど、地上車《ランド・カー》のレースや魚釣りも人気がある。ヤンは歴史書ばかり読んでいるし、そしてクラインシュタイガーの場合は菓子作りというわけだ。軍人志望者としては珍しい趣味だから、〝菓子職人《パティシエ》〟というあだ名がついている。

「しかし、お前さんでは味見の役に立たないだろう」

別にヤンを馬鹿にしたわけではない。士官学校は軍人養成校だ。戦場では生存のための栄養さえ摂取《せっしゅ》できればいいという考えだから、普段から粗食《そしょく》に慣らされている。美食とは縁のない生活を送っている以上、味覚が鈍磨《どんま》するのは仕方がない。

「そのとおりです」ヤンはあっさり認めた。「本当の試食係はミス・エドワーズです。私とラップは、飾りですね」

「ミス・エドワーズ」キャゼルヌは凛《りん》とした表情の少女を思い出した。「エドワーズ事務長のお嬢さんか」

士官学校のエドワーズ事務長は、昨年までキャゼルヌの上司だった人物だ。ヤンたちと同世代の娘がおり、名前は確かジェシカといった。

戦史研究科が廃止されるときに、ヤンとラップが廃止撤回運動を繰り広げたと聞いている。ジェシカは彼らに積極的に協力し——むしろ彼女の働きの方が効果的だったそうだ——、以来二人と親しくしているという。

「正しく味のわかるミス・エドワーズに試食してもらいたいんだけど、彼女一人を誘っても来てくれないだろうからって、私とラップも誘ったというわけです。いわば、カムフラージュですね」

「それって」反射的に答えた。「クラインシュタイガーがミス・エドワーズを口説《くど》こうとしてるってことじゃないのか?」

ヤンは一度うなずき、続いて首を振った。

「最初は私もそう思ったんですが、どうやらそうではないようです。というか、本命の彼女に気に入られる菓子を作りたいから、ジェシカの助けを借りたいということでした。下心を持っていない証拠として、私とラップも誘ったのだと言っていました」

「まあ、わからないではないな」百パーセント信じたわけではないけれど、一応納得しておいた。「それで、味はどうだったんだ？　あいつの趣味が菓子作りなのは知ってるが、腕前の方は聞いたことがないぞ」

「おいしかったですよ」ヤンは簡単に答える。「ただ、食べたことのない味でしたね。クラインシュタイガーの説明だと、本来は帝国の菓子で、同盟ではあまり使わないハーブを使うんだそうです。ヴァルハラ・サフランといったかな。不思議な味で、慣れるとやみつきになると言っていました」

「まさか、サイオキシン麻薬でも入ってたんじゃないだろうな」

ヤンは両肩を回した。「少なくとも、中毒にはなってません」

それはそうだ。そう考えると同時に、別のことにも気づいていた。

「ってことは、お相手も亡命者か」

「らしいですね」

キャゼルヌが察したことに、ヤンは満足げな顔をした。

「相手の名前も聞きました。っていうか、こちらは興味がないのに、勝手に教えてくれたんですが。ジル・フォン・ロイポルツっていう、やっぱり亡命貴族の子孫なんだそうです。ひとつかふたつ年上の女の子だと言っていました」

士官学校の四年生だと、現役で合格していれば――浪人して士官学校を目指す若者もいるのだ――十九歳になる。だとすると、ロイポルツという女性は二十歳か二十一歳ということになる。

「どうやって知り合ったんだ？」

「それが、やっぱり趣味がきっかけなんですよ。菓子を作ろうにも、寮の部屋にはキッチンがありませんし、学生食堂の厨房《ちゅうぼう》も使わせてもらえません。だからクラインシュタイガーは、街のキッチンスタジオに通《かよ》っているんです。キッチンスタジオは、料理教室に使われる他に、本格的な調理設備を使いたい人間が借りたりしますから」

「ってことは、お相手の女の子は料理教室に通っているか、スタジオを借りるくらい本格的な料理を作る趣味人ってことか」

「料理教室に通っていたそうです」

ボタンひとつでおいしい料理ができる時代だからこそ、手料理に価値がある。そのため男女を問わず料理教室が人気なのだ。ジル・フォン・ロイポルツもその一人ということだろう。

「そうしたらスタジオの隅で、バカでかい身体つきの男がちまちまと菓子を作っている。どんな奴かと興味を持って話しかけたら、それがクラインシュタイガーだったわけです」

「なんだ。向こうから声をかけてきたのか。情けない」

「クラインシュタイガーだって、別にナンパのためにキッチンスタジオに通ってたわけじゃありませんよ」

「それもそうだ」

二人同時にジョッキを傾けた。それでジョッキは空《から》になった。

「もう一杯、行くか？」

「行きましょう」

ヤンは細身の身体に似合わず、かなり飲める方だ。キャゼルヌはカウンターの奥に声をかけて、追加のビールを注文した。

「ロイポルツ嬢に話を戻すと、料理教室に通っている甲斐《かい》あってか、腕前もなかなかのものだということでした。『ジルの作るフリカッセは最高だ』ってのろけてました。フリカッセは帝国由来の料理ですから、ロイポルツ家伝統の味なのかもしれませんね」

ビールが届いた。その場でビール二杯分の料金を支払う。

ヤンは新しいビールに口をつけた。

「そんなふうに仲良くなって、お互いのことを話すようになりました。亡命貴族の子孫同士ですから、亡命の時期や理由は必ず話題になります。ロイポルツ家の場合は、彼女の祖父が幼い頃でした。ただ、理由は思想的なものではなかったそうです。祖父の父親、つまり曾祖《そう》父が奥さんを亡くしてから無気力になって、知り合いにそこをつけ込まれて借金の保証人になってしまったんだそうです。お決まりの展開で他人の借金を背負うことになって、その関係で逃げ出したのが理由だとか」

　よくある話だ。ヤンが説明したように、帝国から同盟に亡命する理由は、民主共和主義への共感ばかりではない。ロイポルツ家のように経済的に困窮《こんきゅう》してということもあるし、帝国で犯罪を犯して逃亡先に選んだだけということもある。もちろん入国審査の際には、全員が「民主共和主義を実現している同盟で暮らしたい」と言ってくるわけだが。

「その祖父が長じて同盟の女性と結婚して、彼女の父親が生まれ、父親がまた同盟の女性と結婚して彼女が生まれました。ロイポルツ嬢が生まれたときにはもう曾祖父は亡くなっていましたが、祖父は元気でした。そのおじいさんから、帝国にいた頃に母親が作ってくれたお菓子がおいしかったと、ずっと聞かされていたんだそうです」

「ははーん」続きは想像できた。「彼女に『わたしも食べてみたいなあ』って言われて、『よし、俺が作ってやるよ』と立ち上がったわけだな」

「ご明察です」

　わかりやすすぎる反応だが、女の子を前にした男子としては、正しい行動だ。いや、むしろそうでなければならない。

「でも、どんな菓子かわからないことには、作りようがないだろう」

「ロイポルツ嬢に、おじいさんから聞いた話をできるだけ再現してもらって、がんばって調べたみたいですよ。私がよく行く古本屋にも連れて行きました。亡命してきたときに持ってきた本を売るから、古本屋には、わりと帝国の本があるんです」

キャゼルヌは、戦史と戦略以外にもヤンが好成績を修めている科目を思い出した。帝国語だ。もともと歴史家志望だったヤンは、帝国の歴史を詳しく調べるために、敵国の言葉を熱心に勉強しているのだ。その甲斐あって、帝国の書籍は苦もなく読めるし、帝国の立体TV《ソリビジョン》番組も字幕なしで観《み》ることができる。それだけではない。士官学校の科目ではないけれど、古代地球語の読解力もなかなかのものだと、聞いたことがある。

「帝国のレシピ本が売ってるかもしれませんから、探してみようと思ったんですね。まあ、なかったですけど。そんなふうに苦労して調べて、たどり着きました。ラーバブルネンっていう、惑星オーディンの菓子です。オーディンっていっても、山間《やまあい》のフロイデン地方だけで食べられている、マイナーな郷土菓子だとか」

「ラーバブルネン」キャゼルヌはその帝国語を復唱した。「溶岩の泉、か」

「そうです。半球形のチョコレートケーキの上から、真っ赤なベリーソースを大量にかけたやつでした。チョコレートケーキを火山、ベリーソースを溶岩に見立ててるんでしょうね。まさしく泉のようになるまでソースをかけるから、お皿も普通のケーキ皿ではなくて、縁《ふち》が高くなったものを使うんだそうです」

想像しやすい外見だ。

「なんだか、どんなものかわかってしまえば、作るのは難しくなさそうだな。おれが作れるというわけじゃないけど」

「それが、そんな簡単なものじゃなかったらしいです」

ヤンはうまそうにビールを飲んだ。甘いものよりもこちらの方が好きだと言いたげに。

「おっしゃるように、菓子作りの素人である私たちが見ても、そういった外見の菓子を作るのは、簡単にできそうに思えます。実際、クラインシュタイガーは手に入れた画像を元に再現しました。彼女のアパート——親元を離れて一人暮らしをしているそうです——に持って行って、できあがったラーバブルネンをふるまいました。彼女はたいそう喜んで、ひと口食べました。そうしたら、小首をかしげたのです。なにか、イメージと違うと」

「イメージと違う」キャゼルヌは、まるで自分自身が言われたかのような気になった。「そう言われてもなあ」

「まったくです」

ヤンも苦笑した。

「ロイポルツ嬢もクラインシュタイガーと同様、生まれも育ちも同盟です。同盟にだって帝国料理を出すレストランはありますが、クラインシュタイガーがあれほど調べなければわからなかった菓子がメニューに載っているとも思えません。彼女だって、食べたことなんてないはずなんです」

「つまりは、イメージというのは、ロイポルツ嬢が勝手に脳内で醸成したものだってことか」

「そういうことです。ああ、彼女の名誉のために言っておきますけど、それで機嫌を損ねたりクラインシュタイガーを責めたりはしなかったようですよ。『わたしのためにこんなにがんばってくれてありがとう、とってもおいしい』って言ってくれたんだそうです」

「でも、クラインシュタイガーのパティシエ魂《だましい》に火がついた」

的確な表現だったようだ。ヤンがおかしそうに笑った。

「クラインシュタイガーは、彼女を満足させるラーバブルネンを作ろうと決心しました。でも、難題ですよね。ロイポルツ嬢のラーバブルネンに対するイメージは、彼女の頭の中にある。おそらくは、本人もどのようなものか、わかっていない。それを再現しようというのですから」

「そりゃまた、大変な戦いだな」

半ば感心、半ば呆《あき》れてキャゼルヌはコメントした。「整理すると、こういうことか。クラインシュタイガーは帝国の味を出さなければならない。でも、彼女は同盟の味で育っている。仮にできたとしても、本場の味をそのまま再現したら、おそらくは彼女の口に合わない。だから同盟の菓子とちょっと違う、帝国っぽい味を演出しながら、同盟の人間がおいしいと思えるように仕上げる——そんなところか」

自分で説明していて、くらくらしてきた。ちょうどいい落としどころを探るといえば聞こえはいいけれど、実際にやるとなると、料理をしない自分でもその困難さがわかる。なんといっても、判断するための客観的指標がないのだ。

ヤンも大きくうなずいた。

「クラインシュタイガーも軍人の卵ですからね。与えられた任務から逃げたりしません。まあ、この場合は自分で自分に命令したんですが。ラーバブルネンについてさらに調査して、さっきもお話しした、ヴァルハラ・サフランという珍しいハーブが重要なキーになることを突き止めました」

ヤンは一度話を止めて、フライドポテトをつまんだ。こちらは同盟で広く食べられているジャンクフードだ。誰でも安心して食べられる。

「珍しいといっても、フェザーン経由で帝国のものが普通に手に入る昨今《さっこん》、入手は難しくありません。実際、ハイネセンポリスの大きな食材屋に行けば手に入ったので、第一関門はクリアしました。後は、ヴァルハラ・サフランをどのくらい味の演出に効《き》かせるか、ということになります。そこで登場するのが、ミス・エドワーズです」

話がつながった。

「おれはエドワーズ事務長のお嬢さんのことを直接は知らないが、若い女性だし、甘いものが嫌いっていうことはないだろうな。軍属じゃないから、まっとうな味覚を持っている。父親が勤めているわけだし、士官学校生にも協力的だ。お前さんたちの戦史研究科廃止反対運動に参加したくらいだから、食べた感想もズバズバ言える。確かに、最適な人材だ」

「そういうことです。さっき、彼女一人を誘わなかったのは、一人だけ誘っても来てくれないと思ったと言いました、ですがそれ以上に、彼女がいるのに他の女の子と二人きりになることに抵抗があったからでしょう」

「確かに、そのあたりはきっちりしていそうな奴だ」

士官学校生は、成績優秀な人間が集まっている。身体も鍛《きた》えているし、姿勢もいい。就職先の軍隊は、戦死のリスクがあるとはいえ、食いっぱぐれのない堅実な職業だ。身もふたもない話をすれば、戦死したら二階級特進しての恩給が未亡人にもたらされる。好条件が重なっているから、本人がその気になれば、けっこうもてるのだ。しかしクラインシュタイガーは複数の花を愛《め》でる性格ではない。

「私とラップが誘われたのは、ミス・エドワーズと以前から交流があったのと、こんな酔《すい》狂《きょう》につき合ってくれる同級生が私たちくらいだったからです。休日の度《たび》にキッチンスタジオに呼ばれて、試食させられました。でも、ただ食べるだけじゃありません」

「っていうと？」

「演出です。少佐がおっしゃったように、クラインシュタイガーが目指していたのは帝国の味ではなくて、帝国っぽい味です。でも、はじめからニセモノを出したのでは、ロイポルツ嬢の気分も萎《な》えてしまうでしょう。ですから帝国のテーブルマナーに則《のっと》った形で食べてもらおうとしたわけです。そういった情報は、いくらでも手に入りますから」

キャゼルヌはため息交じりにうなずいた。

「その手の宣伝工作は、お互いにやってるからな。敵国に向けて、自分たちの文化がいかに素晴らしいか、情報発信する。帝国のテーブルマナーを調べるのは簡単だ」

「それだけじゃありません。郷土料理というのは、地域の風土と分かちがたく結びついています。ラーブブルネンの場合は、オーディンのフロイデン地方ですね。フロイデン地方はどんな土地柄《がら》で、どんな気候で、なぜその菓子が食べられているのか。クラインシュタイガーはそこまで調べ上げました。冬はかなり気温が下がるけれど、夏は過ごしやすい、フロイデン地方はそんな土地だそうです。そしてラーブブルネンは夏に食べられるものだと。だから試食のときも、エアコンを操作してフロイデン地方の夏の気温を再現しました」

キャゼルヌは喉の奥でうなった。趣味に打ち込んで細部まで再現しようとするのは悪いことではないが、そこまで徹底する奴だったのか。

「まあ、それは遊びの範囲です。問題は、味。ミス・エドワーズがおいしさや食べやすさについてコメントして、クラインシュタイガーがそれを参考にレシピを修正する。作り直して次の週にまた試食。そんなことを繰り返しました」

「おいおい」キャゼルヌは口を挟んだ。「そんなに何回も試食させられたのか？」

ヤンが記憶を呼び起こすように宙を睨《にら》む。「都合、五回くらいですか」

「お前さんたちはともかくとして、ミス・エドワーズをそんなにつき合わせたのか。いくら事務長の娘とはいえ、あまりいいことじゃないぞ」

「クラインシュタイガーも、さすがに申し訳なく思っていました。でも——」ヤンがぱたぱたと片手を振る。「ミス・エドワーズはまったく気にしてないようでしたよ。むしろ、週末ごとに出掛ける理由ができたって、喜んでました」

「気遣いに聞こえるけど、わからない話ではないな。事務長は、堅苦しい人だからなあ。せっかくの休日に父親と一緒にいたら、息が詰まってしまう」

　また二人で笑う。

「クラインシュタイガーは何度もつき合ってくれたお礼をしようとしましたけど、ミス・エドワーズは『毎回おいしいお菓子を食べさせてくれたから、お礼を言うのはこちらの方です』と言って、取り合ってくれませんでした。こちらは、明らかな気遣いですね」

「よくできたお嬢さんだ」

「そう思います」ヤンは表情を隠すようにビールを飲んだ。「かといって、やっぱりそのままというわけにもいきません。キッチンスタジオを出た後、私とラップがお礼をしようとしました。お菓子を食べたばかりだから食事に誘うというわけにはいきませんが、立体映画とか、ウィンドウショッピングとか、方法はいろいろあります。私たちはジェシカとは多少長いつき合いですから、自分たちからなら受け取ってくれると思ったんです。でもそれも断って、家に向かって歩いていきました。ラップは寮に帰り、私は古本屋へ直行です」

「まあ、古本屋に誘わなかっただけ、よしとしよう」

「失礼な」ヤンは不満げな顔をした。「女性客だって、少しはいますよ」

「ミス・エドワーズが喜ぶかどうかが問題だからな。それはともかくとして、クラインシュタイガーの方の結果はどうだったんだ？　彼女は喜んでくれたのか？」

「大成功だったそうです」

ヤンは当然でしょうと言いたげな顔で答えた。「食器もそれらしいものを用意して、練習でもやったように空調も効かせて、完成品をロイポルツ嬢の前に差し出しました。そしたら彼女は『おいしい！　おじいちゃんが忘れられなかったのもわかる！』って感動してくれたらしいですよ。クラインシュタイガーの手を握って『わたしのために、こんなにがんばってくれて、ありがとう』と言ってくれたとか」

「クラインシュタイガーも、なんとか面目《めんもく》を保ったか」ハッピーエンドは予想していたけれど、実際に聞かされると安心する。「奴も嬉しかっただろうな」

「そうでしょうね。趣味と恋愛と、その両方で成果を得たんですから」

あくまで冷静なヤンの論評だった。

「でも、クラインシュタイガーがそれほど入れ込んでるってのは、ロイポルツ嬢ってのは、よっぽど魅力的な女性なんだろうな。一度お目にかかってみたい気もするな」

「クラインシュタイガーはそのつもりだったみたいです。今度、士官学校の仲間を紹介するよって誘ったらしいです。学校祭とか、士官学校を一般市民に開放する機会がありますから、そんなときに。そしたら、断られたんだそうです」

「ほう」意外な展開だ。「なんで、また」

「ラーバブルネンの一件を、本人も気にしていたってことです。男を振り回したわがまま女と思われるのが嫌だというわけですね。それと、士官学校生は怖いからと」

妙な科白《せりふ》に、キャゼルヌは目を大きくした。

「怖い？　士官学校生とつき合ってるのに？」

「クラインシュタイガーは、士官学校生と知らずに声をかけたからよかったけど、はじめから知っていると別なんだそうです。士官学校生はただでさえ怖い軍人の中でもエリートだから、学のない自分は気後《きおく》れしてしまう。わたしとの仲は、わたしたちだけのものにしたいとお願いされたとのことです。だからクラインシュタイガーの彼女について知っているのは、士官学校ではラップと私だけです」

士官学校生の実態を知っている自分からすると、彼女の心配は、杞憂《きゆう》だということがわかる。実際、目の前にいる士官学校生は、エリートの中でも特に選び抜かれた生徒が属する戦略研究科にいるが、怖さとはまったく無縁の外見をしているわけだし。でも軍に縁のない民間人からすると、そんなものなのかもしれない。

「というわけで、クラインシュタイガーは幸せまっただ中というわけです。でも——」

ヤンは二杯目のビールを飲み干した。

「クラインシュタイガーも来週から部隊実習ですから、しばらく会えないのが悲しいってぼやいていました」

「そういえば、クラインシュタイガーはどこに行くんだ？」

「ご近所ですよ。惑星テルヌーゼンです」

惑星テルヌーゼンは、居住可能惑星では惑星ハイネセンの隣に当たる。宇宙規模で考えたら近所だけれど、空き時間にちょっと移動できるというものではない。そもそも部隊実習中にそんな余裕があるわけがないし。

「まあ、しばらくの辛抱だな。卒業したら、どこに配属されるかわからない。軍人は超遠距離恋愛なんて珍しくないから、いい練習だ」

キャゼルヌがコメントすると、ヤンが軽い口調で訊いてきた。

「少佐も、遠距離離恋愛中なんですか？」

「いや、遠距離ってわけじゃないが……」

そこまで言って、カマをかけられたことに気がついた。

「こら。先輩をからかうな」

ヤンの頭を軽くこづく。

「そのうち、紹介してください」

ヤンが頭をさすりながら微笑《ほほえ》んだ。キャゼルヌも笑みを返す。「そのうちな」

キャゼルヌもビールを飲み干した。「そろそろ、門限か」

「はい。実習前に門限破りするわけにはいきませんから、帰ります」

「そうだな」

二人で店を出た。無人タクシーを捕まえ、ヤンを乗せる。自分のカードで料金を前払いして、行き先を告げた。車載コンピューターが行き先を認識し、乗客にシートベルト着用を促《うなが》す。

「じゃあ、部隊実習、がんばれよ」

キャゼルヌが声をかけると、ヤンは頭をかいた。「実習中に帝国が攻めてこないことを祈るばかりです」

「そうなったらなったで、生き延びろ」

「がんばります。じゃあ、私たちの留守中、ハイネセンをお願いします」

「任せとけ」

「おやすみなさい」

「おやすみ」

ヤンを乗せたタクシーが走り去ると、キャゼルヌは今度は自分のためにタクシーを拾った。

乗り込んで、住んでいる独身用の官舎を告げる。タクシーが走り出した。

「それにしても、クラインシュタイガーがねえ」

独《ひと》り言を言った。クラインシュタイガーは〝薔薇の騎士《ローゼンリッター》〟連隊に入れそうなほど屈強《くっきょう》な肉体の持ち主だ。だからどうしても周囲に威圧感を与えてしまうが、中身は純情な奴だ。好きになった女の子のために全力を尽くすというエピソードは、彼の為人《ひととなり》を考えれば納得できる。それにヤンとラップが協力したというのも、いい話だ。

キャゼルヌは茶色の瞳と茶色の髪を脳裏に浮かべる。

遠距離恋愛ではないとヤンに言ったように、キャゼルヌの恋人はハイネセンにいる。

彼女は料理上手だ。お菓子作りも相当な技量があると聞いている。

彼女とは、次の休日に会う約束をしている。

今夜の話をしてみてもいいな。彼女なら、同じ課題を与えられたとき、どんなふうに解決するのだろうか。

＊　＊　＊

「他人が想像している味を再現、ですか」

オルタンス・ミルベールが、きょとんとした顔をこちらに向けた。

「そう」アレックス・キャゼルヌはうなずいた。「難題だろう?」

オルタンスは顔をこちらに向けたまま、視線だけを上にやった。考えている仕草。けれどすぐに首を振った。「どうやるか、見当もつきません」

くすりと笑う。その表情を見て、キャゼルヌはやっぱりかわいらしいと思った。

キャゼルヌは現在、オルタンスと交際している。それ自体は若い男性が若い女性と恋愛関係になっただけだから、別段《べつだん》珍しいところは何もない。あえて特別なところを見出そうとするのなら、彼女が元上官の娘だということだろうか。

立体TVの脚本家は、人類がまだ地球という辺境の一惑星に閉じこもっていた頃から、同じパターンを繰り返している。すなわち親友の妹か上司の娘と恋仲になることだ。

残念ながらフィクションの常で、現実世界でお目にかかることは滅多《めった》にない。キャゼルヌは、脚本家たちの甘い夢を実現した一人といえるだろう。

オルタンスの父親であるミルベール少佐は、キャゼルヌが最初に赴任した部署の責任者だった。社会に出てはじめての上司だから、今でも頭が上がらない。

キャゼルヌがオルタンスと出会ったのも、そのことに由来している。キャゼルヌが士官学校の事務次長としてハイネセンに戻ってきたとき、ミルベール少佐はすでに退役しており、在郷《ざいごう》軍人会の事務をやっていた。

「おい、キャゼルヌ。ちょっと手伝え」

とある休日に、かつての上司に声をかけられた。在郷軍人会主宰のチャリティーイベントを開催するから、人手が必要だというのだ。本来は受ける立場でないのだけれど、こういった場合は、当時の人間関係が復活する。新人だったキャゼルヌに丁寧に仕事を教えてくれた恩もあって、手伝いに行った。そこで、やはり手伝いに駆り出されていたミルベール元少佐の娘と出会ったのだ。

茶色の髪と瞳は、父親譲《ゆず》りだ。顔だちは美人と表現できると思うけれど、キャゼルヌが惹《ひ》かれたのは、造形よりも表情だった。包み込まれるような、ふんわりとした笑顔に魅了された。

それだけではない。イベントの運営においても、動きがテキパキしていて勘所《かんどころ》を外さない仕事ぶりに感心した。事務手続きに一家言《いっかげん》のあるキャゼルヌが見ても、実務に長《た》けた有能な女性なのは疑いない。この年ハイネセンポリスの私立大学を出て、軍にタンク・ベッドを納入している民間企業に勤務しているそうだけれど、社会人一年目とは思えないような手際《てぎわ》の良さだった。

「キャゼルヌ少佐。お忙しいでしょうに、父のわがままを聞いてくださって、ありがとうございます」

自分に対しても、丁寧に対応してくれた。もっとも、後になって聞いたところでは「わたしとたいして年も違わないのに少佐だなんて、どんなエリートが来るんだろうって、身構えてたんです」ということだ。士官学校出だから世間からはエリートとみられても仕方がないけれど、身構えるほどでもないだろう。そう言うと、オルタンスは困ったように微笑《ほほえ》んだ。

「少佐って、年を取ってからなるものだと思ってましたから」

それで納得がいった。ミルベール少佐は士官学校でなく、軍経理学校という後方勤務のスタッフを育てる学校の出身だ。以来、直接戦闘に参加するのではなく、後方で前線の兵士を支援する業務にあたっていた。士官学校卒業生ではなかったから昇進も遅く、定年退官も間《ま》際《ぎわ》になって、ようやく少佐になった。

一方、士官学校卒業のキャゼルヌは、すでに少佐に昇進している。二十代半ばで定年退官した父親と同じ階級というわけだから、どうしても意識してしまうのは仕方がない。エリート面した鼻持ちならない奴が来たらどうしようと身構えるのも、無理からぬことだ。

「でも、来てくださったのがキャゼルヌ少佐でホッとしました」

そう言って、四歳年下の女性は花が咲いたように笑った。

どうやら自分にいい印象を持ってくれたことがわかったから、キャゼルヌはその日のうちに、次に会う約束を取りつけた。以来、順調に交際を続けている。

今日も、買い物――オルタンスが友人の結婚式につけて行くブローチが欲しいと言ったのだ――につき合い、立体映画を観てから、レストランに入った。オルタンスはキャゼルヌと会うことを両親に伝えている。いわば親公認の仲だから、あまり遅くならなければ、夜まで一緒にいても、何も言われない。

ミルベール夫妻が子宝に恵まれたのは結婚してかなり時が過ぎてからだった。そのため、オルタンスをそれこそ目に入れても痛くないというかわいがりようだと聞く。当然娘の交際相手に対して選択眼が厳しいものになるわけだが、元部下だったキャゼルヌを認めてくれたのは、嬉しいかぎりだ。だったら、期待を裏切らないようにしなければならない。

予約しておいた『三月兎亭《マーチ・ラビット》』というレストランに腰を落ち着けた。この店は、店名から受ける印象よりもずっと落ち着いた雰囲気で、それゆえ若い女性を誘うには最適な選択肢ではなかったかもしれない。けれど彼女はどこにいても、自然と周囲の雰囲気に馴染んでしまう。キャンドルの炎にほのかに照らされた顔を見て、キャゼルヌは自分の選択が間違っていなかったことを確信した。

「舌平目《したびらめ》のムニエルのコースを。それから、ハウスワインの白を、デキャンタで」

ウェイターに注文を告げた。オルタンスは酒が飲めないわけではないけれど「顔が赤くなるのが恥ずかしいから」と言って、あまり量を飲まない。自分だけがぶがぶ飲むわけにもいかないから、ボトルでなく量の少ないデキャンタにしたのだ。

前菜《ぜんさい》が運ばれ、白ワインがグラスに注がれた。軽くグラスを触れ合わせる。

「今日はつき合ってくださって、ありがとうございました」

言葉遣いは相変わらず丁寧だけれど、口調はかなり打ち解けたものになっている。キャゼルヌは小さく笑った。

「憲兵隊に移ってから、必ず週末が休みというわけじゃなくなったからね。なかなか予定が合わずに、申し訳ない」

「憲兵さんって、軍の警察官なんですよね。少佐は、あんまり警察官って感じはしませんけど」

「まあね。後方勤務畑の人間は、わりと短期間であちこち異動するんだよ。お金を扱う仕事が多いから、癒着《ゆちゃく》を防ぐためだろうな。だから、憲兵隊も長く勤めることはないと思う」

オルタンスがうなずく。

「父もそうでした。遠くの基地に赴任《ふにん》したときは、母の実家から学校に通ったものです」

軍人さんって大変ですね――そう続けて、何か思い出した表情になった。

「そういえば、父が言っていました。少佐は士官学校時代に書いた論文が注目されて、大企業に引き抜かれそうになったって。でも、企業に就職するんじゃなくて、軍を選んだんですね」

「まあね」企業の人事担当者が訪ねてきたときのことを思い出した。

「同盟でも有数の大企業だったから、心が動いたのは間違いない。待遇も、そっちの方がよかったしね。でも、軍の仕事の方により強い魅力を感じたんだ」

オルタンスは瞬《まばた》きした。よく理解できていない顔。もちろん、これだけでは説明不足だ。

キャゼルヌは言葉を続けた。

「政治の観点から軍の進む方向を決めるのは、国防委員長だ。作戦を立てるのは統合作戦本部長だし、実際に戦闘を指揮するのは宇宙艦隊司令長官。軍隊における最高位はそのあたりなんだけど、ひどい言い方をすれば、連中は声を上げているだけだ。声を上げただけでは軍隊は動かない」

キャゼルヌはワインを飲んだ。「戦うためには戦艦だって建造しなくちゃいけないし、完成したら武器を運び込まなきゃいけない。兵士をどこに何人配置するかも決める必要があるし、奴らを食わせなきゃいけない。そのための食料をどこでどのくらい調達するか。万が一にも宇宙服に欠陥があったらまずいから、検品だってしなけりゃならない。君の会社が納めているタンク・ベッドだって、なくてはならないものだ。そういった膨大なバックグラウンドの活動があって、はじめて軍は戦える。それらのすべてを取り仕切るのは、後方勤務本部長なんだ。軍の経営者、いや、軍行政の首長って感じかな。どんな大企業でも、軍より大きいってことはない。だったら軍に残って、巨大組織を取り回した方が面白い。そう思ったんだ」

オルタンスは目を丸くした。

「そんな志《こころざし》があってのことだったんですね。知りませんでした」

それほど感心されるようなものでもない。

「士官学校は第一志望ってわけじゃなかったんだけど、入ってみて、軍の面白さに気づいたって感じかな。まあ、軍人志望じゃないのに士官学校に入って、いまだに軍人になりたくない奴もいるけどね」

キャゼルヌは黒髪の後輩を思い起こしながら言った。それがスイッチになって、この前ビアレストランで聞いた話を思い出した。菓子作りが上手なオルタンスに話してみようと考えたことも。そこで彼女に尋ねてみたのだ。「他人が想像している味を再現しようと思ったら、君ならどうする？」と。

オルタンスは「見当もつきません」という、至極《しごく》まっとうな返答をした後、興味深そうにキャゼルヌの目を覗きこんだ。

「そんな難題を突きつけられた人がいらしたんですね？」

「そうなんだ。士官学校の生徒なんだけどね――ああ、食べながら聞いてくれ」

そう言わないと、彼女は聞いている間、フォークすら握ろうとしない。オルタンスはキャゼルヌの気遣いに嬉しそうな顔をして――彼女は食べられることではなく、恋人が気遣いしてくれたことを喜ぶ性格だ――前菜に手をつけた。

キャゼルヌは、ヤンから聞いたクラインシュタイガーの話を語って聞かせた。記憶力には自信がある。かなり細かいところまで正確に再現できたはずだ。

「というわけで、クラインシュタイガーはせっかく仲良くなった彼女と離ればなれになって、部隊実習中というわけなんだ」

キャゼルヌは話をそう締めくくって、ポタージュスープを飲んだ。三月兎亭はゼリー・サラダが有名だけれど、個人的にはスープが素晴らしいと思っている。

「そんなことがあったんですね」

話を聞き終えたオルタンスが、静かに言った。「士官学校の生徒さんもそんなふうに一所懸命になるなんて、なんだか親しみが湧いてきました」

「そりゃ、しょせん若造だからな」

キャゼルヌは笑った。オルタンスが曖昧にうなずく。

「部隊実習って、どのくらいなんですか？」

「半年間だ。つまり、半年間会えないわけだな」

「そうですか」オルタンスがぽつりと言った。その表情が気になった。妙に冴《さ》えないのだ。

「どうした？」

キャゼルヌの問いかけに、オルタンスは悲しげな目で答えた。

「クラインシュタイガーさんが、もう彼女さんには会えないと思うと、お気の毒で」

店内を沈黙が支配した。

もともとうるさい店ではないけれど、まったくの無音というわけではない。それでもキャゼルヌの周囲から、音が消えた気がした。

「……どういうことだい？」

呼吸ふたつ半ほど経《た》って、ようやく声を出せた。オルタンスはスプーンを置いて、こちらを向いた。

「部隊実習を終えてクラインシュタイガーさんがハイネセンに戻ったときに、ロイポルツさんはもういない。そう思うからです」

「…………」

すぐに反応できず、キャゼルヌは黙った。少しの間を置いて、口を開く。

「それは、ロイポルツ嬢が半年も待てなくて、他の男に走ってしまう、そういうことかな?」

それじゃあ、軍人とつき合うのは無理だ――そう続けたけれど、オルタンスは首を振った。

「いえ、ロイポルツさんは待つつもりだと思います。でも、邪魔する人がいるんです」

ますますわからない。反応に迷っているうちに、メインが運ばれてきた。テーブル脇で、ウェイターが器用に骨を外してくれる。食べやすく仕上がった皿をテーブルに載せてくれた。

「冷めないうちに食べよう」

とりあえずそう言って、自《みずか》らナイフとフォークを取った。オルタンスも器用に身をフォークに載せて口に運ぶ。キャゼルヌも白身を口に入れた。焦《こ》がしバターのソースは絶品だったけれど、落ち着いて味わう気分ではない。白ワインで口の中のバターを流す。

オルタンスはいったん手を止めて、ナプキンで口を拭《ふ》いた。

「お話を伺っていて、気になることがあったんです」

表情は柔らかいけれど、目は真剣だった。

「どんな？」

反射的に訊いた。自分は、別段おかしなことは言っていないはずだ。

「ロイポルツさんは、おじいさんからお菓子の話を聞いたと言っていました」

そのとおりだ。キャゼルヌが無反応なことに、オルタンスは不満そうに頭を振った。

「じゃあ、ロイポルツさんは、どうしてそのお菓子について、自分で調べなかったんでしょうか」

ぱん、と頰《ほお》を張られたような感覚があった。もちろん、オルタンスが叩いたわけではない。けれど彼女の言葉には、同様の力があった。

「えっと――」キャゼルヌは言葉に詰まる。交際を始めてから、彼女に対して返答に窮《きゅう》するのは、はじめてのことだ。「調べたけど、わからなかったとか」

「そうかもしれません」オルタンスは肯定しながら否定していた。「ロイポルツさんは調べたけれど、わからなかった。クラインシュタイガーさんは、調べたらわかった。この差は、どこから来るのでしょうか」

「そりゃ、調査力の違いだろうな」今度は、よどみなく答える。検索という単純な作業にも、能力差は間違いなくある。それは、職場で同僚たちを見ていると、日々実感することだ。

しかし、オルタンスはまた首を振った。

「そうでしょうか。調べるためのツールは、二人とも大差ないと思います。あえていうなら、士官学校生は一般人ではアクセスできない情報源を持っていたということが考えられますけど」

「ないな」今度はキャゼルヌが首を振る。「軍のデータベースはあるにはあるが、士官学校生がアクセスできるものじゃない。そもそも、いくら敵国の情報とはいえ、郷土菓子についての情報があるとも思えない」

説明しながら、キャゼルヌはオルタンスの疑問を理解していた。何らかの情報を探そうと思ったら、コンピューターで検索するか、街の図書館や書店、古書店などでアナログに探すしかない。それに関しては、士官学校生も一般人も条件は同じだ。

もちろん条件が同じでも、検索能力には個人差がある。やはり、その差が出たのではないか。そう続けようとしたとき、オルタンスが口を開いた。

「むしろ、条件はロイポルツさんの方がよかったと思います。なぜなら、おじいさんが帝国にいた頃に住んでいた場所を知っているから」

「惑星オーディンの、フロイデン地方」

キャゼルヌはその場所を口にした。「そうか。はじめから検索条件に地名を入れたら、答にたどり着く確率は飛躍的に高まる。ロイポルツ嬢には、それができた。一方、それを知らないクラインシュタイガーは、広大な帝国領のすべてから探さなければならない。どちらが簡単かは、確かに自明だな」

「そう思います。子供の頃からおじいさんに聞かされて、ずっと食べたいと思っていたなら、調べるでしょう。そして調べれば、わかることでした。でもロイポルツさんは、それをやっていない。あるいは、調べて答はわかったけれど、クラインシュタイガーさんに教えていない。おかしいと思っても、不思議はないでしょう？」

「そのとおりだな」

オルタンスはフォークを取って、舌平目の一片を口に運んだ。よく噛《か》んで飲み込む。

「想像ですけど、ロイポルツさんは調べたんだと思います。調べて、ラーバブルネンにたどり着いていた。そう思った理由は後で説明しますが、気になる点はまだあります。クラインシュタイガーさんは、ご苦労なさって調べたということです。ロイポルツさんが地名を教えてあげたら、そんなに苦労せずに答に行き着くのではないでしょうか。でも、ロイポルツさんはそれをやっていない」

話しながら、オルタンスの眉がひそめられていった。「うっかり教え忘れたのでしょうか。それも変です。亡命貴族の子孫は、親しくなると、お互いの家が亡命してきた時期や理由を語り合うそうですね。だったら、帝国の『どこから』亡命してきたかも、必ず話題に上るはずです。でも、そうなっていない。そう考えると、ロイポルツさんは一族の出身地を、クラインシュタイガーさんに意図的に教えなかったと考えられます」

「ど、どうして」キャゼルヌはつっかえた。「どうして、そんなことをしたんだ？」

オルタンスは小さく首をかしげた。

「単純に考えれば、クラインシュタイガーさんに、自力で答にたどり着いてもらいたかったということですね。恋人の力を借りずに。苦労するでしょうけど、自分のためにそこまで努力してほしかった」

「うーん」キャゼルヌは腕組みをした。「ロイポルツ嬢は自分のことを『男を振り回したわがまま女』と表現したらしいけど、本当にそうだな」

オルタンスは小さく笑った。「女なら、誰でもそんなところはありますよ」

思わず口元が緩んでしまう。発言者に最も似合わない科白だからだ。

「クラインシュタイガーさんの気持ちを考えたという側面も、あるかもしれません。恋人からレシピを手渡されて『ほら、これ作って』と言われるのと、自分で探し当てた情報を元に自分でレシピを考えて作るのと、菓子作りが趣味の人にとってはどちらが楽しいでしょうか」

考えるまでもない。「そりゃ、後者だな」

「そうですよね。ですから、クラインシュタイガーさんの楽しみのためにあえて言わなかったというのは、いかにもありそうなことです。まるで保護者ですけど、ロイポルツさんは年上ということですから、まあ納得できます。でも、そこからがいけません」

オルタンスは困り顔を作った。

「彼氏が苦労して調べて、工夫して作ってくれたお菓子なんです。素直においしいと言って食べればいいのに、首をかしげました。『イメージと違う』と言って」

「それは仕方がないだろう」キャゼルヌは答えた。今回の話のポイントがここだからだ。「話に聞いただけで、実際に食べたことがない。同盟のレストランではメニューに載っていない。頭の中で相当に美化されている可能性が高い。『あれ？　こんなもの？』と感じても、おかしくないと思うぞ」

しかしオルタンスはぱたぱたと手を振った。

「自分の頭の中にある味を再現しろというのは、いくらなんでも無茶すぎます。ロイポルツさんも、いい大人ですよ。本気でそう思ったのなら、まさしくただのわがままです。クラインシュタイガーさんが怒りだす心配だってあります。でも、ロイポルツさんはダメ出しをした。それは、実は根拠のないものではなかった。クラインシュタイガーさんが作ったものが、本物と違うことを知っていたからではないでしょうか」

「本物は、ヴァルハラ・サフランを使っている……」

キャゼルヌが答を言った。オルタンスが目を細める。

「そうです。ロイポルツさんはすでに調べて答を知っていたと考えた理由がこれです。本当のラーバブルネンについて知っていたロイポルツさんにとって、ヴァルハラ・サフランを使っていないラーバブルネンなんて、まったく意味のないものだった。でも、ここまで調べてくれたのだから、もうひと押しでヴァルハラ・サフランにたどり着きます。それも、自分の意志でたどり着いてほしかった。ですから一度イメージが違うと言った後、取り繕《つくろ》うようにお礼を言ったのです。少佐の言葉を借りるなら、パティシエ魂に火を点けるために」

そこまで話して、喉を湿らすために鉱泉水のグラスを取った。白い喉が動く。

「おそらく、ヴァルハラ・サフランさえ使っていれば、次はどんな味が出てきてもOKを出したと思います。もちろん、クラインシュタイガーさんの腕前を知っているわけですから、まずいものは出てこないと確信していたでしょうし」

「努力賞か」キャゼルヌは眉間《みけん》にしわを寄せた。「それじゃあ、まさしく男を振り回したわがまま女じゃないか」

オルタンスはすぐに答えなかった。付け合わせのアスパラガスを焦がしバターソースに浸して食べた。今度は白ワインを飲む。

「こうしてみると、ラーブブルネンというのは、絶妙な選択ですね」

そんなことを言いだした。意味がわからない。オルタンスは自らにするようにうなずいた。

「辺境の惑星のお菓子なら、いくら調べてもわからないでしょう。一方、オーディンの中心部で食べられているものなら、数秒で調べられてしまいます。オーディンの片田舎の郷土菓子というのは、すぐにはわからないけれど、がんばれば調べられるレベルの情報です」

目の前の女性は、いかにも感心したというふうに続ける。

「見た目も印象的です。縁の高い皿の真ん中に、半球形のチョコレートケーキ。そこに赤いベリーソースが泉のようになるまでかかっている。資料の画質が悪かったとしても、簡単に想像がつきます。しかも、構造や作り方は、それほど難しくありません。とどめが、味の決め手です。ヴァルハラ・サフランという、同盟ではほとんど使われないけれど、手に入らなくはないハーブ。それを効かせれば、それらしく仕上げられます。努力すれば及第点が取れる。変な言い方ですけど、生徒に対する宿題としては、ちょうどいい難度ですよね」

言っている意味はわかる。けれど意図がわからない。だからキャゼルヌは、探るような言い方をした。

「君は、おじいさんから聞かされたという話を疑っているのか？」

「はい」

あっさりと答えられた。

「気になることは、まだあるんです。ロイポルツさんはフリカッセが得意料理と聞きました。同盟でも食べられますけど、もともとは帝国料理ですよね。ロイポルツ家は帝国貴族。ロイポルツ家伝統の味と連想するのは自然なことです」

口で認めながら、オルタンスは頭を振っていた。「でも考えてみてください。ロイポルツさんのひいおじいさんは、奥さんを亡くして無気力になり、それが亡命の遠因になったということでした。つまり、亡命したときには奥さんはいない。同盟も帝国も父系の血統が重視されますけど、こと家庭料理については母系が継承されます。わたしも、料理の基礎は母から学びました。亡命したときには子供だったおじいさんも、同盟の女性と結婚しています。それなのに、どうやってロイポルツ家伝統の味を受け継げるのでしょうか」

「あ……」

オルタンスは、静かに言った。

「ジル・フォン・ロイポルツ。そのような女性は、本当に存在するのでしょうか」

ひゅっ、と高い音が鳴った。急に息を吸い込んだため、キャゼルヌの喉が立てた音だ。オルタンスは聞こえなかったかのように話を続ける。

「この一件で、クラインシュタイガーさんはどんなふうに動いたでしょうか。話に聞いた帝国のお菓子について懸命に調べました。情報を得ると、味を再現しようと工夫を凝《こ》らしました。できた第一号が不完全と知ると、さらに調べて、帝国のハーブまで手に入れました。お皿まで近いものを用意して、テーブルマナーも学びました。ルーツになった地方の気候を調べて、室温もそれに合わせる凝りようです。クラインシュタイガーさんは、同盟の士官学校生でありながら、帝国人になりきった生活を送っていたのです」

オルタンスは白ワインを飲んだ。

「帝国も、同盟もやっているそうですね。自国の文化がいかに素晴らしいかをアピールする、宣伝工作を」

「ロイポルツ嬢は、それを実践していたということか……」

キャゼルヌは呻《うめ》いた。オルタンスはうなずく。

「士官学校には、一般に公開されるイベントがあるそうですね。ロイポルツさんはそんな日に士官学校に入り込んで、生徒を物色《ぶっしょく》したのでしょう。できるだけ優秀そうな、亡命貴族の子孫を」

キャゼルヌが後を引き取る。「顔と名前を憶えて、後日、自然な形で近づく。クラインシュタイガーは、キッチンスタジオで声をかけられたということだった。大柄な身体で菓子を作っている姿は目立つから、ロイポルツ嬢が近づくのも納得しやすい行動に映る」

「親しくなってお互いのことを話すようになると、クラインシュタイガーさんがどんな人かわかってきます。クラインシュタイガーさんが自分自身の意志で帝国に引き込めるかどうかが。ロイポルツさん自身が説得する必要はありません。クラインシュタイガーさんが自分自身の意志で帝国に近づくように仕向けることが大切なのです。想像ですけど、ロイポルツさんは、他の士官学校生にも声をかけているのではないでしょうか。クラインシュタイガーさんの場合は、菓子作りが道具に使われました。他の生徒さんも、それぞれ個性に応じた形で誘導したことでしょう」

キャゼルヌは唾を飲み込んだ。ヤンから聞いた話を思い出したからだ。

「ロイポルツ嬢は、クラインシュタイガーから士官学校の仲間に紹介されようとしたときに、断った。士官学校生は怖いからだと。真実は違うのか。他の生徒にも同じように声をかけているから、それがばれないためにも、クラインシュタイガーの彼女として人前に出ることはできなかった。そういうことか」

キャゼルヌの全身に緊張が走った。帝国に操《あやつ》られた、おそらくは亡命貴族の子孫からなる反政府組織が存在している。奴らは軍の幹部候補である士官学校生に目をつけて、片端から転向させる工作を行っているのだ。

「だとすれば、放っておくわけにはいかないな」

今にも立ち上がらんばかりのキャゼルヌに、オルタンスは優しげな目を向けてきた。

「そうですね。ヤンさんも、それを期待していたんでしょうし」

「えっ？」

突然ヤンの名前が出てきて、戸惑う。オルタンスは瞬きした。

「だから、少佐に話したんでしょう。少佐は憲兵隊に所属してますから、自分とクラインシュタイガーさんが部隊実習で不在の間に、処理してほしいと」

ヤンと別れたときのことを思い出す。無人タクシーに乗ったヤンは、キャゼルヌに向かって「私たちの留守中、ハイネセンをお願いします」と言ったのだ。あれは、憲兵としてハイネセンの掃除をしておいてほしいという意味だったのか。

同時に、別のことも思い出した。キャゼルヌはため息をつく。

「君はさっき『ロイポルツさんは待つつもりだと思います。でも、邪魔する人がいるんです』と言った。邪魔する人とは、おれのことか」

「はい」

明快な答だった。確かにそのとおりだ。ジル・フォン・ロイポルツを内偵して、反政府組織の全体像をあぶり出す。そうしたら、一斉《いっせい》に検挙する。半年もあれば、十分可能な捜査だ。部隊実習を終えたクラインシュタイガーがハイネセンに戻ってきたときには、ジル・フォン・ロイポルツ——正確にはそう名乗る女性——は逮捕されている。もう二度と会えない。

事件の全貌《ぜんぼう》は見えた。しかし、わからない点がひとつ残っていた。

メイン料理を食べ終え、テーブルにはデザートとコーヒーが並べられていた。

「君の考えでは、ヤンはロイポルツ嬢の正体に勘づいていたようだ。じゃあ、どうしてヤン自身が動かなかったのかな。ヤン自身はまだ軍属に過ぎないが、教官に進言すれば動いてもらえるのに」

すると、オルタンスは驚いたような顔をした。デザートのムースを取ろうとした手が止まる。

「少佐って、本当に朴念仁《ぼくねんじん》なんですね」

そんなことを言った。大げさに頭を振る。

「ヤンさんが、エドワーズさんのことを好きだからに決まっているじゃないですか」

「ええっ？」

つい、大きめの声を出してしまった。ウェイターに睨まれる。慌てて声を潜めた。「いったい、どうして――」

疑問の形を取ってはいるが、思いあたる節《ふし》はある。ヤンは「ミス・エドワーズ」と呼んでいたけれど、ときどき「ジェシカ」と口にしていた。あれは、心の中での呼び方が、酒の勢いで出てしまったのか。

オルタンスはこの場にいないヤンに思いを馳《は》せるように、遠くを見た。

「ヤンさんは、本当に優秀な方なんだと思います。学友の体験談から、裏に潜む陰謀を見抜いたんですから。でもヤンさんが声を上げたら、クラインシュタイガーさんが怪しげな女性と交際していることが、学校中に広まりますよね。それを知った士官学校の先生たちは、どんなふうに反応するんでしょう」

「大騒ぎになるだろうな」キャゼルヌが答える。「生徒全員の身体検査が行われる。他にも同じ例がないかどうか、異性関係を入念に調べられるだろう」

「そうでしょうね。そうしたら、ラップさんがエドワーズさんと交際していることが、明らかになってしまいます。ヤンさんは、それを認めるのが嫌だったんです」

「ラップと、ミス・エドワーズがつき合ってる……」

オルタンスは優しげな顔に戻った。

「ヤンさんも、うすうす気づいていると思います。クラインシュタイガーさんの試食に出掛けるとき、エドワーズさんは、出掛ける理由ができたと喜んでいたそうですね。どのくらい箱入り娘なのか知りませんけど、ヤンさんたちと同じくらいの年恰好だったら、いちいち親に外出の理由を言ったりしません。それなのに、理由ができたと表現するくらいだから、本当は親に言いたくない外出だったんでしょう。試食を終えて、三人はどうしたのか。ヤンさんは古本屋に行き、エドワーズさんとラップさんは別々に帰路につきました」

「その後、二人で再合流したのか」

キャゼルヌはまたため息をついた。ラップもミス・エドワーズも、ヤンを邪魔にしているわけではない。ラップとヤンの友情は本物だということを、自分は知っているからだ。けれど、友情と恋愛は別のものだ。ラップは申し訳ないと思いつつ、こっそりミス・エドワーズと会っていたのだろう。

「ですからヤンさんは自分で動かずに、少佐にお任せしたんです。クラインシュタイガーさんとロイポルツさんの関係は、まだヤンさんとラップさんしか知りません。少佐であれば、クラインシュタイガーさんとの接点をおおっぴらにすることなく、事態を処理してくださいますから」

オルタンスの話は終わった。

キャゼルヌは感嘆していた。軍の危機を察知して、憲兵である自分に伝えたヤン、そして彼の狙いを正確に理解したオルタンスの観察眼に。しかし自分は、何も気づいてはいなかった。

キャゼルヌは心の中で汗を拭《ぬぐ》った。危ないところだった。しかし、遅ればせながら状況は把握できた。後は、行動するだけだ。

デザートを食べる女性に目を向ける。自分が気づかなかった謎に、どうして彼女は気づくことができたのか。

ひょっとしたら、彼女が菓子作りが上手だということがきっかけなのかもしれない。話を聞いて、どうしてロイポルツ嬢は自分でラーバブルネンを作ろうとしないのかと疑問に思った。自分ならそうするのに。

そこから考えをスタートさせた。作るためには、調べなければならない。けれど、その後の展開が自分の考えと違っていた。想像と事実のギャップがなぜ起きたのかを考えるうちに、真相にたどり着いた。そういうことなのかもしれない。

しかしキャゼルヌには、怜悧《れいり》な頭脳によってもたらされたものとは感じなかった。彼女の優秀さはよく知っている。けれど決して賢しげに感じられないのは、彼女がまとう雰囲気が柔らかいからだ。

おかしな言い方かもしれないけれど、魔法を使ったみたいだ。彼女がステッキを振ると、真実の方から近寄ってきた。なぜだか、そう考えた方がしっくりくる。優しげな微笑みで真実を手なずける、白き魔法使い。そして自分もまた、彼女の魔法によって惹きつけられたのだ。

　デザートを食べ終えたオルタンスが、フォークをそっと置いた。

「ヤンさんの恋は実らなかったんでしょうけど、別に悲観する必要はありません」

　まるで弟について語るような、温かな口調。

「ヤンさんは士官学校の四年生。まだ十九歳でしょう。少佐とわたしの年齢差は四歳ですから、ヤンさんに当てはめれば、お相手はまだ十五歳です。うちの両親に至っては、七歳差です。だとしたら、まだ十二歳ですよ。宇宙のどこかに、ヤンさんとの出会いを待っている十二歳の女の子がいるのかもしれませんね」

　そう言ってオルタンスは、魔法使いのように微笑んだ。


　一年後。アレックス・キャゼルヌは、ハイネセンの反政府組織を壊滅させた功績により、中佐に昇進した。同時に憲兵隊を離れ、統合作戦本部の参事官に着任した。二十六歳での中佐は、士官学校卒業生としても異例のスピードだ。

　オルタンス・ミルベールがキャゼルヌ夫人となるのは、さらにその二年後。ヤン・ウェンリーが七歳年下のフレデリカ・グリーンヒルと結婚するのは、そこからさらに十年後のことである。

ティエリー・ボナール最後の戦い

小前　亮

■小前亮（こまえ・りょう）

一九七六年、島根県生まれ。東京大学大学院修士課程修了。二〇〇五年、『李世民』でデビュー。主に歴史小説の分野で活躍する。他の著作に〈三国志〉〈真田十勇士〉〈新撰組戦記〉〈残業税〉シリーズのほか、『賢帝と逆臣と』『劉裕』『星の旅人』『添乗員さん、気をつけて』などがある。

1

がらんとした食堂に、敵襲を告げる警報が響きわたった。聴覚神経を爪で引っかくような、不快で攻撃的な音だ。高低の変化を繰り返しながら、鳴りつづけている。

にもかかわらず、食事中の兵士たちの反応には、緊迫感が欠けていた。

「ん？　訓練の予定なんかあったか？」

「いや、聞いてないぞ。故障じゃないのか」

「この前直したばかりだろう。いくら老朽化してるからって、ひどすぎる」

「必要なときに鳴らないよりましさ」

兵士たちは苦笑しつつ、中断した食事を再開した。実際に、先月の訓練の際には警報システムが沈黙したままだったのである。前線から離れた補給基地に回される予算は少ない。壊れた機器も、騙《だま》し騙し使うしかなかった。

「しかし、長いな」

いっこうに鳴りやまない警報に、兵士たちが顔を見合わせる。かすかな不安がそれぞれの顔をよぎる。そこに、切迫した放送音声がとどいた。

「敵影を帝国艦隊と確認。総員、ただちに……」

その瞬間、爆発音がとどろき、熱感が弾《はじ》けて、視界は闇に閉ざされた。対地ミサイルが直撃したことを、兵士たちは知りえなかった。

……宇宙暦《SE》七九一年、帝国暦四八二年。宇宙は混沌のなかに、奇妙な安定を得ていた。あるいは、停滞と称するほうが的確かもしれない。自由惑星同盟《フリー・プラネッツ》とゴールデンバウム王朝銀河帝国は、平均して年に二度、戦火を交えているが、歴然とした勝敗はいまだついていない。戦いの舞台は主に、イゼルローン回廊の同盟側の宙域である。同盟軍が優勢になり、周辺宙域をおさえてイゼルローン要塞に攻撃を仕掛けたことが四度あったが、その攻撃のすべてを帝国軍は撃退している。逆に、帝国軍が優勢になり、エル・ファシルなどの同盟領星系を攻略したこともある。ただ、それも長続きはしない。近年、帝国軍は同盟軍に対して戦術的勝利を収めるだけで満足しているように見える。コルネリアス一世の親征以来、同盟、つまり帝国にとっての叛乱軍を併呑《へいどん》し、宇宙を統一せんとの意図をもった遠征は企《くわだ》てられていない。両国は定期的な戦闘を淡々と繰り返し、人命とエネルギーを浪費しつづけている。

この年、ラインハルト・フォン・ミューゼルは、幼年学校を卒業する予定である。ヤン・ウェンリーは、軍人生活のもっとも長い期間を占めた少佐の階級にある。宇宙はいまだ常勝の天才を目撃しておらず、不敗の魔術師の真価を知っていない。

そうした状況下で、首都ハイネセンにもたらされたその知らせは、同盟軍首脳部を震撼《しんかん》させた。

「それは事実なのか？　誤報ではないのか」

そう訊ねたのは、統合作戦本部長で六人目であった。同じ回答が繰り返される。

「H5基地が『帝国軍襲来』の報《ほう》を最後に連絡を絶ったのは事実です。それ以上の情報はまだありません」

「『帝国軍襲来』の報告があったのは事実だとしても、『帝国軍襲来』が事実だとはかぎらない。そうだな」

「おっしゃるとおりです」

報告をもたらした副官は、うんざりしていたとしても、顔には出さなかった。

「とにかく、真偽がはっきりしないうちは、絶対に漏らすな。いや、はっきりしても漏らすな」

「国防委員長への報告はいかがなさいますか」

統合作戦本部長は眉間《みけん》に深いしわをよせた。国防委員長の口癖が、脳裏に再現される。

「それで有権者が納得すると思うのかね」……納得していないのは、有権者ではなくて、国防委員長本人である。

「この段階で報告しても、混乱させるだけだ。秘密にしておくわけにはいかないが、報告するのは情報を精査してからにしよう。少なくとも、Ｈ５基地の現状を確認してからだ。すでに近くの部隊が向かっているのだろう。到着はいつだ」

「二日後になります」

長いな、とつぶやいて、統合作戦本部長は肩を落とした。二日後から休暇をとる予定になっていたのだが、それがつぶれることはまちがいなかった。

Ｈ５基地は、ハカヴィッツ星系第三惑星の第二衛星に建設された補給基地である。軍需用の食糧や燃料、機械部品が備蓄されている。同盟全土に八十六ヵ所ある補給基地のひとつで、さしたる重要性はない。ただ、その位置が問題であった。ハカヴィッツ星系は、イゼルローン回廊の同盟側出口から、ワープを繰り返して、いくつかの同盟領星系を経《へ》た先にある。つまり、帝国艦隊がたどりつけるはずのない場所なのだ。

まさか、帝国軍は長距離ワープの技術を実用化したのか。それとも、あらゆる索敵《さくてき》システムをかいくぐって、敵領内を航行できる艦船を開発したのか。いずれかなら、同盟は存亡の危機におちいる。ある日突然、首都星のあるバーラト星系に敵艦隊が現れるかもしれないのだ。

一日半後、ハカヴィッツ星系に急行した近隣の守備隊から、連絡が入った。ハカヴィッツ星系に帝国軍の姿はない。H5基地は完全に破壊されていて、生存者はいないと思われる。帝国軍の攻撃によるものと断定はできないが、破壊の規模から考えて、それ以外の可能性は考えにくい。しかし、イゼルローン回廊からハカヴィッツ星系に至るルートで、他に攻撃を受けた星系はない。帝国艦隊を発見したという報告もなかった。

統合作戦本部長は、宇宙艦隊司令長官や総参謀長ら幹部を秘密裏に集めた。初老の本部長は、胃の痛みと睡眠不足で、十歳ばかり老《ふ》けこんで見える。

「本当に帝国軍がH5基地を破壊したのだとすると、航路情報が漏洩《ろうえい》した可能性が高い」

本部長は地の底を這《は》うような声で説明する。

長距離ワープや索敵の無効化が、いきなり実現できるか。技術部に問い合わせたところ、明確なノーが返ってきた。帝国と同盟の科学技術の水準に大差はない。突然、新しい技術が開発されるとは、ほぼ考えられないのだ。長距離ワープの技術が完成すれば、同盟軍にとって悲願のイゼルローン回廊突破も見えてくる。そのため、軍でも民間でも研究が進められているが、実用化はまだまだ遠い。

一方、航路情報の漏洩は悪夢だが、ありえない話ではない。この時代の宇宙船は、短距離ワープと通常航行を繰り返して、長距離を航行している。ゆえに、遠くへ行くのには時間を要するのだが、その際に必須《ひっす》となるのが、ワープごとの目標地点の正確な座標だ。その航路情報があれば、敵領内でも航行できる。したがって、帝国も同盟も航路情報は厳格に管理していた。個々の艦船には必要なデータしか保存されず、幾重もの暗号でロックされているため、降伏や亡命という事態になっても、基本的に敵方に渡ることはない。しかし、悪意をもって持ち出そうとすれば、方法はあろう。

さらに、交易に拠《よ》って立つフェザーン自治領《ラント》は、帝国同盟双方のすべての航路情報を有している。フェザーンからの漏洩は防ぎようがない。もっとも、フェザーンにとって航路情報は、経済力と並ぶ重要な抑止力のひとつである。それをみずから手放すようなまねは簡単にはしないだろう。

実のない会議の途中で、確報が入った。

「時空の歪《ゆが》みを観測したデータの分析で、ワープの痕跡《こんせき》が見つかりました。帝国艦隊はやはり、イゼルローン回廊からワープを繰り返してハカヴィッツ星系に達したと思われます」

一瞬、議場に活気が満ちた。何事が生じたのかがはっきりすれば、対処方法を考えられる。

統合作戦本部長が確認した。

「ルートが判明したのか」

「いえ、全星系をリアルタイムで観測しているわけではありませんから、一部だけです」

「通り道の星系では、誰も敵に気づかなかったのか」

「少なくとも、報告はありませんでした」

統合作戦本部長はうなり声をあげた。ただ、責めるのは酷《こく》であろう。監視網が張りめぐらされているのは、前線に近い星系だけである。

宇宙艦隊司令長官が苦々《にがにが》しげに告げた。

「航路情報が敵の手に渡ったと見てよいだろう。漏洩ルートを捜査するとともに、現地に艦隊を派遣して調査をおこなう必要がある」

「漏洩元はフェザーンだろう」

「だとしたら、我々の手には負えん。正規の外交ルートか、それとも裏で問い合わせるか、どちらにしても政府の仕事だ」

統合作戦本部長も認めざるをえなかった。これは軍だけで対応できる問題ではない。嫌味くらいは甘受《かんじゅ》して、政府に責任を分かち合ってもらおう。

「第二、第三の攻撃の可能性は？」

「当然ある。備えなければならないだろう」

「だが、予測なんかできないぞ。すべての補給基地に艦隊をはりつけるのも不可能だ」

「どれだけの情報がどこから漏れたのか、それがわかれば、おのずと標的もしぼられる。それまではイゼルローン回廊に近い星域の警戒態勢を高めておくしかない」

詳細は伏せたまま、局所的に警戒レベルを引きあげることが定められた。調査隊の人選も進められる。フェザーンへは、同盟駐在の弁務官に対して、非公式のルートで照会がなされた。もしフェザーンが潔白であれば、わざわざ情報を知らせてやることになる。だが、宇宙の情報はフェザーンに集まるのが現状だ。彼らがこの件について知らないとは考えにくい。

フェザーン弁務官の反応は予想の範囲内であった。そのような事実はない、としたうえで付け加える。

「私どもはつねに長期の利を考えております。目先の利に目がくらんで、貴重な情報を渡すはずがございません。それより、もしお困りでしたら、状況をくわしく教えてください。手助けができるやもしれません」

自治領主府が関与していなくても、情報を握る何者かが流出させた可能性はあるだろう。その問いに対しても、答えはノーであった。機密情報の漏洩、とくに自治領の存亡に関わる機密の漏洩については、厳罰が下される。そのような企てをおこなった時点で関係者の命はない、と弁務官は示唆した。

「万が一そうした犯罪が発覚しましたら、ただちにお知らせいたします。どうかご安心のほどを」

会談の最後に、弁務官は首をかしげてみせた。

「それにしても妙ですな。帝国軍の襲撃があったとしたら、彼らは勝利を喧伝《けんでん》するはずです。しかし、帝国側の報道では、この件には一切触れられていません。まさか、貴国の報道管制が帝国に影響するわけもなし、どういうことでしょうな」

同盟側は沈黙するだけだった。その点はもちろん、同盟軍の情報部も把握している。今回の事件は単純ではなく、裏面の事情がいくつもありそうだ。現地調査によって、その一端が明らかになるだろう。同盟軍の幹部たちはそう期待していた。

2

ハカヴィッツ星系の調査を命じられたのは、第九艦隊をひきいるインゲ・ペテルセン中将である。調査能力を買われての起用ではない。第九艦隊がたまたまバーラト星系を離れて演習中であって、一番早く現地にたどりつけるからであった。ハイネセンから新たに艦隊を派遣すると、ハカヴィッツ星系到着まで四週間以上かかる。それが第九艦隊だと二週間あまり、その時間差は大きい。

ペテルセン中将は六十歳になるベテランの提督であった。派手な功績をあげたことはないが、堅実な手腕で戦果を積みあげてきた。ただ、本人の分析によると、自分は猛将タイプなのだという。新兵の教育に定評があるのだが、それが災《わざわ》いして、常に艦隊の四分の一ほどが未熟練兵であるため、慎重に戦うしかないのだそうだ。

外見は非凡である。二メートルを超える長身は、同盟軍の提督のなかでも随一だ。次期宇宙艦隊司令長官と目されるシトレ大将が、ただひとり見上げる存在であるとされる。一方で、瘦《や》せ気味であるため、口の悪い者にはエンピツと称される。

そのペテルセン中将は困惑していた。ハカヴィッツ星系のH5基地を調査せよ、という命令はあまりに漠然《ばくぜん》としている。何らかの理由によって航路情報が漏洩し、帝国軍の襲撃を受けたというが、規模や目的、前後の動きがまったくわかっていない。わかっていないから調査するのだが、雲をつかむような話だ。おまけに、新たな襲撃の報が入ったら、急行して戦え、という。高度な柔軟性や臨機応変の判断が要求される任務は苦手である。それでも、根がまじめなペテルセンはさっそく、なすべきことのリストをつくりはじめた。

ペテルセン中将の隷下《れいか》には、ウランフとボナールというふたりの少将が配されている。たまたま訓練に参加していたため、そのまま調査に同行することになった。ふたりとも上層部の受けはよくないが、指揮官としての実力は折り紙つきで、ペテルセンとしては頼もしい。

ウランフはまもなく四十歳になるが、広い肩幅と厚い胸板《むないた》を持っており、鍛《きた》えあげられた肉体は若々しい。浅黒い肌に、短く刈《か》りこんだ黒髪、鋭く輝く瞳の色も黒い。地球時代に世界の半ばを征服した遊牧騎馬民族の末裔《まつえい》だという。馬が宇宙船に変わっても剽悍《ひょうかん》さは変わらないが、ウランフは攻撃一辺倒の指揮官ではない。広い視野で戦況を把握して、攻めるべきときは攻め、退《ひ》くべきときは退ける将だ。

ティエリー・ボナールはウランフよりもやや若い。身体もひとまわり小さく、背格好は軍服よりもスーツにネクタイが似合いそうだ。しかし、癖のある枯葉色《かれは》の髪と、よく動く茶色の瞳には、いたずら小僧がそのまま大人になったような印象があった。その印象通り、戦場では果敢《かかん》かつ柔軟な用兵で功を重ねている。兵士たちの人気も高い。

ふたりは士官学校の先輩後輩の関係だが、学生時代も任官してからも、ほとんど接点がなかった。訓練の際のミーティングでは事務的な会話をかわすだけだったが、しだいに打ち解けてきた。訓練の動きで、互いの能力を認めたからである。

今回の任務について聞いたとき、ボナールは大仰《おおぎょう》に肩をすくめた。

「やれやれ、とんだ貧乏くじだ。一ヵ月の訓練のはずが、ハイネセンに帰るのはいつになることやら」

「しかし、これは重要な任務だぞ」

ウランフは眉間にしわをよせている。

「もし帝国軍がすべての航路情報を入手していたら、由々《ゆゆ》しき事態だ。防衛戦略を一から練《ね》り直さなければならない」

「それを考えるのは、たくさん給料もらってる連中の仕事だ。おれたちは目の前の敵を片付ければいい。もっとも、敵がいればの話だが……」

「ハカヴィッツ星系にはもういないだろう。だが、これがテストケースだとしたら、第二、第三の襲撃がある」

ボナールはまじまじと仲間を見やった。

「貴官は見かけによらず苦労性だな。仮定の事態ばかり考えていると、きりがないぞ」

「戦《いくさ》に臨《のぞ》むにあたっては、あらゆる事態を想定しておくものだ」

ウランフが顔色ひとつ変えずに応じると、ボナールは嫌味のない笑みを浮かべた。

「うん、まじめな同僚はありがたい。まじめな上官は面倒だがね。とにかく、よろしく頼むよ」

何がよろしく、だ。ウランフはつぶやいた。ボナールはふまじめな男だという噂《うわさ》が、脳裏をよぎった。どうやら根も葉もない噂ではないらしい。任務の前途は多難なようであった。

さて、まじめな上官たるペテルセン中将は、二日に一度は旗艦で会議を開く。新しい情報がなくても集合させるので、ボナールはすでに三度目の会議でうんざりしていた。

「いちいち集まらなくても、通信でいいだろう。時間とエネルギーの無駄遣《づか》いだ」

「たしかに非合理的だ」

ウランフは重々しくうなずいた。ボナールが目をみはる。

「へえ、そこは同意してくれるんだ」

「当然だろう。無駄は排除すべきだ。中将に具申《ぐしん》してみよう」

ウランフは誰が相手でもためらわずに苦言を呈する。ゆえに煙たがる上官が多く、戦功ほどに出世のスピードは早くない。ボナールもまた、戦功が認められにくいタイプだが、これは勤勉さに欠けるからであろう。

ペテルセン中将は、部下の進言を拒否する男ではなかった。

「うむ、意見は大歓迎だ。だが、わしにも考えがあるのでな。今回の事件には、スパイがからんでいる可能性も否定できない。軽々しく通信を使うのは避けたいのだ」

「それはわかりますが、新しい情報がないときはかまわないのでは?」

「新しい情報がないということも、大切な情報だ」

ペテルセンは頑固であった。進言に対して嫌な顔はしないが、簡単に受け入れもしないのである。

四度目の会議も実りなく終わったが、その日、ボナールはなぜか機嫌が良さそうだった。ウランフが仕方がない、といった様子で訊ねる。

「何かいいことがあったのか」

「よくぞ聞いてくれた」

ボナールはベレー帽をとって、指でくるくると回しはじめた。喜びの表現というより、照れ隠しであろうか。

「娘が士官学校に合格したんだ」

「ほう、それはめでたいな。娘が同じ職を選んでくれるのか……」

頰《ほお》をゆるめたウランフだったが、ふいに小さな目を見開いた。

「貴官はもう十五、六の娘がいるのか。結婚が早かったんだな」

「ん？　ああ、子供は三人いる。士官学校に受かったのは末っ子だ。上のふたりは息子なんだが、軍人なんかになりたくないと言って、大学や専門学校に行ったから、ことのほかうれしくてな」

「ちょっと待て」

ウランフは片手でボナールを制した。

「計算がおかしくないか。貴官はおれより年下だろう。いったい何歳で子供を……いや、すまん。いろいろと事情があるんだろうな」

あわてて会話を打ち切ろうとするウランフに、ボナールが笑いかける。

「いや、かまわんよ。人が驚くのを見るのが楽しいんだ。そのために学生結婚したようなものだからな」

「士官学校で学生結婚……？」

茫然《ぼうぜん》とするウランフを前に、ボナールは饒舌《じょうぜつ》になった。

「うちは代々軍人の家系でね。なんと祖父《じい》さんまで、五代つづけて孫の顔を見ていないんだ。みんな早死にしてるんでね。そこで、この悪《あ》しき伝統を断ち切るべく、おれが立ちあがったわけさ。孫を抱かせたときの親父の顔ったらなかったね。『もうこれで思い残すことはない。次の戦いでは真っ先に突っこんで手柄《てがら》をあげるぞ』なんて、古代の武将みたいなこと言ってな。そのころ親父は巡洋艦の艦長だったんだが、そんなのにつきあわされたら、乗員がたまらん。まあ、それはまったく出任《でまか》せで、『孫の世話はおれがする』って、すぐ退役してしまったんだが」

息継ぎの隙《すき》に、ウランフはようやく口をはさんだ。

「なかなかユニークな家系のようだ。奥方《おくがた》も大変だろう」

「ああ、感謝してるよ。五歳上なんだが、よくできた妻でな」

また話が長くなりそうだったので、ウランフは「そうだ」と声をあげた。

「艦に戻らないと。部下が指示を待っている」

「逃げる気か。まあいい。次は貴官の家族について聞かせてもらおうか」

「別におもしろい話はないぞ」

言いおいて、ウランフは足を速めた。歩きながら、そしてシャトルに移ってからも、しきりと首をひねっている。ボナールの生き方が不思議だった。軍人はいつ死んでもおかしくない職業だ。そう考えて、結婚もためらっていたウランフである。今は結婚しているが、実子はおらず、トラバース法で引き取った養子がひとりいる。将官ともなれば、たとえ戦死しても、遺族は食うには困らない。同盟が存続しているかぎりにおいては、であるが。今回の件が最悪の展開を迎えれば、その条件も危うくなるだろう。

その後、ハカヴィッツ星系に到着するまで、ペテルセン中将は三度の会議を開いた。事件の手がかりは得られなかったが、ウランフは同僚の妻とのなれそめから第一子の誕生の様子まで知ることになった。

3

ハカヴィッツ星系はひとつの恒星と三つの惑星、そしてそれぞれの衛星から成る。有人惑星は存在せず、H5基地は第三惑星の第二衛星に置かれていた。ガス状の第三惑星は大きな輪を持っており、その外側を第二衛星が回っている。灰色の岩石に覆われた、大気のない星である。第一衛星には酸素濃度が低いながら大気があって、テラフォーミングをおこなえば居住も可能であろう。だが、補給基地を築くだけなら、大気がなく、重力も小さい第二衛星のほうが都合がいい。

ペテルセン中将は、ウランフ、ボナール両少将を旗艦に呼んで、無人偵察機から送られた映像を確認していた。基地があった場所には、大きなクレーターがいくつも空《あ》いており、瓦《が》礫《れき》や金属片が散乱していた。基地はひとつ残らず徹底的に破壊されたようである。むろん、生命反応はない。基地にいた四十人ほどの兵士と、第一衛星を調査していた民間の研究グループは、全滅したにちがいなかった。

「こりゃあ、派手にやられたもんだ」

ボナールが口笛を吹こうとして自粛した。さすがに不謹慎だと思ったのだ。

「破壊だけが目的だったのでしょうか」

ウランフが疑問を呈した。補給基地を攻撃したのだから、余裕があれば物資を掠奪《りゃくだつ》していくだろう。その形跡はあるのか。

「すでに調査船を派遣している。跡地の残存物質を検査すれば、おおむねわかるだろう。わし個人としては、掠奪はあったと考えている」

まず司令部や砲塔を破壊し、抵抗力を奪ってから、必要な物資を掠奪し、その後、完全に破壊する。そういう手順を踏んだのではないか。

ふいに電子音が鳴って、コンピューターを操作していた副官が顔を上げた。

「ペテルセン提督、ハイネセンから緊急通信です」

「こちらに回してくれ」

ペテルセンの手元の端末から、音声が流れ出す。

「第二の襲撃がありました。襲われたのはカフラー星系のK1基地です。データを送ります」

同盟領の立体図が三次元スクリーンに表示された。カフラー星系がオレンジ色に点滅する。

ここもまた、帝国領には隣接していない星系である。ただ、イゼルローン回廊に比較的近いことから、警戒態勢が強化されており、無人の偵察艇が帝国艦隊の接近をとらえていた。一個艦隊に満たない、約一万隻の規模であったという。K1基地の兵士たちは輸送船で逃亡を図《はか》ったが、捕捉されて撃沈された。基地からの通信は途絶えており、破壊されたものと思われる。

「手口は同じ、同一犯の犯行ですな」

発言したボナールはにらんだが、無視することに決めたようだ。

「ここからカフラー星系までは、ペテルセンは、五日くらいか。今から行っても帝国軍は移動した後だろう。だが、行けと言われるのであろうな」

「こちらの調査が中途半端になりませんか」

ウランフの懸念《けねん》に、ペテルセンはうなずいた。

「わしもそう思うが、統合作戦本部にはまた別の思惑《おもわく》があろうよ。昔から言うように、『立っている者は親でも使え』だ」

ベテラン提督の眉間のしわには、諦念《ていねん》が刻まれている。その予言は、一時間後に現実のものとなった。

ハカヴィッツ星系には少数の調査チームを残して、第九艦隊はカフラー星系に向けて出発した。この移動中、ペテルセン中将は毎日、旗艦で会議を開いた。これは、次々と情報が更新されるからで、ボナールも文句は言わなかった。まず、ハカヴィッツ星系の調査チームから、食糧と水以外の物資や燃料は持ち去られた可能性が高い、という報告があった。これは予想通りの結果である。

つづいて、ハイネセンから気がかりな情報がもたらされた。惑星パラスの航路管制センターの職員がひとり、行方不明になっているらしい。航路管制センターは、艦船の交通整理をおこなっている部署だ。原則として、官民すべての艦船は航路管制センターに航行スケジュールを届け、指示にしたがう。ワープが重なると大事故につながるため、一元的に管理しているのだ。通常はハイネセンのセンターが全同盟領を管轄《かんかつ》しており、パラスのセンターは事故やメンテナンスの際に業務を代行する予備の施設である。予備とはいえ、すべてのデータを有している。

「そいつが航路情報を持ち逃げしたのか」

ボナールが飛びついた。すかさず、ウランフがたしなめる。

「短絡的すぎるだろう。だが、どういう素性《すじょう》の人物かは気になりますね」

ペテルセンの副官が情報をまとめて説明する。捜査をおこなっている情報部は秘密主義の権化《ごんげ》だが、ペテルセンが談判して共有を承知させたという。前線の指揮官としては、情報なしで敵と戦うことは避けたい。

「行方不明の職員は二十六歳の女性で、姓名をアマンダ・ヒメネスといいます。勤務態度には問題がありませんでした。最初の襲撃の三日後に突然、一週間の有給休暇を申請して、以降、連絡がとれなくなりました。同居の両親にはハイネセンに旅行に行くと伝えていたそうですが、調べた結果、惑星パラスを離れた記録は見つかりませんでした」

「ほら、いかにも怪しいじゃないか。動機はないのか。男とか、借金とか」

「借金は見つかっていません。男がいた、という証言はあるものの、それが誰かは特定されていないようです」

「もう決まりだろ。その男がスパイだ。女をその気にさせて情報を持ち出させる。古典的な手口だな。そして真相に気づいた女は悲しい結末を迎えるんだ。『ああ、あなた。あの愛の言葉は嘘だったの？』」

ベレー帽を抱きしめて盛りあがるボナールを無視して、ウランフが確認する。

「一職員が航路情報を持ち出せるのか」

「情報部によれば、困難だが不可能ではない、だそうです。ですが、持ち出した航路情報を使うには暗号鍵が必要で、最初の襲撃の後に暗号の形式を変えたので、そのままでは使えないはずだとか」

暗号鍵も一緒に持ち出していれば、最初の襲撃は説明できる。しかし、先日、二回目の襲撃があった。暗号化された情報を解析して生のデータを取り出したのでなければ、同盟以外から航路情報が流出していたということになる。

「その暗号は短い期間で解析できるのか」

「情報部によれば、きわめて困難だが可能性がゼロとは断定できない、だそうです」

ウランフは腕を組んでため息をついた。

「考えても時間の無駄だな。そっちは情報部に任せて、おれたちはできることをやるしかない」

「できることって言ってもなあ。こうやって敵の後を追いかけてるだけじゃ、どうしようもないぞ。何とか先回りできればいいんだが」

ボナールがベレー帽をかぶり直した。ウランフが顔をしかめる。

「補給基地だけで八十以上あるんだ。二星系の共通点は無人星系であることと、イゼルローンから手頃な距離であることくらいだろう。それだけの条件でしぼっても候補は多いし、その条件も絶対ではない」

「サイコロでも振って、予想してみようか」

無責任に言い放ったボナールをウランフがにらむ。険悪な雰囲気になりかけたところで、黙って聞いていたペテルセンが立ちあがった。

「これくらいにしておこう。次の会議は明日の同じ時間に」

翌日の会議で、また新たな情報が披露《ひろう》された。

「まず行方不明の女性ヒメネスについてです。消息は依然不明ですが、一ヵ月ほど前、新興宗教の集会に参加していたという情報が入ってきました。関連を調べているところだそうです」

「宗教ねえ。金儲けのタネ以外の何物でもないと思うんだが、騙される奴が尽きないな。人は弱いものだ」

この日のボナールは哲学者の気分になっているようだ。

「もしかして地球教か？」

ウランフの問いに副官がうなずく。思いがけず的中させてしまったウランフは、厳しい表情である。知っているのか、とボナールが身を乗り出した。ウランフは嫌いな虫でも見たかのように語る。

「部下が嵌《は》まって、軍を辞《や》めてしまったんだ。おれも勧誘されたが、さっぱり意味がわからなかった。地球の栄光を取り戻して、おれたちに何の得があるのか」

「地球は帝国領だしなあ」

ピントの外れた台詞《せりふ》に、ウランフは苦笑いで応《こた》えた。地球教については、それ以上、話は広がらなかった。現時点ではわかっていることは少ない。

「とりあえず、その職員は容疑者のひとりだ。宗教も動機になりうる」

「いや、やはり動機は男にしたほうがストーリー性がある」

ウランフは同僚をじろりと見やって黙らせた。ボナールは会議が退屈だから、茶化しているのだろう。困ったものである。

ペテルセン中将は背筋を伸ばし、腕を組んですわっている。ほとんど発言しないが、居眠りをしているわけではない。逆に、厳しい視線で、部下たちを観察しているようだ。座高が高いから、ウランフもボナールも見おろされる形だが、ボナールはまったく臆《おく》するところがない。

副官がせき払いして口を開いた。

「もうひとつ情報があります。新たな容疑者が浮上してきました。名前は明かされていませんので、A中佐としておきます」

A中佐は補給基地の出納《すいとう》業務を担当しており、H5、K1の双方に赴任《ふにん》していた履歴がある。そこで物資の横流しに手を染めたあげく、証拠湮滅《いんめつ》を図ったのではないか。情報部はそう疑っているらしい。

「横領を隠すために、機密情報を敵に流して基地を攻撃させる、か。隠蔽《いんぺい》に帝国軍を利用すると言えばスケールは大きいが、さすがに割りに合わないだろ」

ボナールがうなった。ウランフが冷静に質問する。

「横流しの証拠はつかんでいるのか？　それとも、両方の関係者がその中佐だけ、という理由なのか」

「今のところは後者のようです。両星系の共通点を探す調査で発見されたとか」

A中佐は現在、有人惑星のパルメレンドに赴任している。その前はコジュライア星系の補給基地に勤務していたため、情報部は次はここが狙われるのではないか、と考えているようだ。第一級の警戒態勢をしくとともに、容疑者を泳がせたうえで、横流しがないか調査をしているという。

「仮にそいつが犯人だとしても、暗号の問題は残るわけだな。二回目の襲撃が困難だという」

「はい。それに、そもそも今回の容疑者は航路情報に触れる機会がありません。彼が犯人だとしたら、大規模な犯罪ネットワークの存在が疑われます」

「そうか。そいつと女がグルなんだ。そこにフェザーンと宗教がからむ。おもしろくなってきたぞ」

ボナールは満面に喜色《きしょく》を浮かべている。

現実はミステリー小説とは違う。ウランフはそう思ったが、馬鹿らしくなって口には出さなかった。情報の漏洩元がわかれば、第三の標的が予想できる。それはもっともだが、自分たちが考えても仕方がない。

ペテルセンが口を開いた。

「ボナール少将、ここは軍人の会議の席だ。単なる勘《かん》や希望的観測ではなく、論理的に考察した結果を語ってくれんかね」

「論理的に考えて、このストーリーがおもしろいと思っているんですが。いや、おもしろいだけじゃありません。ありえない話ではないと思いますよ。女、金、宗教、すべて犯罪の動機になります。それを結びつけるのは自然でしょう」

こうして反論するのが、ボナールのボナールたる所以《ゆえん》であったろう。ウランフがいくら直《ちょく》言《げん》をためらわないといっても、職務から外れた場面で我《が》を張ることはない。

「結びつける根拠は？」

「ストーリーがわかりやすいからです」

「わかりやすいストーリーは人がつくったものではないかね。真相から目をそらさせるために。フェザーンあたりが考えそうなことだ」

ウランフは頭を抱えたくなった。根拠のない推論を語っているのはペテルセンも同様だ。ボナールはそれに気づいたようで、にやりと笑った。

「いや、お言葉ですが、事実は小説よりも小説らしいものですよ」

ペテルセンが微笑を返す。

「では、賭けるとしようか。わしは七五〇年産のマスジット・ウイスキーを出そう」

「じゃあ、おれは軍人としての将来を賭けます」

ウランフは眉をはねあげた。何を言っているのだ、この男は。そしてもちろん、ペテルセンもおかしい。軍にギャンブル好きが多いのは知っているが、あまりに不謹慎だろう。

「負けたら退役しますよ」

ボナールが挑むように言うと、ペテルセンは困惑して目を泳がせた。視線を向けられたウランフは無言で首を横に振る。もともとペテルセンが持ち出した賭けなのだから、自分で始末をつけてもらわなければならない。

「……二言《にごん》はないだろうな」

「もちろん。こういう勘が外れるようなら、この先も生き残れません。辞めたほうがましですよ」

ペテルセンは匙《さじ》を投げた。

「好きにするがいい」

賭けは成立した。航路管制センターのヒメネスかA中佐、あるいは双方が情報漏洩の犯人なら、ボナールの勝ち。そうでなければペテルセンの勝ちだ。ペテルセンのほうが有利な賭けに思えるが、賭け金はボナールが大きいように思われる。それでも、ボナールはにこやかに笑っていた。対するペテルセンは眉間にしわを寄せ、見守るウランフはあきれて目をそらしたのだった。

さらに翌日、容疑者についての続報はないまま、第九艦隊はカフラー星系に到着した。先日のハカヴィッツ星系同様、帝国艦隊の姿はない。破壊された基地の様子も、H5基地と変わらない。ハイネセンからもたらされた観測結果の分析では、帝国艦隊らしき質量が、二日前にこの星系からワープ・インしている。どういうルートをたどってカフラー星系に達したかは、判明していない。今回の事件の結果次第では、ワープの痕跡をリアルタイムで観測するシステムをすべての星系に導入しなければならなくなる。いったいどれだけの費用がかかるのか。経理部門は頭を抱えることだろう。

「もぐらたたきみたいなものか」

ボナールがつぶやいた。状況はそれ以上に悪いだろう。もぐらたたきなら手が届くが、帝国艦隊は手の届かない穴から顔を出している。

「必要な調査を終えたら、コジュライア星系に赴《おもむ》くべし」

統合作戦本部からの指令を受けて、ペテルセンはため息をついた。他に具体的な候補がない以上、唯一の手がかりらしきものに飛びつくのは仕方がないのかもしれない。しかし、それならイゼルローン回廊付近の星系で待ち伏せしたほうが、まだ可能性が高いように思われる。

「とにかく、命令にはしたがわねばならん」

ペテルセンは重々しい口調で出航の準備を命じた。

4

自治領主補佐官アドリアン・ルビンスキーは、天井に埋めこまれた監視カメラにちらりと目を向けた。音もなく全身がスキャンされ、電子機器の有無がチェックされる。五秒後、ルビンスキーは正面のドアに右半身を向けた。白い壁が一瞬、明滅する。ルビンスキーはごく自然な所作《しょさ》で足を踏み出し、壁の中に消えた。

「ご報告にあがりました。自治領主《ランデスヘル》閣下」

恭《うやうや》しく挨拶するルビンスキーを、第四代自治領主ワレンコフは冷たい視線でひとなでした。ルビンスキーは堂々たる体格と造作《ぞうさく》の大きな容貌を有している。にもかかわらず、背を丸めて伏し目がちのせいか、他者に強い印象は与えない。フェザーン商人らしい抜け目なさを秘めているとしても、それを表《おもて》に出してはいなかった。

忠誠心を測ろうとするかのような上司の視線に、ルビンスキーは無言で耐えている。沈黙は一分近くつづいた。

ワレンコフがようやく口を開く。

「同盟に動きがあったか」

「艦隊をコジュライア星系に向けました。我らの手のひらのうえで滑稽《こっけい》に踊っております。閣下の深謀《しんぼう》遠慮にには敬服するほかございません」

「世辞はいらん」

ワレンコフはぴしゃりと言った。

「余人《よじん》がいるならともかく、ここでは無駄な言葉を費やすな。私はおまえの本性を知っている。だからこそ重用《ちょうよう》しているのだ。それを忘れるな」

「肝《きも》に銘《めい》じております」

ルビンスキーは癖のある黒髪に覆われた頭を深く下げた。害意がないことを全身で訴えるかのようである。ただ、それを見やるワレンコフの瞳に、信頼の色はない。

ワレンコフは小柄な初老の男である。やや薄めの灰色の髪、落ちくぼんだ目、鋭くとがった鼻と小さな口の持ち主だ。一見、くたびれた学者のようだが、話していると知性よりも狡《こう》猾《かつ》さを感じさせる。商業国家フェザーンにおいて、自治領主は必ずしも尊敬されるわけではない。あえて宮仕えを選ぶなどフェザーン人の風上にもおけない、というのだ。ワレンコフと会った者は、その意を強くするであろう。だが、もちろんワレンコフは他者の尊敬など求めていない。冴えない外見は、ワレンコフの武器のひとつである。

ルビンスキーの報告をひととおり聞いて、ワレンコフは質問した。

「最初の駒《こま》……ヒメネスとやらはどうしたか。あれにも同盟は食いついたのであろう」

A中佐もヒメネスも、同盟の注意を内部に向けさせるために用意した囮《おとり》である。もっとも
A中佐は経歴を利用させてもらっただけで、フェザーンとの関わりはない。

「あの女はこちらに運びました。ですが、薬が効《き》きすぎたようで、すでに正気を失っております。使い道がないともかぎりませんから、とりあえずは生かしてあります」

「帝国との交渉の進展は？」

ルビンスキーは意識的に自信なさげな口調をつくった。

「正直に言いますと、今の三長官には野心や冒険心がなく、反応が鈍い状況です。ただ、二度の成功で多少なりとも感触は変わってきたようですので、もう少し時間をいただければ、よい知らせをお届けできるかと」

「中将クラスで野心ある者はいないのか」

「探せばおるやもしれませんが、秩序を壊す手間がかかります」

ワレンコフは針のような視線で補佐官の額《ひたい》を突き刺した。

「交渉を急げ。遅れれば遅れるだけ、露見《ろけん》する怖れが強くなる」

「承知いたしました」

辞去《じきょ》しようとしたルビンスキーを引き止めて、ワレンコフが告げる。

「二心《にしん》を抱けば、命はない。わかっておろうな」

「もちろんでございます。しかし、それよりも、閣下についていけばより多くの利益を得られると、私は計算しております。つまり打算からしたがっているわけですが、口で忠誠を述べるよりは信用していただけるかと存じます。もちろん、これは閣下が部下の働きに正当に報《むく》いてくださると確信があるからでございます」

フェザーン人は多くの報酬を求める者を信用する。ワレンコフも例外ではないことをルビンスキーは知っていた。ワレンコフが薄笑いを浮かべる。

「忠誠ではなく、打算に報いろ、と？」

「ええ。現世での利益をたっぷりといただきたく思います。私もフェザーン人です。商品はもっとも高く買ってくれる者に売ります」

「言っただろう。私はおまえの価値を知っている。金は惜《お》しまんよ」

ルビンスキーはにやりと笑った。打算を表に出したような下卑《げび》た笑みだった。ワレンコフが頬を緩《ゆる》めて、小さくうなずいた。

六時間後、ルビンスキーはとあるビルの地下六階にいた。地下三階地上七十階建てのビルには、存在しないはずの階層である。たどりついたのは、十メートル四方の小部屋だった。四方の壁と床は黒く塗られていて、闇に囲まれているように感じられる。部屋には調度らしいものはなく、唯一、操作卓《コンソール》が正面の壁から突き出ている。その上に青い惑星の映像が浮かんでいた。

ルビンスキーは操作卓のピンクのスイッチを押した。

「総大主教猊下《グランド・ビショップげいか》の忠実なる下僕《げぼく》が報告にあがりました」

ルビンスキーの口調には、畏怖《いふ》と恭順《きょうじゅん》の念がこめられていた。ワレンコフに対したときとは明らかに違う。つくりものであったとしても、気づく者はいないだろう。

ルビンスキーは頭《こうべ》を垂れたまま、二十分以上、待たされた。微動だにしない。

通信装置の先に、何者かが現れた。

「ルビンスキーか。報告を許す」

「ワレンコフの計画は順調に進んでおります。帝国との間に協定が結ばれてしまうと、後始末が面倒になりますゆえ、止めるべき頃合いであろうと愚考いたします」

「汝《なんじ》にとっては早いほうがいいだろうな」

声は冷笑の波動を伝えた。

「しかし、ワレンコフめの裏切りの情報は、別の筋からも入っている。泳がせておく時期は終わった。同盟に次の目標を教え、彼奴《きゃつ》の計画をつぶせ」

「かしこまりました。ワレンコフについてはいかがいたしましょうか」

「それは汝が考えるべきことではない」

通信は予告なく切れた。ルビンスキーはうつむいて表情を隠しながら、エレベーターに乗りこんだ。

フェザーンが創立以来、地球教の影響下にあることは、限られた者しか知らぬ事実である。ワレンコフはその支配を脱しようとしていた。帝国と組んで覇権を握るとともに、地球を破壊して地球教を壊滅させる計画であった。もし帝国に野心ある者が現れて宇宙の統一を目指せば、フェザーンの存在も危うい。先手を打って、統一に協力する。そのための武器が情報だ。今回のテストで、フェザーンが持つ情報の価値を知らしめ、有利な条件で帝国と結ぶ。ルビンスキーが表面上、その計画に与《くみ》したのは、自身の野心からである。ワレンコフを焚《た》きつけて計画を進め、地球教側に伝える。ワレンコフが排除されれば、ルビンスキーは野望の階梯《かいてい》を一歩のぼることができるのだ。地球教の支配を脱したい。その思いはルビンスキーも持っている。ただ、ナンバー2として成し遂げても意味はないのだ。ワレンコフはその点に思いをいたさなかったのだろうか。

とにかく、破滅するのは地球教ではなくワレンコフである。地球教団は多くの使い捨ての暗殺者を抱えている。その凶刃《きょうじん》はあの男にはかわせまい。その後、自治領主の座につくのはルビンスキーだ。約束された地位についたら、ワレンコフが知った気になっていた本性とやらを発揮することにしよう。

数日後、フェザーン自治領主の訃報が、ごく一部の者たちに伝えられた。心臓発作での急死ということであったが、伝えられた者たちは、何が起こったかを正確に察していた。ワレンコフは禁じられた領域に足を踏み入れたのだ。

同日、ルビンスキーは、同盟のフェザーン駐在弁務官事務所に匿名で通信を入れた。

「帝国のスパイを捕らえました。貴国から航路情報を盗んだ犯人です。私どもは貴国との友誼《ゆうぎ》に鑑《かんが》みて、一刻も早くお知らせしようと、このようなかたちをとらせていただきました」

同盟弁務官は一瞬、言葉が出なかった。外交官としては失格だが、もともと能力を買われてこの地位に就《つ》いたわけではない。

「ご安心ください。盗まれたのはほんの一部のようです。スパイどもの通信を解析して、次の標的も割り出せました。アルトゥム星系です」

「か、顔も見せない者をどうやって信用しろと」

「信用していただけないなら、それでけっこうです。どちらにせよ、スパイはこちらで始末します。表に出ることはないと約束します」

「いや、スパイは引き渡してくれ。我が国で犯罪を犯したのなら、我が国で裁かなければならない」

「貴国との間に、政治的犯罪者の引き渡し協定は結ばれておりませんな」

「スパイの素性は？　盗んだ方法は？」

「申し上げられません」

通信はそこで途絶えた。同盟弁務官はしばらく呆然《ぼうぜん》としていたが、我に返ると、あわてて本国に報告した。

それを受けて、国防委員会で緊急会議が開かれる。フェザーンからの情報が正しいのかどうか、半信半疑ながら、同盟軍はアルトゥム星系への派兵を決めた。

同盟国内では、容疑者の名はあがっているものの、いまだ情報漏洩の形跡は見つかっていない。帝国のスパイとやらは実在しておらず、フェザーンの自作自演ではないか。だとしたら、彼らにどういう利益があるのか。あるいは、スパイが盗んだのはフェザーンが保持する情報ではないか。後者の推論は魅力的だった。その場合、同盟は単なる被害者であり、情報管理体制を見直す必要もなくなる。

長々と議論がかわされたが、結論は出なかった。匿名で情報提供するあたり、フェザーンにも後ろ暗いところはあるのだろう。しかし、たとえ彼らに責任があるとしても、確たる証拠もなしに追及することはできない。財布を握られている同盟は、フェザーンに対して強気に出ることなどできないのだ。

アルトゥム星系に敵が現れて、それを撃退すれば、一件落着である。真相はおそらく闇に葬《ほうむ》られる。同盟軍としては、たとえば領域内の観測態勢強化などの課題が残るが、予算の関係で解決はしないだろう。

ルビンスキーはそうした同盟の動きをすべて把握している。予想通りの展開であった。これほど楽に踊ってくれる者ばかりなら、地球教が宇宙を支配する未来もありえるかもしれない。ただ、それではルビンスキー自身がおもしろくない。

「この停滞を一変させるほどの才幹《さいかん》を持った人物が出てこないものか」

内心でつぶやくルビンスキーであった。

5

銀河帝国宇宙艦隊副司令長官ミュッケンベルガー上級大将は、士官学校を首席で卒業して以来、三十年を超える軍歴を誇る。一族に高級軍人が連なる名門の伯爵家の出身でもあり、手腕と血筋の両面から、帝国随一の武人といえるだろう。帝国軍三長官をはじめ、彼より位《くらい》の高い軍人は幾人かいるが、実際に帝国軍を差配しているのは彼である。

しかし、ミュッケンベルガーにもままならぬことはある。理不尽な要求であっても、上から降ってくればしたがわなければならない。今回の件はもともと、統帥本部総長シュタインホフ元帥《げんすい》からの非公式の要請であった。

「旧友の息子なのだ。正規の軍を動かすわけでもなし、さして負担はかからぬ。便宜《べんぎ》を図ってやってくれ」

何が、さして負担はかからぬ、だ。正規の軍ではない貴族の私兵をイゼルローン要塞に入れ、補給をしてやることが、どれだけ面倒で人手と費用がかかると思っているのだ。むろん、上級貴族は人手や費用には頓着しない。だが、軍は違う。コストを無視して戦争はできない。

ベーゼンハルト伯爵家は、由緒正しい名家ではなかった。辺境に領地を持っていたのだが、三代前の当主が宝石の採掘と交易で財を成して、帝都オーディンの社交界に顔を出すようになった。伯爵号も金で買ったものである。ただ、成金《なりきん》の栄華は長くはつづかない。多くの貴族が陰で嘲笑《ちょうしょう》するなか、ベーゼンハルト家は膨大な財産を食いつぶしていった。そして、現在の当主フォルカーが父の後を継ごうとしたときには、相続に必要な費用にも事欠くほどだったのである。新興貴族への風当たりは強い。財務省と典礼省はベーゼンハルト家を取りつぶし、いまだ将来性のある鉱山を国庫に納めようとした。フォルカー・フォン・ベーゼンハルトはあらゆる伝手《つて》を使って、一年の猶予を得た。その間に、指定された金額を払えば、正式に相続が許される。交易に熱心だったベーゼンハルト家は、フェザーンと関係が深かった。借金を申しこんだところ、奇妙な条件を出された。

「これ以上の融資は無理ですが、叛徒《はんと》たちの情報であれば提供できます。伯爵閣下は艦隊をお持ちでしょう。叛乱軍の基地を攻略して、戦利品を手に入れれば、それを私どもが買い取ります。相続費用などすぐに用意できますよ」

「そんなことが可能なのか」

ベーゼンハルト家は一個艦隊近くの私兵を抱えている。辺境に領地を持つ貴族としては、珍《めずら》しくはないが、代々の当主が力を入れていたため、ソフト面もハード面も質が高い。フォルカー・フォン・ベーゼンハルトは半年ほど軍務経験もあり、艦隊指揮には根拠のない自信を持っている。フェザーンの思惑など考えもせずに、この条件に飛びついた。もっとも、考えたところで、選択の余地はなかっただろう。

ミュッケンベルガーはむろん反対であった。叛乱軍との戦いは正規軍の任務だ。金が要るなら、私兵を売ればよい。一万隻あまりの艦船を売ればひと財産になるし、維持費の出費もなくなる。だが、ベーゼンハルトは肯《がえ》んじなかった。丸腰になったら何者かに撃たれる、と被害妄想に囚《とら》われたのかもしれない。

「軍の秩序を乱すような行いには協力できません」

ミュッケンベルガーはいったんは要請を突っぱねた。しかし、ベーゼンハルトの後ろ盾となるシュタインホフにも理はあった。

「フェザーンの強欲商人どもは信用できぬ。一方的に航路情報を提供されて、正規軍を動かす気になるか?」

なりません、とミュッケンベルガーが首を振ると、シュタインホフはうなずいた。

「そうであろう。だから、ベーゼンハルトにさせるのだ。もし成功して、フェザーンが信用できるとわかったら、卿《けい》らの出番だ。失敗したら、ベーゼンハルト家は取りつぶされ、すべてはなかったことになる。損はあるまい」

こうして、第一、第二の襲撃が実行された。ミュッケンベルガーにとって意外なことに、ベーゼンハルトの企ては成功した。いくら情報を得ているとはいえ、敵領内をワープしながら進み、基地を破壊して無事に帰還するのは、容易なことではない。ベーゼンハルトもしくはその臣下は、一定水準の勇気と統率力を有しているようだ。

だが、叛乱軍こと自由惑星同盟軍も対策を考えているだろう。何度も成功するとは思えない。フェザーンの思惑もいまだ不明だ。そろそろ梯子《はしご》を外されてもおかしくない。第三次遠征の目標はアルトゥム星系だという。フェザーンから提供された航路情報は、帝国軍には共有されていないため、ミュッケンベルガーにはそれがどこだかわからない。フェザーンの秘密主義には腹が立つ。シュタインホフが黙っているのにも腹が立つ。フェザーンに対して、もっと強気に出てもいいのではないか。

心に不満を溜《た》めながらも、ミュッケンベルガーはベーゼンハルト艦隊への補給を命じた。

「願わくば、二度と彼らの姿を見ないですむことを」

叛乱軍の勝利を願うのは、帝国軍人としての矜持《きょうじ》が許さぬ。都合のいい事故でも起こらぬものか。複雑な心境で、ミュッケンベルガーは出立《しゅったつ》を見送った。

フォルカー・フォン・ベーゼンハルトは頑健《がんけん》な肉体が自慢であった。年齢は中年の域に達しているが、筋肉に包まれた身体は若々しい。薄い金色の頭髪は短く刈りこまれており、白《はく》兵戦技《へいせんぎ》を教える教官のような印象がある。その身にまとうのは、黒と銀を基調とする帝国軍の軍服ではない。みずからあつらえた迷彩柄《めいさいがら》の軍服である。

二度の成功に、彼は気をよくしていた。最初は半信半疑であったが、フェザーンはどうやら、有益な情報を渡してくれていたようだ。今回の遠征がうまく行けば、相続に必要な金額には達するが、協力をつづけてやってもいいと思う。軍事力を持たないフェザーンの代わりに、自分が艦隊をひきいて戦う。そういう関係であれば、互いに利がある。さらに思考を進めれば、フェザーンの支持を背景に、半独立の地位を築くこともできよう。旧態依然とした帝国にはうんざりだ。実力より門地《もんち》を重んじるような輩《やから》とは、いずれ縁を切りたい。

「ワープは無事に成功です。しばらく敵領内を航行します」

幕僚《ばくりょう》が報告する。最初はその報で全艦隊に緊張が走ったが、今はそうでもない。兵士たちの落ちつきを、ベーゼンハルトは頼もしく眺めている。

めざすアルトゥム星系は、これまでと同じく無人の星系である。壮年期の恒星の周りを惑星がふたつと、無数の小惑星がまわっている。補給基地があるのは第二惑星だ。火山活動の激しい第一惑星と異なり、冷たく静かな惑星だという。ただ、その軌道の内側にも外側にも小惑星帯があって、ルートによっては近づくのが難しいらしい。

「小惑星が邪魔なら、壊してしまえばいいんじゃないか」

ベーゼンハルトの思いつきを受けて、幕僚たちは視線をかわしあった。司令官代理の地位にあるマルヴィン・フートが、代表して奉答《ほうとう》する。

「ビームやミサイルを撃つにも費用がかかるとお考えください。ここは敵領ですから、よけいなことをしないほうがよろしいでしょう」

「うむ。金がかかるのは困るな」

ベーゼンハルトは指揮シートに腰を沈めた。

「それにしても、毎回楽だとおもしろくない。せっかく全軍で来ているのだから、敵も少しは抵抗してほしいものだ」

声は大きかったが、独《ひと》り言とみなして、誰も応えなかった。ベーゼンハルトはワインを所《しょ》望《もう》し、幕僚のひとりを食堂へと走らせた。

ベーゼンハルト艦隊は敵領内を我が物顔で航行する。四回のワープが無事に終わり、アルトゥム星系に達した。念のために哨戒艇《しょうかいてい》を出したが、敵の艦隊は見つからなかった。監視衛星の類を破壊しながら、第二惑星のA8基地をめざす。

宇宙からの攻撃で基地の司令部を破壊し、砲塔などの防御兵器を無効化する。ついで降下部隊を下ろし、倉庫を制圧して物資を奪う。やるべき作業は簡単で、失敗の怖れはない。だが、今回は若干《じゃっかん》、様子が違った。

「基地内に生体反応がありません。人がひとりもいないようです」

逃げたか、とつぶやいて、ベーゼンハルトは顔色を変えた。

「物資は？」

「目視《もくし》では、持ち出された形跡はありません。これから確認します」

倉庫の物資はそのまま残されているようだ。敵方に渡ることが確実であれば、放射性物質で汚染させるなどして、使えなくする手段もある。ベーゼンハルトは我知らず爪を噛《か》んだ、ここまで来て手ぶらでは帰りたくない。

やがて、物資に異状なし、との報告があった。叛乱軍は兵士だけを引きあげさせたようだ。前回、ベーゼンハルト艦隊は、逃亡しようとしていた叛乱軍の輸送船を宇宙の塵《ちり》に変えた。今回はそれより早く情報が届いたのだろうか。ベーゼンハルトは一瞬、不安の波に襲われた。

「叛乱軍の艦隊が来るかもしれません。作業を急がせます」

淡々と告げた司令官代理を、ベーゼンハルトはにらみつけた。

「勝手なことを言うな。おれが司令官だ」

敵艦隊発見の警報が鳴り響いたのは、それから半日後のことであった。

6

自由惑星同盟軍第九艦隊は、急行に急行を重ねて、アルトゥム星系をめざしていた。足の遅い艦艇や輸送艦は脱落させたため、総勢は一万二千隻ほどに減っている。

「悪意を感じるね」

フェザーンから提供されたという情報を目にして、ボナールはひとりごちた。艦隊の現在位置と、アルトゥム星系までの時間的距離。そして敵艦隊の到達予想日時。急げばぎりぎり間に合う、という状況は、勤勉とは言えないボナールにとって、最悪であった。しかも、ボナールは命令を受ける立場だ。司令官が行け、と言えば、行かねばならない。

最初のワープを無事に終えたところで、同僚のウランフが通信スクリーンに現れた。さすがのペテルセンも、旗艦で会議をおこなう暇はなくなっている。

「賭けは貴官の負けのようだ。戦が終わったらとりなしてやるから、自棄《やけ》を起こすなよ」

ウランフは謹厳《きんげん》な表情で言った。揶揄《やゆ》する意図はなく、純粋に心配しているようだ。ボナールは笑顔で応じた。

「よけいなお世話だ。第一、負けと決まったわけではない。フェザーンの情報が信用できるものか。アルトゥム星系に着いても敵はいなくて、別の基地が襲われたって知らせが入るにちがいない」

「その可能性は捨てきれないが、ハイネセンの連中はすっかり信じているぞ。ペテルセン提督によれば、何らかの裏取引がすでに成立しているかもしれない、と」

さらにウランフは、横領疑惑のあったA中佐は無実らしい、と告げた。徹底的に調査したが、横領の証拠は見つからなかったという。この時点で、コジュライア星系の線は消えた。

それもあって、第九艦隊は目標変更を命じられたのである。ボナールの旗色はかなり悪くなった。

「ま、着けばわかるさ。仮に最後の戦いになっても、それほど手は抜かないから、心配するな」

通信スクリーンの向こうで、ウランフが眉をひそめた。浅黒い顔に浮かんだ憂慮《ゆうりょ》は、自分自身に対するものではない。この男は、才能はあるのに性格で損をするタイプだな、とボナールは思う。無能な上官や同僚の尻ぬぐいで苦労するにちがいない。気持ちのいい男で、尊敬に値《あたい》する軍人だが、長生きはできないだろう。ボナールの祖父も、そういう男だったという。父がよく歎《なげ》いていた。

「いいか、ティエリー。長生きしたければ、いい加減に生きるんだ。戦なんて、真剣にやるものじゃないぞ」

士官学校に入ったとき、卒業して任官したとき、少佐に昇進したとき……何度も同じ言葉を贈られた。ボナールの頭には、父の教えが刻みこまれている。これまでボナールはいい加減に戦いつつ、戦功をあげてきた。次が最後の戦いであっても、真剣に戦うつもりはなかった。

最後のワープを終えると同時に、急報が入った。

「アルトゥム星系に敵艦隊を確認。A8基地が攻撃を受けています」

通信士官が声を弾《はず》ませたのは、ようやく戦える、との思いからであろう。艦橋《かんきょう》も心地良い興奮と緊張で覆われ、呼吸するごとに戦意が高まっていくようだ。ボナールはベレー帽を脱いで、顔をあおいだ。

「やれやれ。本当に最後の戦いになってしまったか」

自信はあったんだがな、とつづける。

「A8基地へ急行せよ。陣形や作戦は追って指示する」

ペテルセン中将から命令が届いた。ボナールは麾下《きか》の二千隻に全速での前進を命じた。ここまで来たら逃げられたくはない。

半日後、両軍は戦闘態勢をとってにらみ合っていた。帝国軍も戦闘を選んだのである。艦艇数は同盟軍が約一万二千、帝国軍が約一万。やや同盟軍が多い。ただ、戦場は数の差がはっきり出る場所ではなかった。帝国軍は第二惑星の軌道近くに布陣《ふじん》している。これは、ふたつの小惑星帯にはさまれた位置だった。とくに、両軍を隔《へだ》てている外側の小惑星帯は幅広く、密度も濃い。強引に押し渡るのは困難であろう。

「古代の渡河《とか》戦みたいなものか」

ボナールはペテルセンの作戦計画を見ながらつぶやいた。川をはさんでにらみ合った場合、川を渡って攻めるほうが不利である。迎撃の準備を整えて待つ敵軍に突っこむ形になるし、渡ってしまうと後退もしにくい。地域や時代によっては、数が多いほうが先に渡河する不文律があったという。現在、敵軍は早々に球形陣をとって、防御を固めている。ただ、「渡河」がはじまれば、そこに火力を集中させてくるだろう。

ウランフはペテルセンに持久戦を進言したらしい。第九艦隊は敵艦隊を引きつけて逃がさなければ、それでよい。ここは同盟領で、敵の拠点は遠いため、敵艦隊には補給や援軍のあてはない。自分たちは味方の援軍が来るまで待っていれば、たやすく勝利をおさめられるのだ。敵もそれはわかっているから、こちらが動かなければ、攻勢に出ざるをえない。敵が先に動けば、こちらは小惑星帯を利用して、有利な状況で迎撃できる。

「ウランフ少将の進言はもっともだ」

ペテルセンは深くうなずいて、識見《しきけん》を褒《ほ》めたたえたという。だが、その進言を受け入れはしなかった。

「しかし、少数の敵を前にして消極的な姿勢に終始しているようでは、芳《かんば》しい評価を得られぬ。我らは『敵を討《う》て』と命じられた。その命令にしたがうのが軍人の責務だ」

つまり、手柄がほしいから戦う、ということか。ボナールはペテルセンの考えが嫌いではなかった。ウランフは納得していないだろうが、上官の命令にはしたがうほかない。

「貴官の勇名は聞いている。戦場でその勇姿を見せてくれ」

ペテルセンはウランフにそう言い、ボナールには別の表現で奮戦を求めた。

「勝ったら賭けはなかったことにする。憂《うれ》いなく戦うがいい」

「ご厚情に感謝いたします」

ボナールは心にもない言葉とともに敬礼した。

同盟軍は小惑星帯に対して、垂直に交わるように陣形をとった。小惑星帯の軌道を横方向に見ると、ペテルセンの本隊が中央に陣取り、左翼のボナール分艦隊が天頂方向、右翼のウランフが天底《てんてい》方向に布陣する。ボナールとウランフは、小惑星帯を上下から迂回《うかい》して敵の包囲を狙う構えだ。

まず、同盟軍本隊が動きはじめた。戦艦が前進して主砲を斉射《せいしゃ》する。光の槍《やり》が小惑星帯をつらぬき、いくつもの小爆発を生じさせた。爆風がおさまると、艦隊はできたばかりの道を慎重に進む。小惑星でも小さなものは破壊できるが、容易に破壊できない大きさのものは避けて通るしかない。そこで陣形が乱れたら、迎撃する側の思うつぼだ。

ペテルセンは二本の道を通した。一本は広く、全艦隊が通れる規模で、もう一本はその半分に満たないものだ。両翼からの包囲に成功したら、本道だけで充分だが、ウランフとボナールが苦戦するようなら、細い道に別働隊を送りこむつもりである。

同盟軍本隊が前進してくるのを確認して、帝国軍は陣形を変更した。球形陣をへこませて、帽子をかぶせるような陣形をとる。「渡河」を終えた同盟軍を半包囲する体勢だ。

その様子を遠望して、ボナールは軽く口笛を吹いた。

「意外にやるじゃないか」

あらかじめ計画していたようで、敵軍の動きはなめらかで正確だった。油断のできない相手である。

ただ、ここに至っても、同盟軍は敵の正体をつかめていない。帝国の艦艇であることはわかったが、正規軍ではないようだ。一連の作戦のために、わざわざ編成した部隊なのだろうか。

ボナールは当初の作戦にしたがって、麾下の部隊を天頂方向に動かした。小惑星帯をかすめるように迂回して、敵の頭上を狙うのだ。しかし、こちらが動くと同時に、敵も一隊を割《さ》いてきた。当然、読んでいたのだ。上下の分艦隊にはほぼ同数の艦隊をあてて足止めすると、本隊同士は八千対六千になる計算だが、地の利は帝国軍にあるから、互角以上に戦える。敵の作戦は理に適《かな》っていると言えよう。

先頭の艦艇同士が最初のビームを撃ち合ったとき、報告が入った。

「妨害電波が強くなっています。本隊と連絡がとれません」

敵があらかじめ、妨害電波発生機をまいていたのだ。ボナールは眉をひそめてあごを撫《な》でた。ここまでの作戦は、完全に敵の予想通りということになる。気に入らない。

「前進を止めろ。敵の出方を見ながら、慎重に戦うんだ」

ボナールは命じた。麾下の艦艇に信号が送られ、艦隊の動きがほぼ止まった。間合いをとった両軍の間に、戦艦の主砲が光の橋をかける。エネルギー中和磁場が白く輝き、ビームを無効化する。両軍ともダメージを与えられず、また受けてもいない。精彩《せいさい》に乏《とぼ》しい戦闘がしばらくつづいた。

「攻勢に出なくてかまわないのですか」

副官が怪訝《けげん》そうな視線を向けてきた。ボナールがうんざりした顔で答える。

「敵の構成を見ろ。防御に専念しますって、艦体に書いてある。正面から攻めるのは馬鹿だろ」

「しかし、翼突破からの包囲がペテルセン中将の作戦なのではありませんか」

「読まれてる時点で突破は無理さ。同数の敵を引きつけているだけで充分だろ」

副官はなお文句を言いたげである。ボナールは片目をつぶって見せた。

「心配するな。最後にはおれたちの活躍で勝利する」

それでも疑わしげな副官を放っておいて、ボナールはスクリーンを見つめた。敵はそのうち動く。そこに勝機を見出すつもりだ。

「ウランフの奴はきっと真剣に戦っているだろうな。無理をしていなければよいが」

内心のつぶやきが聞こえていたら、ウランフは眉を寄せて不快感を示しただろう。

同じ頃、ウランフ分艦隊もすでに戦闘に突入していた。約二千隻の小艦隊同士が正面から撃ち合っている。

レーザー水爆ミサイルと中性子ビーム砲が交錯し、エネルギー中和磁場とぶつかって、めくるめく光の乱舞を生じさせる。無音の宇宙空間に、網膜を灼《や》くほどの光と、ただ破壊だけを目的としたエネルギーがあふれて、わずかな間に飽和状態に達した。ミサイルが集中した巡洋艦が引き裂かれて四散《しさん》する。動力炉《ろ》にビームの直撃を受けた戦艦が周囲を巻きこんで爆発する。

早くも幾千もの命が失われていたが、戦闘自体は静かな立ちあがりと言えるかもしれない。帝国軍の艦艇は防御システムに多くの出力を費やしており、同盟軍の攻勢にじっと耐えている。ウランフは冷静に戦況を把握していた。

「これでいい。間断《かんだん》なく攻めたてて疲れさせろ。音《ね》をあげるのは敵のほうだ」

ウランフは麾下の二千隻を完全に統御《とうぎょ》している。敵の弱い部分を見つけては、そこに火力を集中させ、徐々に穴を広げていく。しかし、帝国軍も粘《ねば》りを見せていた。もともと防御力の高い艦がさらに防御に専念して、開いた穴を埋める。ここで時間を稼げば、本隊が有利に戦えると考えているのだろう。目的を明確にした戦いぶりは、敵ながら見事だ。そして忌々《いまいま》しい。

「ボナールも苦労しているかもしれんな」

頭の隅で、ウランフは心配した。ボナール隊が崩《くず》れたら、そこから背後に回られる怖れもある。ボナールは発言ほど不真面目な男ではないと思うが、逆境にどこまで耐えられるか、一抹《いちまつ》の不安があった。だが、それよりは目の前の敵である。

ウランフは勝負手に使うつもりで、一部の戦力を温存しており、それを投入するタイミングを測っている。戦場をにらむ視線は鷹《たか》のごとく鋭く、はるか遠い先祖をしのばせた。

7

フォルカー・フォン・ベーゼンハルトが艦橋に戻ってきた。荒々しく足音を響かせて歩き、指揮シートに深く腰を沈める。ぎりぎりと歯を食いしばり、スクリーンをにらみつける姿は獰猛《どうもう》そのものだが、檻《おり》に閉じこめられているような印象もある。

「本当に有利なのか。このままいけば勝てるのか？」

何度目かの質問に、同じ答えが返ってくる。

「ご安心ください。叛乱軍の動きはすべてこちらの読み通りです」

ベーゼンハルトの代わりに艦隊の指揮をとっているマルヴィン・フートは、ベーゼンハルトの祖父の代から司令官代理を務めている。才能ある軍人だったが、平民ゆえに出世できずにいたところ、当時のベーゼンハルト伯が引き抜いたのである。すでに七十歳に達しており、頭髪はわずかしかないが、姿勢はよく、声には張りがある。

フートだけではない。ベーゼンハルト艦隊は人材に恵まれていた。祖父と父が惜しみなく金を使った結果である。そうした浪費のせいで破産しかけているのだが、彼らのおかげで危機を脱せたら、収支は合うだろうか。

当初、ベーゼンハルトはみずから指揮をとっていた。だが、ワインを飲んでいたら急に腹が痛くなって、やむをえずフートに託したのである。今も三十分に一度はトイレに立っている。そのたびに、幕僚たちが意味ありげな視線をかわす。

「そんな弱敵《じゃくてき》、おれならもう全滅させているところだぞ」

ベーゼンハルトは文句を言いながら、顔をしかめた。下腹《したばら》が刺すように痛い。

正面の同盟軍は小惑星帯から完全には出てきていない。出口付近に留《とど》まって、探るように攻撃してくる。ベーゼンハルト艦隊は半包囲の態勢を崩していないため、大半の艦はまだ射程に入っていなかった。同盟軍はおそらく両翼が迂回してくるのを待っているのだろう。だが、天底方向では、防御のために送った部隊が善戦して敵を食いとめている。天頂方向では探り合い程度の砲戦がつづいている。気になるのは、正面左の小惑星帯に空いたもう一本の道だった。敵軍は何を企《たくら》んでいるのか。

「別働隊を送りこんでくるにちがいありません。すでに対応策は準備してあります」

フートは冷静な口調に自信をこめた。ベーゼンハルトがよけいなことをしなければ勝てる。艦橋にいる兵士たちの思いは一致しているようだ。フートはそこまで楽観していないが、ろくに戦を知らない主人に任せたくないのは同じだ。

「準備しているのはいいが、守ってばかりでは勝てないだろう」

「おっしゃるとおりです。しかし、本来、守っていれば勝てるはずの叛乱軍が攻めてきているのです。彼らには焦《あせ》りがあるのは明らかで、やがてぼろを出すでしょう。そこではじめて攻勢に出ます」

「迂遠《うえん》な」

ベーゼンハルトは吐き捨てた。

「あの道をおれたちが使うんだ。三千隻ほどの奇襲部隊をつくって突っこませろ」

フートの平静な表情が、一瞬ひびわれた。

「さすがご主人様。案としてはすばらしく思います。ですが、三千隻も割いては、ここが支えきれなくなってしまいます」

「かまわん。奇襲部隊はおれがひきいる」

自分がいない部隊は負けてもいいという意味である。展開によっては、ベーゼンハルトはそのまま自分だけ逃げ出すつもりではないか。

このとき、叛乱軍の小部隊がふいに小惑星帯から飛び出してきた。陽動か。疑いながら、フートは火線を集中させて撃退した。こちらの対応力を探っているのかもしれない。

戦場を見つめるベーゼンハルトは顔色が悪い。フートが指摘する。

「しかし、奇襲部隊は少数で敵の本隊に突入するわけですから、もっとも危険なことはまちがいありません。それでも、ご自身で向かわれますか？」

「当たり前だ。敵を前にして怖れるおれではない。天底方向はまもなく破られるのではないか？　おまえの言うとおりにうまく行くとは思えん。ここは一か八《ばち》かの勝負に出るときだ。さあ、すぐに部隊を編成しろ」

フートは二秒ほどためらった。ベーゼンハルトは無茶を言っている。この状況で六千隻を半々に分けるなど、愚《ぐ》の骨頂《こっちょう》だ。残った部隊は易々《やすやす》と突破されるだろう。だが、ベーゼンハルトの生還を第一目的と考えれば、妙手《みょうしゅ》となりえるかもしれない。少なくとも、敵の意表はつける。とっさの判断力に欠ける将なら、致命的な失策を犯さないともかぎらない。いや、考えても無駄だ。これ以上、主人の命令には逆らえない。

「かしこまりました、ご主人様」

一度決めたら、フートの行動は早い。高速戦艦を優先して三千隻の奇襲部隊を選抜した。本隊の陣容はごく薄くなったが、これは仕方がない。とにかく、叛乱軍が状況を把握して対応する前に決行するのだ。

トイレから戻ったベーゼンハルトが命じる。

「よし、突っこめ！」

奇襲部隊は狭い道に猛然と踏みこんでいく。光の槍が、小惑星帯をつらぬこうとしている。

ペテルセンは二千隻の別働隊を用意して、投入の機をうかがっていた。旗艦は別働隊のほうに配されている。自称「猛将」らしく、一番重要で危険な役目をみずから果たすつもりである。

「ウランフ分艦隊との通信が回復しました。戦況は我が方有利です」

天底方向の状況がスクリーンに映し出されると、ペテルセンはそっけなくうなずいた。

「予定より遅いが、まあよい」

ウランフは敵右翼に対して攻勢を強めて、敵軍の注意と艦艇を右側に集めると、少数の遊撃隊を左翼側方に回らせたのである。これが成功して敵軍は恐慌におちいった。奔放《ほんぽう》に動きまわる遊撃隊に翻弄されて陣形が乱れる。そこにウランフ本隊の砲火が集中した。煉瓦《れんが》の壁が大砲の直撃を受けたようだった。防御陣が静かに崩壊していく。

ウランフは課せられた任務を完遂しつつある。これで、五分五分だった戦況は同盟軍有利に変化した。ただ、もう一方は……。偵察艇からの報告によれば、ボナールは一進一退の攻防をつづけていて、突破は望めそうにないという。

「もう少しやると思っていたがな」

ペテルセンはつまらぬ賭けをもちかけたことを後悔していたが、案外これでよかったのかもしれない。これまで多くの新兵や新任将校を教育してきたが、あのような破天荒《はてんこう》な男ははじめてだ。辞めてもらったほうが、同盟軍の利益になるだろう。

戦後の人事はともかく、ペテルセンは現在進行形で決断を求められていた。狭い道を使って別働隊を送りこむか、それともウランフ隊と本隊の連携だけで片をつけるか。ウランフも頼りにならぬ、とペテルセンは考えた。彼の計算では、もっと早く突破してしかるべきだったのだ。ウランフ隊の損害は少ないようだが、苦戦して時間がかかった以上、ダメージは受けているのではないか。

「確実な勝利のために、わしも汗を流すとしよう。別働隊、発進」

ペテルセンは命じた。結果論で言えば、このタイミングでこの判断は最悪であった。敵に作戦を読まれていることは明らかだったのだから、もう少し慎重を期せばよかったのだ。別働隊は使わずとも、ウランフに呼応《こおう》して本隊を前進させれば、混戦にはならなかっただろう。狭い道は機雷《きらい》でふさぐか、一隊を抑えにおいておけばよかった。事前の準備のすべてを生かす必要はないのだ。しかしペテルセンは、ウランフの剛勇《ごうゆう》もボナールの柔軟性も、持ち合わせてはいなかった。策におぼれて、結果として最悪の選択をしてしまった。

別働隊が狭い道に入りこんだのと、敵の奇襲部隊の猛進に気づいたのは、ほぼ同時であった。

「敵軍、突進してきます。数は不明」

「何だと⁉」

ペテルセンは耳を疑った。こちらが開いた道を敵が使うとは、想定していなかった。どういうつもりなのだ。敵軍に隠し持っていた兵力がなければ、送りこめるのは千隻やそこらだろう。その程度の部隊で奇襲されても、本来は痛くない。だが、カウンターパンチとなれば別だ。

「迎撃しろ」

ペテルセンは命じたが、迷いは捨てきれなかった。後退して態勢を立て直すべきか。いや、道を出る前に追いつかれたら、一方的に攻撃を受けてしまう。踏みとどまったほうがました。

狭い空間が光に満たされた。束になってすれ違ったビームが、中和磁場に弾《はじ》かれて散る。まだ光量をしぼっていなかったため、旗艦のスクリーンは七色の光であふれた。ペテルセンが目を閉じて怒鳴る。

「オペレーターは何をやっとるか！　基本をおろそかにするな」

謝罪の声を、悲鳴のような報告がかき消した。

「敵の数が判明しました。およそ三千」

馬鹿な、とペテルセンはうめいた。こちらより千隻も多い。それほどの多くの兵を割けるとは、最初に敵の数を見誤っていたのか。しかし、この狭い戦場では、交戦できるのは千隻ずつくらいだろう。あとは遊兵となって、大きな意味は持たない。

気を取り直して、ペテルセンは命じる。

「落ち着いて前の敵に対応せよ。しばらくすれば、ウランフが敵の後背を襲ってくれる」

しかし、眼前に展開される光景はペテルセンの想像を超えていた。

帝国軍は道をはみ出して左右に広がり、数的優位を利して攻撃してくる。小惑星をミサイルで破壊し、あるいは体当たりで弾き飛ばし、あるいは避けて、道なき道をいく。船体に大きな傷をつくりながら、攻撃をつづける巡洋艦がある。小惑星の陰から飛び出して、敵艦を屠《ほふ》りながらも、別の小惑星に激突して破裂する駆逐艦がある。小惑星を回避した結果、味方同士でぶつかって爆発する戦艦がある。戦場に赤い花となって散る帝国艦は、ほとんどが同盟軍の攻撃によるものではなかった。しかし、損害は同盟軍のほうが多いのだ。帝国軍の猛撃は、同盟軍を圧倒していた。

「こんな戦い方があるか」

ペテルセンは立ちあがった。艦橋の天井ははるかに高いが、何人かの幕僚は、ペテルセンの頭が天井にぶつかるのではないかと思い、首をすくめた。ペテルセンの長身から、怒気《どき》が立ちのぼっている。

隣の艦が爆発し、衝撃波が旗艦を襲った。旗艦は海上の木《こ》の葉のように揺れて、ペテルセンは這いつくばった。帝国軍にとって、この戦は死戦であった。敵領深くで、援軍のあてはない。勝つか死ぬかの戦いなのだ。今さらながら、ペテルセンは気づいた。帝国軍の狂乱とも言える戦いぶりは、死地にあるからこそだった。そして今、死地にあるのはペテルセン自身だった。

「もう保《も》ちません。後退を」

副官がかすれた声で進言する。同盟軍は先刻まで勝ちつつあった。にもかかわらず、敵軍の常軌《じょうき》を逸《いっ》した戦法の前に、危機に瀕していた。両翼の二千ずつ、中央の三千、それらを囮《おとり》にして、あるいは見捨てて、目の前の部隊は突っこんできているのだ。そして、損害を顧みずに攻めたててくる。このままでは支えきれない。まともな敵が相手なら、悠々と勝てたはずなのに。

ペテルセンは歯噛みした。副官の進言にうなずき、正反対の命令を下す。

「下がったら負けだ。死ぬ気で前進せよ」

旗艦がミサイルの直撃を受けたのは、まさにそのときであった。

ボナールは敵部隊の動きに目を凝《こ》らしていた。いい加減に戦うだけでは、今の地位は得られていない。ボナールには勝負どころを見極める才があった。ここぞというときだけ、本気で戦うのである。今回は、敵が反転の気配を見せたら、すかさず叩くつもりだった。あるいは、反転の前にカムフラージュの攻撃をかけてくるかもしれない。そのときは想定以上の反撃を見舞ってやる。

しかし、大功をあげたのは、ボナールの目ではなく、艦隊の耳だった。

「敵の通信を傍受しました。解析します」

通信士官の報告に、ボナールは眉をあげた。

「急ぎ中央の陣に集結せよ、とのことです」

敵が様子をうかがいながら、ゆっくりと後退しはじめる。

「絶好のチャンスです。追いましょう」

副官が勢いこんで言う。多くの視線が追撃命令を求めてボナールを見つめた。しかし、ボナールはすぐには命じなかった。

「何かおかしいぞ」

ボナールはつぶやいた。一瞬、罠《わな》かもしれない、と思った。偽《にせ》の通信と後退でこちらを誘っているのではないか。だが、モニターに映る中央の戦場を見やって、妙なことに気づいた。小惑星帯のフィルター越しになるし、距離があるので、戦況はまったくわからない。奇妙に感じたのは、光点の数だった。少なすぎる。短期間の戦闘で減る数ではない。どこかに移動したのだ。いったいどこへ、何のために？ どうして敵は集結を命じたのか。このタイミングで反転すれば、追撃を受けることはわかりきっている。中央を守るためなら逆効果だろう。こちらの作戦を完全に読んで準備をしていたほどの敵将が、そんな愚かな命令を出すとは思えない。

「そうか」

脳裏に電光が走った。通信と後退は本物かもしれないが、敵将の狙いはやはりボナール隊を誘いこむことだ。移動した主戦場から遠ざけるために。

目の前の敵が反転をはじめた。まだ間に合う。追撃すれば、多大な戦果を手にできる。しかし、ボナールは賭けに負けたからといって、消極的になる男ではなかった。自分を信じて、決断を下した。

「よし、おれたちも反転だ。本隊が危ない」

……かもしれない。と、ボナールは心のなかでつけくわえた。

その頃、ウランフは敵の防御陣を粉砕して中央に迫っていた。獲物を見つけた鷹が急降下する、その勢《いきお》いで虚空《こくう》を疾駆《しっく》する。この会戦で、作戦通りに戦って、実力を発揮したのは、彼とその部下だけだったかもしれない。ペテルセンの作戦がうまく運んでいたら、ウランフの部隊は、中央でペテルセン本隊を迎撃している敵軍の側面をついていたはずだ。そして、順当な勝利を得ていただろう。

しかし、中央の戦況が視認できるようになると、ウランフの精悍《せいかん》な顔に困惑の影が差した。両軍が戦ってはいる。味方が有利で、敵を駆逐しつつある。側面攻撃の必要などないくらいだ。だが、戦闘にはダイナミズムが欠けていた。天頂方向から近づいてくる部隊を入れても、敵の数は少ない。それだけが理由ではないだろう。敵味方とも、とまどいながら戦っているように思われる。

敵の指揮官が斃《たお》れたのかもしれない。降伏勧告をしてみるか。ウランフが考えたとき、通信士官が甲高い声を発した。

「本隊より救援要請！『至急、来援《らいえん》を乞《こ》う』平文《ひらぶん》の通信です」

それはまさに悲鳴であった。ペテルセンの本隊は壊滅の危機にあるのだ。

ウランフはもう一度戦場を眺めやって、たちどころに諒解《りょうかい》した。敵はペテルセンの開いた狭いほうの道から、本隊を奇襲したのだろう。ペテルセンは不意を突かれ、窮地《きゅうち》に陥《おちい》った。しかしどうして、ベテラン提督は策に嵌《は》まったのか。敵はそれほど優れているのか。考えている場合ではない、すぐに同じルートで追わなければ。

「急ぐぞ」

ウランフは先頭に立って、狭い道に踏みこんだ。額に冷や汗がにじんでいた。分艦隊を含めて、同盟軍の大部分は小惑星帯の内側に入っている。ペテルセンの本隊が突破されたら、奇襲部隊は行動の自由を得る。そのまま逃げられてしまうのではないか。ペテルセンの生死にかかわらず、そうなったら敗北だ。

「敵の尻尾《しっぽ》が見えている。あれに食いつけ！」

兵士たちを鼓舞しつつ、ウランフは思案をめぐらした。ボナールはどこにいるのだろう。中央に戻る敵軍を追ってきてもよさそうなのに、天頂方向に味方の艦影はなかった。まさか、敗れたのか。そこまで弱いとは思えぬが……。逆に、本隊のいるほうに戻って敵の進路をふさいでくれている、と考えるのは、期待のしすぎだろう。救援要請を受けたタイミングでは、間に合うまい。

ウランフ隊は帝国軍の尻尾に襲いかかった。主砲を斉射した後、傷ついた敵艦を無視して、さらに前進する。区々《くく》たる功を誇っている場合ではないのだ。

救援要請の信号は途絶えていた。ペテルセンの旗艦は呼びかけに応えない。そのような暇はないのか、それとも……。最悪の事態が、現実になりかけていた。敗北の文字が脳裏にちらついている。ウランフはすでに立ちあがって、両のこぶしを握りしめていた。しだいに光点が増えていくスクリーンをにらみつける。追いつけたか。

旗艦の砲門が開き、猛々《たけだけ》しく咆《ほ》えた。デブリの群れをつらぬいて、光芒《こうぼう》が駆ける。敵艦は前方に集中しているようで、応戦してこない。

ペテルセン隊の艦艇が、道の端にいくつも見えていた。傷ついて、戦場を離脱しようとするか、動力を停《と》めてしまっている。おそらく、ペテルセン隊は突破されたのだ。敵の先頭部隊は無人の宇宙を疾駆しているのではないか。

「味方が遅れています。スピードを調整してもよろしいでしょうか」

艦長の問いに、ウランフは首を振った。みずからを囮にしてでも、敵を食いとめなければならない。乱戦に持ちこんで、味方を待つのだ。

「将たる者、攻めるときは陣頭、退《ひ》くときは最後尾につくものだ」

誰にともなくつぶやいたとき、ウランフは気づいた。

前方の光点が急速に大きくなってくる。艦体が視認できるほどに近づいてきた。

敵軍の前進が止まっている。狭い道を出たところで食いとめられているのだ。もしかして……。

「スピードを緩めろ」

命じつつ、スクリーンとモニターを確認する。ほぼ無傷の味方部隊二千隻が、敵軍の前に立ちはだかっていた。ボナール隊にちがいない。あの変わり者は、反転して本隊の危機を救いに来ていたのだ。

「やるではないか」

冷や汗がひいて、微笑が広がった。

「挟撃《きょうげき》の態勢をつくれた。落ちついて目の前の敵を討て」

敵軍に逃げ場はなくなった。勝利を確信したウランフだったが、まだ坐《すわ》りはしなかった。疲労の極にある将兵がいまだ奮闘している。降伏勧告をおこない、ペテルセンの安否を確認し、戦闘の後始末をするまで、休むつもりはなかった。

降伏を勧告する信号の点滅を、ベーゼンハルトは虚《うつ》ろな目で見つめていた。あと一歩で勝利をつかめていた。収支はマイナスかもしれないが、少なくとも無事に家に帰れるはずだった。

「いかがなさいますか」

フートの問いは、質問ではなく、要請だった。降伏を受け入れなさい。十数人の幕僚やオペレーターが主人を見つめた。彼らは私兵であって、帝国軍人ですらない。個々に選択権があれば、例外なく、捕虜としての不自由な生《せい》を選ぶだろう。だが、この場にいる唯一の貴族は、たとえ成り上がりの貴族であっても、降伏を潔《いさぎよ》しとしなかった。

「ワープだ。ワープせよ。イゼルローンに戻るのだ」

ベーゼンハルトの瞳は正気を失っているようにも思われた。フートは衝撃を表に出すことなく、辛抱強く説明する。

「今のように質量が密集した状況では、ワープ失敗の可能性が高くなります。周りの艦も巻きこんで、永遠に亜空間を彷徨《さまよ》うことになりますぞ」

「失敗すると決まったわけではあるまい。たとえ成功の可能性が低くても、おれはあきらめない。挑戦こそ我が人生だ」

フートは部下たちをちらりと見やった。

「しかし、みなを危険にさらすわけには……」

ベーゼンハルトは集まった視線の意味を理解せずに、熱っぽく語った。

「残っている艦でいっせいにワープする。それなら危険を抑えることができる。理論上は可能だ。今ならまだ間に合う。平文でいいから通信を送れ。敵も怖がって逃げ出すだろう」

どのような理論か、フートには想像がつかなかった。すぐに、ベーゼンハルトを殺して降伏すべきだ。すでに、周りの味方は勧告を受諾《じゅだく》して動力を停止しはじめている。そう命じようとして、ふと考えた。このベーゼンハルトの余裕は何だろう。自分たちはそこまで信頼されているのか。貴族の驕《おご》りだろうか。いや……。

ベーゼンハルトの周囲の空間が、微妙にゆがんでいた。淡い光の膜が指揮卓を覆っている。個人用の防御スクリーンを張っているのだ。ブラスターくらいならそらすことができる。

「時間がないぞ。早くしろ」

フートは心のなかで部下たちに詫《わ》びた。犠牲になるのは旗艦だけでいい。沈痛な表情で命じる。

「ワープ態勢をとれ。通信を開いてカウントダウンしろ。座標は……」

8

アルトゥム星系の戦いは、同盟軍の勝利に終わった。味方の損害は全損が五百隻に満たず、傷ついた艦は多くない。一方で、敵軍の損耗《そんもう》率は五〇パーセントをはるかに超えており、三割の艦艇が降伏を選んでいる。旗艦をはじめ、行方不明となった艦も少なくなかった。同盟軍にとっては圧勝と言ってよいが、将兵の喜びは霧消していた。総司令官たるペテルセン中将の戦死が確認されたのだ。また、捕虜の証言によると、敵は帝国の正規軍ではなかったという。

「これはあれか？　海賊討伐《とうばつ》の扱いになるのか？　だとしたら、功績が割り引かれてしまうぞ」

ボナールが心配しているのは、自分のためではない。自身は最後の戦いが勝利に終わってご機嫌である。上官の戦死に責任を感じているウランフとは対照的であった。

「おれがもう少し早く、敵部隊を駆逐していたらな」

「できなかったことをいつまでも悔《く》やんでいると禿げるぞ。ペテルセン提督は運がなかっただけだ。勝ったんだから、よしとしようや」

ボナールとしては、ウランフに気を取り直してもらって、戦後処理を任せたいのである。励ましの言葉にも熱が入る。

「おまえはよくやったよ。おれはまともに戦っていなかったから、早く駆けつけることができた。でも、おまえは目の前の敵を倒してからだろ。移動距離もずっと長い。あれだけの働きができるのは、おまえだけだよ。一緒に戦って、はじめてわかった」

「それくらいにしてもらいたい。体がかゆくなりそうだ」

ウランフは冷たく告げて、ボナールとの通信を切った。

戦後処理を終えたウランフは、ハイネセンへの帰途《きと》で改めてボナールを通信スクリーンに呼び出した。

「本当に辞めるのか。今となっては、賭けも無効だと思うのだが」

ボナールはすまして答えた。

「男に二言はない。反故《ほご》にしたら、ペテルセン提督に申し訳がなかろう」

らしくない言葉に、ウランフは唖然《あぜん》とした。ボナールがにやりと笑う。

「もともと辞めようと思っていたんだ。実は息子の嫁がおめでたでね。孫の世話をしながら、農園でもやろうかと考えている」

「孫……」

「これで二代つづけて孫を抱けるわけだ。ボナール家の悪しき伝統も、完全に終わりさ」

胸を張るボナールだった。

帰還後、ウランフとボナールはそろって中将に昇進した。だが、ボナールは正式な辞令が出た翌日に辞表を提出する。驚かれたが、引き止められはしなかった。

荷物を整理した後、ボナールはウランフのもとを訪れた。

「最後におまえと組めてよかったよ。おかげで年金が少し上がった」

差し出された手を、ウランフは強く握った。

「第二の人生でも健闘を祈る」

「おれが言うのも何だが、おまえはもっといい加減に生きたほうがいいぞ。その性格だと貧乏くじを引く」

「放っておいてくれ」

「おれはおまえのためじゃなくて、同盟軍のために言ってるんだぞ」

ウランフはむっとしたが、ボナールの表情は思いがけず真剣だった。

「努力しよう」

応じると、ボナールは苦笑いで元同僚の肩を叩いた。


自治領主補佐官アドリアン・ルビンスキーは、通信装置の先の存在に向かって、頭を垂れていた。同盟軍がもくろみ通りベーゼンハルト艦隊を撃破し、ベーゼンハルトが行方不明となったことを報告する。ベーゼンハルトの旗艦には刺客《しかく》を潜入させていたが、あの成り上り貴族は亜空間への逃亡を選んだらしい。同盟軍は捕虜を尋問したようだが、情報漏洩については手がかりも得られなかった。今回の件は、帝国のスパイがフェザーンから情報を盗んだ、として内々に処理することになったという。形だけの抗議があるかもしれないが、突っぱねるだけだ。実際にそのような事実はなかったのだから、嘘をつくまでもない。また、ワレンコフの協力者はすべて消えるか、廃人となって病院のベッドに横たわっている。同盟でもいくつかの駒が処理されていた。ルビンスキーの手腕は、本来の主《あるじ》を満足させただろう。形式上の主がかつてそうだったように。

「こたびはよくやった」

重々しい称賛の言葉が、ルビンスキーの頭上に落ちかかった。まるで叱責《しっせき》されたかのように、ルビンスキーは身体をこわばらせた。主と話すのは、いまだ慣れない。

「ありがたきお言葉にございます」

「自治領主選挙への立候補を許可する」

この瞬間に、ルビンスキーの第五代自治領主就任が決まった。誰が対立候補に立とうとも、結果は見えている。

やがて通信が終わると、ルビンスキーは自室に戻って、大きく息を吐いた。今はまだ、圧倒されるばかりである。ゆえに、まずは自治領主として力を蓄《たくわ》える。前任者の轍《てつ》は踏まない。ルビンスキーは頭脳と同じくらい、忍耐力に自信を持っていた。時期が来るまで、決して尻尾は出さない。

とりあえず、自治領主選挙に備えて、髪でも剃《そ》るか。ルビンスキーは薄く笑った。貫禄をつけ、会う人に強烈な印象を与えるための演出。それが必要なほどの小心者だと、思わせておきたかった。

……宇宙暦《SE》七九一年、帝国暦四八二年、宇宙は静まりかえって、変化を待っている。伝説がまもなく、はじまろうとしていた。

レナーテは語る

太田忠司

■太田忠司（おおた・ただし）

一九五九年愛知県生まれ。名古屋工業大学卒業。八一年、「帰郷」が「星新一ショートショート・コンテスト」で優秀作に選ばれる。二〇〇四年発表の『黄金蝶ひとり』で第二一回うつのみやこども賞受賞。デビュー長編『僕の殺人』に始まる〈殺人三部作〉、〈少年探偵・狩野俊介〉〈探偵・藤森涼子〉〈ミステリなふたり〉〈名古屋駅西　喫茶ユトリロ〉などシリーズ作品のほか、『奇談蒐集家』『星町の物語』『遺品博物館』『猿神』など多数の著作がある。

レナーテが惑星オーディンの地を踏んだのは二年ぶりのことだった。

宇宙港のロビーは彼女が記憶しているものとはいささか雰囲気が変わっていた。以前は多くの軍人や民間人が入り乱れて行き来していたのが、めっきり閑散《かんさん》としてしまっている。ああそうか、とレナーテは思う。もうここは宇宙の中心ではないのだ。たった三年で栄華を誇ったゴールデンバウム王朝の首都は忘れられようとしている。

いろいろな想いが去来する。それを小さな咳払いひとつで追い払い、無人タクシーに乗り込んだ。

目的地は予想していた以上に遠かった。タクシーを降りると風に乗って植物の青い匂いが運ばれてきた。見渡せばそこは広い農地の中に小さな家が点在する、典型的な田舎《いなか》の風景だった。遠いとは思ったが、むしろオーディンの中心から二時間のところにこんな場所があるということが驚きだった。

近くで畑仕事をしている農夫に尋ねると、ここからさらに歩いて三十分かかると言われた。

「車は無理だよ。歩いていくしかないね」

そう忠告され、覚悟を決めた。バッグを抱え直し、歩きだす。

道が平坦なのは幸運だった。履《は》いてきた靴は長時間の山歩きに耐えられるものではなかったからだ。この時期にしては爽《さわ》やかな風に吹かれながら歩いていくと、やがて目当てのものが見えてきた。いかにも田舎然とした赤い屋根の小さな家だ。

この時間には畑に出ていると聞いていたので、家には行かず隣の農地に向かった。肥沃《ひよく》な土地らしく土の匂いがふくよかに感じられる広い場所に、幾種類もの野菜が植えられている。その中心あたりに作業着姿の老人がひとり、しゃがみ込んでいた。

「あの、すみません」

レナーテが声をかけると、老人が振り返る。

「ラーベナルトさんですか。わたし、レナーテ・ヴァンダーリッヒです」

「おお、あなたが。よくいらっしゃいました」

老人――ラーベナルトは手の土を払いながら立ち上がり、にこやかな笑みを浮かべた。

「お迎えにも行かず、申しわけありません。旅は順調でしたか」

「はい、滞りなく。あちらがお宅ですか」

「そうです。私の終《つい》の住処《すみか》ですよ」

ラーベナルトは腰を伸ばし、

「引退したら田舎に引っ込んで畑仕事をしたいとかねがねお話ししていたのです。そのことを覚えていてくださいましてね」

「あの方が、ですか」

「そうです」

ラーベナルトは頷く。

「あの方――オーベルシュタイン様が遺言《ゆいごん》に書き残してくださったのです。私にこの土地と家を譲《ゆず》るようにと」

「ということは、もしかしてここは、元はオーベルシュタイン大佐……いえ、元帥閣下の持ち物だったのですか」

あらためて周囲を見回す。

「意外ですかな」

ラーベナルトは言った。

「私も驚きました。正直に申し上げて、オーベルシュタイン様がこのような田舎に興味を持たれていたとは想像もしておりませんでしたから。でも、私と彼にとっては最善のことをしていただきました」

「彼？」

「後で引き合わせましょう。さあ、長旅でお疲れでしょうから、まずは我が家へ」

質素だが手入れの行き届いた部屋で、レナーテはラーベナルトとテーブルを挟んで対した。薫《かお》り高い紅茶と焼き菓子が彼女の前に置かれている。

「年寄りだけで暮らしておりますので、何のお構いもできませんが」

「とんでもない。このフルヒュテシュニッテン、今まで食べた中で一番美味《おい》しいです」

「それは嬉しいことです。妻も喜ぶでしょう」

「これ、奥様がお作りになったのですか」

「ええ、以前はよく作りました。オーベルシュタイン様が所望《しよもう》されましたので」

「あの方が、お菓子を？」

信じられないことを聞いたかのように、レナーテは眼を見開いた。

「たまに、でしたがね」

ラーベナルトは自ら淹《い》れた紅茶を啜《すす》る。そして尋ねた。

「ヴァンダーリッヒさんは――」

「レナーテで結構です」

「失礼しました。レナーテさんはオーベルシュタイン様の許《もと》で働いていらしたのでしたね？」

「はい、元帥閣下が大佐時代に情報処理課に勤務されていて、そのときに。あの、ラーベナルトさん、本当なのですか」

「何がでしょうか」

「元帥閣下が遺言状にわたしのことを書かれていたというのは、本当のことですか」

「もちろんです。ですからこうしてお出《い》でいただいたわけでして」

「信じられません」

レナーテは首を振る。

「わたしが閣下の許で働いたのは、ほんの短い間だけだったんです。もちろん個人的な交流なども一切ありませんでしたし。そんな人間のことを覚えているばかりか遺言状に書き残されるなんて……それで、どんなことが書かれているんでしょうか」

「それをお教えしないとご不安ですか」

「はい。ここに来るまでの間も正直、気が気ではありませんでした。なにしろ、あのオーベルシュタイン元帥ですから。もしかしたら、わたしのことをずっとお怒りだったのかもしれません」

「お心当たりがおありですか」

「いろいろと」

レナーテは少しだけ微笑《ほほえ》んだ。

「わたし、けっして従順な部下ではありませんでしたから」

「なるほど」

ラーベナルトは納得したように頷き、席を立った。

「しばらくお待ちください」

彼が部屋を出ていった後、レナーテは所在無げに室内を眺めながら、思い出したように紅茶を啜り、菓子を口に運んだ。

程なく戻ってきたラーベナルトの手には、小さな木箱が握られていた。

「これをあなたにお渡しするように、というのがオーベルシュタイン様の遺言です」

渡された箱を、レナーテは見つめる。装飾も何もない、ありふれた木の箱だった。

その蓋《ふた》を、そっと開ける。

「……ああ」

思わず彼女の唇《くちびる》から声が洩れた。

「それの意味がおわかりですか」

「わかります。そういうことですか」

大きく頷いた。そして再び席に着いたラーベナルトに言った。

「話を聞いていただけますか」

「それにまつわるお話でしょうか。私が伺ってもよろしいので？」

「是非とも。ずっと誰かに話したかったんです」

レナーテは木箱をテーブルに置き、老人に向き直った。

「あれは六年前のことです……まだ六年しか経《た》ってないんですね。わたしは情報処理課に配属されて二年目でした……」

※

1

「レナーテ、ちょっといい?」

同僚のイェシカが声をかけてきたのは、ソートし終えた書類の束《たば》の数を数えている最中だった。

「待って、数がわからなくな……」

と言っている間に頭の中のカウンターがリセットされてしまった。ため息をひとつついて書類を机に置く。

「それ、今日の会議の資料?」

「そう、あと三十分で人数分揃えて会議室のテーブルに置いとかなきゃならないの。まったく、いまだに印刷した書類がないと会議が開けないだなんて、おかしいわよ。ここのお偉方《えらがた》は紙しか信用しないのかしら」

「レナーテ……」

臆《おく》するようにイェシカが名を呼んだ。声が大きい、と注意したいのだろう。咄嗟《とっさ》にレナーテは顔を上げ、斜め右にある机に視線を向けた。

ひとりの男性が背筋を伸ばして席に座り、書き物をしている。昨年配属されてきた、彼女の直属の上司だ。部下のお喋りに気付いていないのか、それとも無視しているのか、無言だった。黒髪に交じる若白髪《わかしらが》のせいで年齢不詳だが、まだそれほど歳を取っているとは思えない。恐らく三十代前半くらいだろう。

パウル・フォン・オーベルシュタインというこの人物を、レナーテは初対面のときから苦手に感じていた。表情にも声にも、およそ人間味が感じられない。青白い肌の色と相まって、どこか冷厳な雰囲気がつきまとう。そしてなにより、あの眼。見つめられるだけで……。

「で、何の用?」

気持ちを切り換えるためにイェシカに尋ねる。

「あ、あのね、明日のことなんだけど……当直、代わってくれないかしら」

すまなそうにそう言うと、レナーテが何か言う前に彼女は手を合わせた。

「お願い、どうしても明日は行かなきゃならないところがあるの」

「どうしたの? デート?」

軽く尋ねたつもりだったが、イェシカはあからさまなほど顔を赤らめ、

「そんな……そういうのとは……」

ひどくうろたえる。真面目な彼女にしては珍《めずら》しいことだった。

「しかたないなあ。同じアパルトメントに住んでるよしみで引き受けてあげるわよ」

レナーテは苦笑で答えた。当直といっても夜六時から十時までここにいればいいだけのことだ。幸いというか、明日は特に用事もない。

「ありがとう。このお礼は、きっとするから」

イェシカはひどく生真面目《きまじめ》な表情で言う。

「高くつくわよ。覚悟しておいて」

冗談めかしてレナーテがそう言ったとき、

「ヴァンダーリッヒ伍長」

不意の呼びかけに緩《ゆる》んでいたレナーテの頬《ほお》が強張《こわば》る。即座に立ち上がり、上司の席の前に立った。

「はい、何でしょうか大佐」

「資料に誤りがある」

感情の籠《こ》もらない静かな口調だった。差し出された文書が添削《てんさく》されている。スペルミスだった。同じ語句を二ヶ所、同じように間違えていた。

「申しわけありません。ついうっかり——」

「二十五分」

言い訳しようとするのを遮《さえぎ》り、オーベルシュタイン大佐は言った。

「会議が始まるまでに修正し、配布しておくように」

視線が合った。薄い茶色の瞳が人工的な光を帯びる。レナーテは思わず身を竦《すく》めた。それを悟られないよう背筋を伸ばして敬礼し、自分の席に戻る。大佐も席を立ち、部屋を出ていった。

「大丈夫？」

イェシカが声をかけてくる。

「うん。でもあの眼に見つめられると、ヘッドライトに照らされた鹿みたいに身動きできなくなるわね」

レナーテが愚痴《ぐち》るように言うと、

「しかたないわよ。本物の眼じゃないんだから。でも大佐もかわいそうよね」

「かわいそう？」

イェシカが大佐に対して好意的らしいことが意外だった。あの大佐が、かわいそう？　どうして？

「だって、知ってる？　大佐って元はミュッケンベルガー元帥の次席副官だったんだけど、元帥の怒りを買って、ここに飛ばされてきたんだって」

「元帥の怒りって、何をしたのかしら?」

「知らないわ。でもきっと、他のひとなら言いにくいことを言っちゃったんじゃない? 自分が正しいと思ったら絶対に意見を曲げないって感じだから」

「正直ってことかしらね。正直が必ずしも正しいわけではないけど。元帥のほうが正しかったってこともあり得るし」

レナーテが言うと、

「そんなことないわよ。ミュッケンベルガー元帥ってじつは……」

ふと、イェシカの言葉が途切れた。

「じつは? 何なの?」

「あ、なんでもないわ。ごめん」

取り繕《つくろ》うように言って、彼女はそそくさと自分の席に戻っていった。なんとなく違和感を覚えたが、今は資料の修正のほうが優先だった。レナーテはそれ以上追及しなかった。

しかし、そのときのことをレナーテは、後に何度も思い出すことになった。

2

翌日、イェシカから引き受けた当直の仕事を終えてレナーテが情報処理課の建物を出たのは十時過ぎのことだった。

無人バスを降り、人気《ひとけ》のない公園の中を通り抜けてアパルトメントに到着する。ここの住人は全員、彼女のような軍関係者で、エレベーターなどで乗り合わせる住人も朝の出勤時刻には軍服姿だ。その夜もエレベーターのドアが開くと士官の軍服を着た人物が出てきた。入れ替わりに乗り込み、三階に到着する。自分の部屋のドアを開けると白い毛糸玉のようなものが突進してきた。

「ただいまハーバル」

レナーテがしゃがみ込んで声をかけると毛糸玉——白いプードルは彼女に飛びつき、顔と手を舐《な》め回した。

「遅くなってごめん。すぐに御飯をあげるからね」

軍服を着替える間もなくドッグフードを用意してボウルに入れ差し出す。固形のフードを嚙《か》み砕く軽快な音を聞きながら、レナーテはポットの湯で紅茶を淹れた。一口啜ったところでイェシカのことを思い出した。もう彼女も帰ってきている頃だろうか。仕事のことで前もって尋ねておきたいことがあったのだが。

少し考え、カップを置いて部屋を出た。

イェシカの部屋は同じ三階にある。濃紺《のうこん》に塗られた木製のドアの前で一瞬躊躇《ちゅうちょ》した後、呼び鈴《りん》を押した。しばらく待ったが応答はない。もう一度押す。やはり同じ。ためらいながらドアノブに手を掛けた。そして、はっとした。

鍵が掛かっていない。ドアは少し軋《きし》む音と共に開いた。

「イェシカ？　いる？」

声をかけてみる。やはり返事はない。厭《いや》な予感がした。

レナーテの部屋と同じ間取りだった。だが素っ気《そ》《け》ない彼女のそれにくらべると、この部屋は色に溢《あふ》れていた。テーブルには赤い花を活《い》けた花瓶《かびん》が置かれ、壁にも鮮やかな色合いの抽象画が掛けられている。だが、その違いをゆっくり見比べている余裕はなかった。

「イェシカ、いないの？」

呼びかけながら部屋を廻《まわ》る。といっても台所《キユッヒエ》を入れて三部屋しかない間取りだから時間はかからない。寝室に足を踏み入れるのは躊躇《ためら》われたが、それでもあえてドアを開けたのは先程感じた予感が消えなかったからだった。

寝室には小さなベッドが据えられている。シーツは淡い桃色だった。そのシーツに凭《もた》れかかるようにして、女性が倒れていた。

「イェシカ⁉ 大丈夫？」

声をかけてもイェシカは動かない。おそるおそる肩に手を掛ける。危うく保たれていたバランスが崩《くず》れたのか、するり、と滑るように彼女は床に崩れ落ちる。同時に何かが転がった。

レナーテは悲鳴をあげた。

3

やってきた救急隊員はイェシカの様子を見て、もう自分たちにできることはないと告げた。

そして代わりに警察がやってきた。

台所で警官に経緯《いきさつ》を話しながら、レナーテは目の前のことが現実ではないような気がしてならなかった。何が起きているのだろう。ここはどこだろう。わたしは何をしているのだろう。そんな思いが波のように意識を揺らし続けていた。

「これに見覚えはありますか」

差し出されたものを見ても、一瞬それが何なのか認識できなかった。これは何？ 瓶……

そう、瓶だ。見たことは……。

「……わたしがイェシカを発見したとき、彼女の手許から転がり落ちたのを見ました」

イェシカの体が滑り落ちていく光景を思い出して、レナーテは震えた。

「イェシカさんが薬を常用していたというようなこともご存じありませんか」

その場の指揮を取っているらしい警官に尋ねられた。

「……薬……いえ、知りません。それ、何ですか」

「睡眠薬です。これを飲んだようですね」

「睡眠薬……イェシカが睡眠薬を飲んだんですか」

「一瓶を全部飲んでしまったのだとしたら、死んでもおかしくはない」

イェシカが睡眠薬を飲んだ。どうして……。

「彼女が最近何か悩みを抱えていたとか、そういうことは？」

尋ねられたことの意味が理解できない。

「どういうことでしょうか」

「だから、自殺する動機などはなかったのですか」

「自殺……」

イェシカが自殺した。そんな、まさか。

「そんなこと……ありえない……」

首を振るレナーテに、警官は同情するような視線で、

「まあ、同僚にも知られたくない秘密があったのかもしれない。あなたの他に親しいひとは？　イェシカさんの家族は？」

「家族は、ダンクに住んでいると聞きました。そこの出身です。交遊関係については、あまり詳しく知りません」

「同じアパルトメントに住んでいても、ですか」

その問いかけに疑うような語気を感じ、レナーテは顔を上げた。警官は口調のわりに穏やかな表情をしていた。枯《か》れ草《くさ》色の髪はきれいに整えられ、口髭《くちひげ》も手入れされている。気の良さそうな人物に見えた。しかし警官は警官だ。誰でも疑うのが商売だ。誤解されてはまずい。まだ現実感を持てないまま、それでも自衛のために言い返そうとしたとき、室内にひとりの人物が入ってきた。レナーテは言いかけた言葉を呑み込んだ。

「あなたは……？」

彼女に質問していた警官も、将校の突然の出現に戸惑っているようだった。しかし相手は表情を変えることなく、

「パウル・フォン・オーベルシュタイン。イェシカ・ブルーメとレナーテ・ヴァンダーリッヒの上司だ」

いつものように感情の籠もらないオーベルシュタイン大佐の声がレナーテの意識を急速に現実へと引き戻した。

「大佐……どうして……？」

彼女の呟《つぶや》くような問いかけには答えず、大佐は警官に言った。

「遺体発見に至る経緯と現時点で判明している事実を報告してほしい」

警官は面食らったような表情になり、それから頬を強張らせて、

「失礼だが、なぜあなたにそのようなことを教えなければならないのか説明していただきたいですな。ここは我々警察の管轄で――」

「カーン・ハウザー捜査官、瑣末《さまつ》な事柄で時間を取りたくない」

「……どうして私の名前を？」

「ローレンツ・ハインツ・ブランデス局長から君がこの現場を統括していると聞いた。それ以上の説明を必要とするかね？」

「局長直々に……いや、わかりました」

ハウザー捜査官は滲《にじ》み出した額《ひたい》の汗を拭《ぬぐ》いながら、大佐に経緯を語った。そこにはレナーテが話した事柄もすべて入っていた。

「それで、捜査官の見解は？」

大佐の問いかけに、ハウザーは渋い顔で、

「自殺、ですな。おそらく間違いありません。あなたの部下は世をはかなんで睡眠薬を飲んだのです」

レナーテは反論しようとしたが、それより早く大佐が言った。

「了解した。では、しかるべく」

その言葉の意味を察したかのように、捜査官は意味ありげな笑みを浮かべ、

「わかりました。しかるべく」

警察が引き上げた後も、オーベルシュタイン大佐とレナーテはイェシカの部屋に残った。

「大佐、わたし、納得できません」

思いきって、上司に直言する。

「イエシカが自殺するなんて、そんなこと考えられません。だって――」

部下の言葉を聞いていないかのように、大佐は台所を出ていった。

「大佐？」

慌てて後を付いていく。大佐はイェシカが倒れていた寝室に入り、持参していたらしい手袋を嵌《は》めて室内を物色しはじめた。

「何をされてるのですか。部屋を勝手に――」

「話したいことがあるなら速《すみ》やかに話したまえ。私は忙しい」

ベッド脇のテーブルや鏡台の抽斗《ひきだし》をひとつずつ調べながら、大佐は言った。レナーテは気を取り直し、

「イェシカが自殺するなんて考えられません。彼女は死ななければならないほど悩んでいた

とは思えないし、今日だって勤務中も特に変わった様子はありませんでした。絶対におかしいです」

彼女の訴えに大佐は答えなかった。抽斗にしまい込まれた化粧品をひとつひとつ検分しているだけだ。が、不意にその中からひとつを手に取った。紫色の香水瓶だった。光に透《す》かすようにすると、大佐はそれをポケットに落とし込んだ。

「何ですかそれ？　持っていくつもりですか」

「ヴァンダーリッヒ伍長、君はブルーメ伍長の何を知っている？」

「……え？」

突然訊き返され、レナーテは言葉に詰まる。

「ブルーメ伍長が自殺しないと確信できるほど、君は彼女のことを知っているのか」

「それは……」

「ひとは簡単に死ぬ。他人には理解できない理由で死を選ぶ者もいる。ブルーメ伍長がそうでないと断言できるのか」

「それは……でも……」

言葉を絞り出そうとしても、続けられなかった。たしかにイェシカとは親しくしていた。だが彼女のすべてを知っているわけではない。両親のことも、故郷の星を離れた理由も、軍人となった動機も聞いたことはなかった。でも……。

「……でも、イェシカが自殺するとは思えません」

「根拠は？」

「彼女は今日の当直をわたしに交代してほしいと頼んできました。何か理由があったんだと思いますが、それが自らの命を絶つためだったとは思えません。自殺するために仕事を代わってもらうなんて、あり得ません」

「君に当直の交代を頼んでまでしたことが自殺の引き金になったという可能性は考えたか」

「それは……」

レナーテは返答に窮《きゆう》した。

「君は『それは』と『でも』が口癖のようだが、わからないときは率直に『わからない』と言うべきだ。時間の無駄になる」

上司の言葉に苛立ちを覚えながらも、彼女は頭を下げて、

「すみません。わたしにはわかりません。でも」

と、顔を上げる。

「大佐はこのまま、自殺ということで納得されるのですか」

「いや」

オーベルシュタイン大佐は即答した。

「私はブルーメ伍長が自殺したとは考えていない。彼女は殺された」

4

イェシカの遺体は司法解剖された後、冷凍保存処理の後に故郷であるダンクへと搬送された。こちらでは葬儀も行われなかった。その代わり、彼女と親交のあった者たちによる「お別れの会」が催《もよお》されることになった。幹事を務めたのはレナーテだった。

総勢三十名ほどのささやかな集まりだった。そのほとんどが情報処理課の同僚で、他には同じアパルトメントの住人、イェシカが贔屓《ひいき》にしていた美容院の美容師《フリゼーア》や通《かよ》っていたカフェーの店長もいた。会の趣旨もさることながら亡くなった事情が事情なだけに、皆どこか沈んだ表情をしていた。

「今日はお忙しい中、お集まりいただきましてありがとうございます」

最初の挨拶でレナーテは言った。

「今日は亡くなったイェシカ・ブルーメを偲《しの》び、彼女の思い出に浸《ひた》りたく思います。といってもあまり暗くならないよう、和《なご》やかに歓談いただければと思います」

ワインの栓《せん》が抜かれグラスに満たされる。献杯《けんぱい》の後に料理が振る舞われた。

「このレストランは君の見立てかね？」

尋ねてきたのは情報処理課ではオーベルシュタイン大佐に次ぐ役職にあるキストラー准尉だった。三十代半ばだが頭髪はきれいに剃《そ》り上げている。見た目は怖いがおっとりとした性格で、課内では話しやすい相手だった。

「ええ、まあ」

それでもレナーテは曖昧《あいまい》に答えた。

「そうか。酒も料理もほどほどにいい。准尉はイェシカと親しかったですよね」

「ありがとうございます。准尉はイェシカと親しかったですよね」

「異性と親しかったと言われると誤解されそうだが」

「すみません。言葉が足りませんでした。よくお話しされてましたよね。彼女にどんな印象をお持ちでしたか」

「そうだな……一言でいえば『生真面目』だ。職務に忠実で上司の指示には完璧に応《こた》えようとする。こつこつと仕事をこなし、結果的に大きな成果を上げていた。ブルーメ伍長が作成した報告書を読んだことがあるかね？」

「あります。わたしなんかが書いたものより数段行き届いたものでした。どこからこんな情報を見つけ出してきたんだろうって、いつも驚いていました」

「たしかに。諜報員としての能力にも秀《ひい》でていた。索敵《さくてき》などの任務をさせていたら、もっと帝国に貢献できる成果を上げていたかもしれないな。彼女自身がそのような仕事を望んでいたかどうかはわからないが」

「どんな任務でも命じられれば達成していたでしょう。与えられた仕事に対しては厳格だったと思います。でも、それだけに仕事の上で悩むようなことはなかったでしょうか」

「私の印象ではそのようなことはなかったね。ただ……」

キストラーは不意に言葉を濁《にご》す。

「ただ？　何でしょうか」

「いや……あまり深刻に考えてもらいたくないのだが」

と、声を低くして、

「ブルーメ伍長と課長の間にトラブル、いや、そこまでではないと思うが何かあったような気がしているんだ」

「課長ってオーベルシュタイン大佐ですか。なぜそう思われたんですか」

「一ヶ月前だったと思うが、会議室の前を通りかかったとき、たまたまドアが開いてブルーメ伍長が出てきたんだ。なんだか深刻な顔をしていたよ。そのときふと会議室の中を覗いたら、課長が椅子に腰掛けているのが見えたんだ」

「大佐とふたりきりだったんですか」

「他には誰もいないようだった。何を話していたのかわからないが、少なくとも艶《つや》っぽい話ではないようだ。まあ、あの課長にそのようなことはあり得ないだろうがね」

キスラーが意味ありげに眉を上げて見せた。レナーテは心がざわつくのを感じた。彼は今、この話をどう聞いているのだろうか。

「殺された？　イェシカがですか」

唐突な言葉に、レナーテは動揺する。

「ちょっと待ってください。どうしてそんなことがわかるんですか」

「明白だからだ」

オーベルシュタイン大佐は短く答えた。

「明白？　どこがですか。わたしにはわかりません。イェシカが殺されただなんて、そんな……」

「君はブルーメ伍長が自殺したことを否定したかったのではないのか。なのに私が自殺ではないと言うと、それもまた否定しようとするのかね」

「だってわからないんです！　どうして殺されたって言えるんですか。わかるように教えてください！」

レナーテは上司に食ってかかる。オーベルシュタイン大佐は部下の居丈高《いたけだか》な態度にも表情を変えることなく、言った。

「コップだ」

「コップ？」

「あれだけの量の睡眠薬を服用するためには、飲み下すための水が必要だ。だがここには水を飲むためのコップがない」

「コップが……」

レナーテは周囲を見回す。

「たしかにありませんけど……でも、薬を飲んだ後に片付けたのでは？」

「これから死のうとしている人間がコップを片付けたと？」

「それは……死ぬ前に身の回りをきちんとしておきたかったのかも……」

自殺を否定していたはずなのに今は自殺の根拠を探している自分に違和感を覚えながらも、レナーテは抗弁する。しかしその反論を大佐は一蹴《いっしゅう》した。

「ブルーメ伍長が死に際しても几帳面《きちょうめん》さを発揮したというのなら、なぜ睡眠薬の瓶はそのままにしていた？　君はこの瓶が彼女の手から転がり落ちるのを見たと証言しているな？」

「はい」

「ブルーメ伍長は死ぬ間際《まぎわ》まで瓶を握りしめていたのか。なぜ？」

「そんなことは――」

そんなことはわかりません、と言おうとして言葉を遮られた。

「そんなことはあり得ない。飲み干した睡眠薬の瓶など用済みだ。持っている理由などない。

だが、持たされたのなら話は別だ。犯人は銃でも突きつけてブルーメ伍長を脅《おど》し、無理矢理薬を飲ませたのだろう。そして彼女が意識を失った後、瓶を握らせて部屋を出た」

「たしかに……たしかにそうです。イェシカは自殺じゃない。殺されたんだわ」

やっと得心がいった。しかしすぐに次の疑問が湧く。

「でも、誰が？　なぜ？」

「それはこれから我々が調べる」

「我々って……え？　わたしもですか」

思いがけない展開にレナーテはうろたえた。

「でも、そういうことは警察に任せたほうがいいのでは？」

「警察は既《すで》にこの件を自殺として処理することに決めている」

「だけど、今の大佐の推理を話せば――」

「彼らはプロだ。私が不審に思った点など、気付いていないはずがない」

「じゃあ、どうして？」

「最初から自殺として処理することが決まっているからだ」

「そんな……どうしてなんですか」

いきり立つレナーテに、大佐はあくまでも冷静な表情を変えず、

「警察は今のところ信用できないということだ。我々でやるしかない。覚悟を決めろ」

覚悟。その言葉にレナーテは、冷たい刃《やいば》を首筋に当てられたような気持ちになった。しかし同時に、強い思いも沸き立ってきた。イェシカが殺された。そんなの、許せない。絶対に。

彼女は上司に向かって言った。

「……わかりました。教えてください。わたしは、何をすればいいんですか」

「ヴァンダーリッヒ伍長」

声をかけられて振り向くと、軍曹の階級章を付けた若い下士官が立っていた。上背《うわぜい》があり、軍服の下の胸板《むないた》も厚そうだった。髪はくすんだ黄土《おうど》色で瞳は薄い青。整った顔立ちをしていた。

「あなたは……」

「クリストハルト・コッホです。同じアパルトメントに住んでいる」

「ああ、はい。たしか憲兵隊の」

「覚えていてくれましたか」

コッホと名乗った若者は穏やかな笑みを見せた。

「コッホ軍曹もイェシカとお親しかったのですか」

「いえ、そういうわけじゃないんですが、友人に連れられて出席しました。あちらのクルーグハルト軍曹です」

コッホが視線で指した先に、情報処理課のギューデン准尉と話している男性がいた。黒髪でほっそりとした体つきをしている。レナーテの立ち位置からは横顔しか見えないが、どこか陰険《いんけん》な雰囲気が感じられた。

「あのひとがイェシカと知り合いだったんですか」

「ええ、じつは」

コッホは身を屈め、レナーテの耳許に顔を近付けた。思わずうろたえそうになるのを堪《こら》えた彼女の耳に、彼の声が届いた。

「彼、ブルーメ伍長とお付き合いされていたそうなんです」

「え……」

「誰にも内緒の交際だったそうですけどね。クルーグハルト軍曹には奥さんがいますし」

「イェシカが……不倫をしていたというんですか」

声が大きくなるのを理性で抑え、そっと尋ねた。

「故人の名誉を傷つけるようで心苦しいのですが。あ、この話、僕に聞いたとは言わないでください。秘密にしておきたいそうなので」

「そんなの勝手すぎるわ」

憤然《ふんぜん》とクルーグハルトに向かおうとするレナーテの腕を、コッホが押さえた。

「正面から問い質《ただ》しても、彼は肯定なんかしませんよ」

「でも、あなたには話したのでしょう?」

「男同士なら、そういう秘密を明かすこともあります。ある種の男にとって浮気の相手がいるというのは自慢すべきことのようですから」

「納得できません」

レナーテが憤慨すると、

「僕もです。その話を聞いて正直なところ、胸が悪くなりました。倫理観が違いすぎる」

「あなたは浮気を自慢するような男ではないと?」

「そういう人間を軽蔑しています」

コッホは神妙な表情で答えた。強張っていたレナーテの顔が、少しだけほぐれる。

「じゃあコッホ軍曹、わたしをクルーグハルト軍曹に紹介していただけません? もちろん詰問《きつもん》なんかしませんから」

5

翌日、情報処理課の会議室でレナーテは上司とふたりだけの〝会議〟を行った。

「クルーグハルト軍曹との会談は失敗でした」

「知っている。君には尋問の技術はないようだ」

部下の報告をオーベルシュタイン大佐は短く評した。その物言いが気に障《さわ》ったが、レナーテは言い返すことができなかった。

「だがそれも想定内だ。データは手に入った。それでいい」

「お別れの会」の会場には随所にカメラが仕掛けられていた。さらにレナーテの服には小型マイクも忍ばせていた。当日集まった人々の動きや会話は、洩れることなく記録されていたのだった。レナーテがクルーグハルト軍曹に『イェシカとはどんなお知り合いでしたか』と曖昧な訊きかたをし、相手から『特に面識はない』と素っ気ない返事をされたことも、大佐は既に知っている。

「でも、わたしは彼のこと、怪しいと思います。『特に面識はない』んだったら、どうしてあの集まりに顔を出したんですか。おかしいですよね。思い出したんですけど、当直を代わってほしいとイェシカが言ってきたとき、デートなのかって訊き返したんです。冗談半分だったんですけど、彼女はあからさまに動揺してました。図星《ずぼし》だったのかもしれません。だとしたらデートの相手はきっとあの軍曹です。そのデートで何かのトラブルがあったんです」

「私はあの軍曹に疑念を抱いている」

大佐は答えた。

「ですよね。やっぱり怪しいですよね。クルーグハルト軍曹のことをもっときつく締め上げてやることはできないでしょうか」

「コンラート・クルーグハルト。三十四歳。憲兵隊総本部所属。既婚。特筆すべき経歴はないが、二年前に酒場での喧嘩《けんか》で一晩警察に拘留《こうりゅう》されている」

「……もう調べてたんですか」

「パーティに出席した人間の情報はすべて把握している。情報処理課というのはその点では便利な部署だ」

何でもないことのように大佐は言った。

「課内のデータベースから？　課長の権限があると、そんなことまで調べられるんですか」

「課長の権限など高が知れている。しかし方法はいくらでもある。それ以上は君が知るところではない」

レナーテは恐ろしくなった。目の前にいるこの人物は、もしかしたら帝国内のすべての人間の情報を手にすることができるのか。

イェシカを殺した犯人と同じくらい、いや、それ以上にオーベルシュタイン大佐のことが怖くなった。

「大佐……あなたはイェシカと何の話をしたんですか」

「意味が不明だ」

「この会議室でふたりきりで何か話しているのを見かけたひとがいます」

「キストラー准尉か。ブルーメ伍長が会議室から出ていくとき、ドアの向こうにいたことは確認している」

「ふたりきりで会議室にいたことはお認めになるんですね？」

「認める」

大佐はあっさりと言った。

「しかし私がブルーメ伍長と話していた内容については一切明かすつもりはない」

「どうしてですか」

「必要ないからだ」

もう我慢できない。レナーテは上司を睨《ね》め付けて、言った。

「では、わたしも協力はできません。今回のことは情報処理課の職務範囲外です。大佐の言いつけでも従う理由はありません」

相手を貫くくらいのつもりで向けた視線を、大佐は苦もなく受けとめる。

「いいだろう。ではこの捜査は打ち切りだ。警察の見立てどおりブルーメ伍長は自殺ということで納得したまえ」

「それは……でも……」

たちまちレナーテの勢いが衰える。

「また『それは』と『でも』か。君の相手をしているのは時間の無駄だ」

オーベルシュタイン大佐は会議室を出ていこうとする。

「待ってください大佐」

レナーテは思わず呼びとめた。

「大佐も捜査はやめるんですか」

「私がどうするか、君に話す必要もない。私に協力するなら情報のいくつかは共有しよう。そうでないなら、この先この件で君が知ることは何もない」

「そんなの、いやです」

レナーテは首を振った。

「わたしは本当のことを知りたい。イェシカが誰になぜ殺されたのか知りたいんです」

自分が今、どんな視線を向けているのか、レナーテにはわからなかった。大佐の反応が変わらないからだ。彼は言った。

「ヴァンダーリッヒ伍長、クルーグハルト軍曹の身辺捜査を続けたまえ。こちらが把握している以上の情報が転がり込んでくるかもしれない」

「身辺捜査って、でもどうすれば……」

「糸口は摑《つか》んでいるはずだ」

大佐の返答は、にべもないものだった。

「君は自由に動きたまえ」

6

「……自由に動けって、どうすればいいのよ。ねえ？」

自分専用の器《うつわ》に鼻先を突っ込んでドッグフードを食べているハーバルに、愚痴をこぼしていた。

「ほんとにあの大佐ったら、いけ好かないんだから。何が『糸口は摑んでいるはずだ』よ。何もかも見透かしてるみたいな顔して。わたしが何を摑んでるっていうのよ」

飼い主の憤《いきどお》りなどどこ吹く風の様子で、ハーバルはフードを完食し、おかわりをねだるように鼻を鳴らした。

「駄目。これ以上食べたら太っちゃうわよ。それでなくてもあなた、最近お腹がふっくらしてきてるでしょ。犬の肥満は命に関わるって聞いたわ。だから――」

レナーテの説教はドアをノックする音に遮られた。

こんな時間に誰だろう。彼女はドアに向かい、ドアスコープから外を覗く。廊下に立っているのは若い男性だった。一瞬どきりとしたが、黄土色の髪を見て思い出した。そっとドアを開く。

「やっぱり帰宅されていましたね。よかった」

男性は白い歯を見せて微笑んだ。すでに軍服を脱ぎ、水色のシャツに着替えている。

「先程帰ってきたところです。あの、コッホ軍曹、何かご用でしょうか」

「はい、先日のパーティでお話ししたことで、ちょっと。あの、お時間よろしいですか」

「ええ、でも……」

「だったら、カフェーにでも行きませんか。ここで話すのも何ですから」

誘われるまま、アパルトメントから少し離れた店に行った。

「それで、お話って何でしょうか」

席に座るやいなや尋ねるレナーテに、コッホは苦笑しながら、

「まずはお茶でもいかがですか。お急ぎならいたしかたないですけど」

「あ……すみません」

たしかに性急すぎたと自省しながら、紅茶を注文する。給仕《ケルナリン》が去った後もどうやって話し始めたらいいのかと躊躇っていると、

「じつは、コンラートのことでお話ししておきたいことがあります」

コッホのほうから話しだした。

「コンラート……ああ、クルーグハルト軍曹のことですね。何でしょうか」

「あのパーティが終わった後、彼とふたりで行きつけの酒場に行ったんです。どうもあの会

場だけでは飲み足りなくてね。それで酒を飲みながら話をしていたんですが、そのときのコンラートが彼にしては少し飲み過ぎくらいに飲んでまして、どうしたんだろうと思っていたら急に泣きだしたんです。僕の知っている彼は涙なんか見せない男だったので意外に思ったんですが、泣きながら謝りだしたんでさらに驚きました」

「謝りだしたって、あなたにですか」

「最初は僕に向かって『すまない、すまない』と繰り返してきたので『何か謝らなきゃならないことをしたのか』と尋ねても『取り返しのつかないことをした。私の罪は重い』としか言わないんです。そのうちに酔いつぶれて眠ってしまいましてね。しかたなく僕が抱きかかえて家まで送っていきました。その途中で、彼がまた譫言《うわごと》のように『イェシカ、私は弱い。弱い男だ』と言ったんですよ」

「イェシカ……クルーグハルト軍曹は、イェシカの名前を言ったんですね？」

「ええ、もしかしたら謝っていた相手は僕ではなく、ブルーメ伍長ではなかったかと。コンラートは彼女の自殺の原因が自分にあったのではと思っているのかもしれません」

「彼が原因……」

やはりそうなのか、とレナーテは憤りを覚えた。イェシカはクルーグハルトのせいで死んだ。しかもそれは、自殺ではない。

「クルーグハルト軍曹がイェシカに何をしたのか知りたいです」

「ブルーメ伍長と道ならぬ恋をして彼女を追いつめてしまった、ということでは?」

「それだけではないと思います。イェシカに生きていられては困るようなことが……いえ、彼女をもっと絶望の淵《ふち》に追い込むようなことがあったのではないかと」

「それは穏やかではないですね。でもそうだとすると、彼の動揺も理解できます」

紅茶が運ばれてきた。熱い一口を啜ってから、レナーテは言った。

「コッホ軍曹、力を貸していただけませんか。クルーグハルト軍曹から真実を聞き出すために」

「そうですねえ……」

コッホは逡巡《しゅんじゅん》するように腕を組む。

「彼とは憲兵隊の中でも親しい付き合いをしている仲です。その彼を裏切るのは――」

「裏切りなんかじゃありません。本当のことを知りたいだけなんです。コッホ軍曹だってそう思っているんじゃないですか。だからわたしに、このことを知らせてくれたんじゃないいんですか」

「それを言われると、返す言葉がない」

コッホは苦笑した。

「たしかに僕はコンラートに対して疑念を抱いています。彼がブルーメ伍長に対して非道なことをしたのなら、彼女に対して謝罪すべきです。このまま頰被《ほおかむ》りしてしまうのはよくない。

そう思ってあなたに密告にきたわけです」

「密告だなんて」

「それだけの覚悟を持って、あなたに会いに来たんですよ。あなたなら正しいことをしてくれると思ったから」

コッホの言葉に、レナーテは、はっとする。

「正しい、こと？」

「ブルーメ伍長にとって最も良いことです。そのための協力は惜《お》しまないつもりです」

「友達を裏切ることになっても、ですか」

「間違いを正すのも友の役目です」

コッホははっきりと言った。

——糸口は摑んでいるはずだ。

オーベルシュタイン大佐の言葉が脳裏に甦《よみがえ》る。そうか、これが糸口か。

「わかりました。あらためてお願いします。力を貸してください」

「承知しました。何をすればいいでしょうか」

「イェシカが死んだとき、クルーグハルト軍曹がどこで何をしていたかを知りたいんです」

「それは、いわゆるアリバイというやつですか」

「ええ、あの日、イェシカはわたしに午後六時から十時までの当直の仕事を代わらせました。

何か別の用事があったはずなんです。なのにわたしが仕事をしている時間にアパルトメントに戻って死んだ」

「その時間帯にコンラートがどこで何をしていたかですね。でしたらすぐにわかります。僕と一緒にいました」

「え？　そうなんですか」

意外な言葉に、レナーテは眼を見開く。

「はい。その時間は僕たちふたりで市内を巡回していました。定例の任務です」

「どこを廻っていたんですか」

レナーテの質問にコッホは順路を詳細に話した。彼女はいつも使っている手帳に添付されている地図で位置を確認する。

「わたしたちのアパルトメントからは、結構離れていますね。車でも四、五十分くらいでしょうか」

「それくらいはかかりますね」

「巡回している間、ふたりはずっと一緒でしたか」

「ええ、基本的には。ただ……」

コッホは言いにくそうに、

「ここだけの話にしておいていただけますか。あの日は途中でしばらく単独行動となりました」

「何か事件でもあったんですか」

「いや、そうではなくて……じつは僕の飼っている犬が具合を悪くしてましてね」

「犬？　コッホ軍曹も犬を飼ってるんですか」

「ええ、あのアパルトメントは犬が飼えるので」

「犬種は？」

「プードルです」

「わあ、同じ！」

レナーテは思わず声をあげる。

「わたしもプードル飼ってるんですよ」

「そのようですね。先程お部屋のドアの隙間《すきま》からちらりと見えました。白い子でしたね」

「ええ、ハーバルっていうんです。女の子。コッホ軍曹のところの子は？」

「雄です。名前はラルフ」

「いい名前ですね。今度会わせてください」

「もちろんいいですよ。でもそれはともかく」

「あ、そうでした。すみません。それで？」

「うちの犬を預けていた獣医院が巡回路の途中にありまして、それで申しわけないことですが様子を見に寄っていました。コンラートが『気になるなら行ってこいよ』と言ってくれたので」

「じゃあ獣医さんのところに行っている間、コッホ軍曹はクルーグハルト軍曹と一緒ではなかったんですね。それはどれくらいの時間ですか」

「七時半から八時頃までの三十分ほどです」

「三十分……」

レナーテは眉根を寄せて、

「三十分じゃアパルトメントに行って戻ってくることはできませんよね」

「無理ですね」

コッホも同意する。

「ブルーメ伍長の自殺にコンラートは直接関わっていないと思います」

「そうかもしれませんけど、でも……」

レナーテは言葉につまりながらも、

「でも……じゃあ、どうしてイェシカはわたしに当直を頼んだのかしら？　何か用があったはずなんだけど」

「コンラートと関係のない用事だったのでは？」

「でも、それがイェシカの死に繫《つな》がるものだったはずなんです。それだけ深刻なことだった。

でも、いったいどんな……駄目、考えてもわからない」

レナーテは首を振った。

「すみません、僕がよけいなことを言ったばかりに、あなたを悩ませてしまって」

「いえいえ、コッホ軍曹が謝ることじゃありませんから。あのとき、何かあったはずなんです。イエシカが死んでしまうような何かが」

「もしかしたらブルーメ伍長は、ずっと死ぬ気でいたのかもしれませんね。何もかも嫌になるくらい厭世《えんせい》的になっていて、それであなたに仕事を代わってもらってどこかへ気晴らしに出かけた。でもそれが功を奏さず、結局自宅で死を選んだ」

「そんな……イエシカに限ってそんなことはありません」

「あなたにはそうは見えなかった。でも彼女の心の中までは誰もわからない」

そう言われてしまうと、レナーテも言い切ることができなくなってしまう。続けてコッホが問いかけてきた。

「あらためて伺います。ブルーメ伍長はどんなひとでしたか」

「有能でした。情報収集能力は誰よりも秀でていたと思います」

キストラー准尉との会話を思い出しながら、答えた。

「最近はどんな仕事をしていたのでしょうか」

「わたしが知っているかぎりでは、以前はイゼルローン要塞における電力使用量の推移についてでした」

「それはまた地味な題目ですね」

「そうでもないんです。要塞各区域の電力使用量を精査することで、様々な情報を得ることができます。事実イェシカの指摘で急激な電力使用量の変化があった区域を捜査したところ、要塞内に密輸組織が入り込んでアジトを作っていることを確認し検挙しました」

「それはすごい。ブルーメ伍長が犯罪者を炙《あぶ》り出したわけですか」

「ええ」

実際のところ、イェシカの提出したデータから異変を読み取りイゼルローンの憲兵隊に注意を促《うなが》したのはオーベルシュタイン大佐だったのだが、レナーテはそこまで話さなかった。

「それで、最近は何をしていたのでしょうか」

「最近の仕事ですか……」

そう尋ねられ、思い出したのはキストラーが話していたことだった。

――ブルーメ伍長と課長の間にトラブル、いや、そこまでではないと思うが何かあったような気がしているんだ。

もしかしたら……。

「もしかして、オーベルシュタイン大佐から何か命じられていたのではありませんか」

「どうして……」

どうして自分が思っていたことがわかったのか、と訊き返しそうになる。

「いや、あの御仁《ごじん》なら何かやりそうな気がしたんですよ」

レナーテの問いかけの意味を誤解したのか、コッホはそんな言い訳をした。

「ご存じですか。オーベルシュタイン大佐が情報処理課に赴任《ふにん》して以来、統帥《とうすい》本部にちょっとした混乱が起きているそうです」

「混乱って?」

「本来情報処理課は軍の戦略決定に必要な情報の収集と分析に当たる部署ですよね。しかしオーベルシュタイン大佐はその範疇を逸脱して帝国全体のあらゆる情報を集中管理しようとしているようです」

言われてみれば大佐の就任以来、課内で取り扱う情報の種類が変わってきたように思う。今までのような戦略に関わる情報以外に行政にまつわるものや国民生活に関するものまで手広く扱うようになってきた。その分課員の仕事は多くなり、増員も検討されているらしい。

「大佐が何を目論《もくろ》んでいるのかわかりませんが、その行動をきな臭く感じている者もいるんですよ」

「まさか、そのことがイェシカの死と関係していると?」

「いやいや、そういうことではありません。ただ仕事での負担過多がブルーメ伍長を疲弊《ひへい》させていたのではと懸念《けねん》しただけです。どうでしょう? 彼女はオーベルシュタイン大佐から何か命じられていなかったでしょうか」

「……わかりません」

レナーテは首を振った。

「イェシカが大佐から何かを指示されていたのは知っているんですけど、それがどんな内容なのかまでは知らないんです」

話しながら彼女は、自分の中にある疑念が膨《ふく》らんでくるのを感じていた。

イェシカが死んだのは、クルーグハルト軍曹との不倫云々《うんぬん》が理由ではない。もしかしたらオーベルシュタイン大佐に原因があるのではないか。だからこそ大佐はイェシカの遺体が発見されてすぐに現場にやってきて、いろいろと調べまわっていたのでは。あれは自分が関係している証拠がないか探していたのかもしれない。

「……そうだ、香水瓶」

「え？」

「イェシカの部屋にやってきた大佐が、彼女の鏡台の抽斗から香水瓶を取り出してポケットに入れたんです。どうしてそんなことをしたのかずっと気になってたんですけど」

「香水瓶には何が入ってたんですか」

「何って、香水じゃないんですか」

「それなら大佐が持ち出す理由なんかない。たとえ大佐が買い与えたものだったとしてもね」

あのオーベルシュタイン大佐が女性に香水を贈る？　そんなことあり得ない。レナーテは即座に否定した。

あり得ない。でも……。

「なんだか、気になります」

「ええ、気になりますね。でも……うーん、きっともうどこかに処分しているんだろうなあ」

コッホが唸る。

「いえ、処分はしていません」

レナーテは言った。

「大佐はあの瓶を、まだ持ってます」

「本当ですか」

「ご自分の机の抽斗に入れています。この前、大佐と話をしているときに、抽斗の中がちらりと見えたんです。間違いありません。あの紫色の香水瓶でした」

「それなら――」

言いかけたコッホを遮り、彼女は言った。

「わたし、確かめてみます」

7

執務中、オーベルシュタイン大佐は表情も姿勢もまったく変えない。もちろん言葉を発することもなく机に向かっている。その姿はまるで彫像のようだった。

「どうしたんですか」

「あ、いえ、なんでもないわ」

隣の席のグルトマン兵長に声をかけられ、レナーテは慌てて上司から眼を逸《そ》らす。

午前中は大佐が席を離れることはなかった。だが休憩時間にやっと機会が巡ってきた。執務室内に彼女ひとりきりになったのだ。

即座に動いた。大佐の机に行き、抽斗を開ける。前に見たとおり、そこに紫色のガラス瓶が収められていた。

手に取り、光に透かしてみる。中に入っているのは液体ではない。丸めた紙のようなものだ。あらためて周囲を見回し、誰もいないのを確かめてから瓶の蓋を取った。逆さにして振ると、中の紙が掌《てのひら》に落ちた。巻紙のようになっているのを広げてみる。アルファベートと数字が手書きで書かれていた。全部で九文字ある。レナーテはその文字列を自分の海馬《かいば》に刻み込むと紙を瓶に戻し、抽斗に収めた。

「おや？　休憩しないのかね？」

キストラー准尉が戻ってきたのは大佐の机から離れた瞬間だった。

「あ、ちょっと仕事が残ってまして」

内心の動揺を抑えながら言い訳する。キストラーは不審に思った様子もなく、

「ブルーメ伍長がいなくなったのは痛手だが、君が無理をする必要はないよ。休めるときには休みたまえ」

と彼女を気遣った。

「ありがとうございます」

一礼し、自分の席に戻る。思わず息をついた。

その日の夜、レナーテは前と同じカフェーでコッホ軍曹と落ち合った。

「これが瓶の中に？」

記憶した文字列を書き記した紙片を前にして、コッホは腕を組んだ。

「普通に考えると何かのパスワードのようだけど……」

「わたしもそう思います。でも何の？」

「わかりませんね。ブルーメ伍長が隠し持っていたということは、彼女に関係する何かだろうと思うけど……」

首を捻りながら彼は紙片をポケットに入れた。

「瓶のことは他には誰にも話していないんですね？」

「当然です。話せる相手なんていません。軍曹だけです」

そう言ってから、誤解されるような言いかただったと気付き、レナーテは赤くなった。

「あ、あの、別に変な意味じゃないんですよ」

「わかっています。僕を信頼してくれているのはありがたいと思います」

コッホは微笑んだ。が、すぐに表情を硬くして、

「じつは、こちらからも報告があります。あまり楽しいことではないのですが」

「何でしょうか」

「コンラートが死にました」

一瞬、何を言われたのかわからなかった。

「……え？　死んだ？　クルーグハルト軍曹が？」

「今朝方、自宅近くの公園で遺体が発見されました。自分の拳銃《ブラスター》で頭を撃ち抜いていたそうです」

「自分の……まさか、自殺ですか」

「そのようですね。残念なことですが」

「でも、どうして？」

「遺書などはなかったようですが、奥さんの話によると最近は何かに悩んでいたようだったと」

「それって、やっぱりイェシカのことでしょうか」

「僕に弱音を吐いて泣いたくらいですからね。随分《ずいぶん》と応えていたのかもしれません。僕がもう少し親身になってやれていたらと思うと、心が痛みます」

辛そうに首を振るコッホを見て、レナーテも痛ましく感じた。と同時に、これでクルーグハルトから真相を聞き出すことができなくなったという事実に打ちのめされそうになった。彼はイェシカの死に責任があったのか。彼女を殺したのはクルーグハルトだったのか。それを知ることはもう永遠にできない。

残る手掛かりはやはり、オーベルシュタイン大佐が隠し持っていたあの瓶なのか。もしかして、あの瓶を奪うために大佐がイェシカを？

いや、もしも彼が犯人なら、わざわざあれが他殺だったと自分に教えるわけがない。しかし、大佐の言動には完全に信頼することのできない不穏なものを感じないではいられなかった。

いったい、何を信じればいいのだろう。

「……わたし、帰ります。ごめんなさい」

レナーテは席を立つ。

「そうですか。僕はちょっと用事があるので、それを済ませてからアパルトメントに戻ります。ひとりで大丈夫ですか」

「平気です。毎日通っている道ですし。わたしも少し買い物をしてから戻ります」

精一杯の笑みを見せて、彼女はカフェーを出た。

食料品店でブロートとマルメラーデを買い、足早にアパルトメントへと向かった。気持ちは晴れなかった。クルーグハルトの死を知らされた衝撃と上司に疑念を抱いたまま独自に動いていることへの後ろめたい気持ちが綯《な》い交ぜになって、心を重くしている。いつものように人気《ひとけ》のない公園の中を歩きながら、レナーテは自分の屈託を持てあましていた。

植え込みの木々に囲まれ街灯の光が届かない区域に差しかかったときだった。背後に何かの気配を感じた。振り返ろうとした瞬間、何者かの腕が彼女の体に巻き付いた。

「！」

声をあげようとしたが、その前に口を塞《ふさ》がれた。手袋をした掌だと感触でわかった。必死にもがいたが、相手の力が強すぎて効果はなかった。そのまま植え込みの奥へ引きずり込まれた。

相手の息が聞こえた。短く荒々しい息だ。レナーテは混乱と恐怖で意識を失いそうになる。助けてと叫びたかったが、塞がれた口から洩れるのはくぐもった呻《うめ》き声だけだった。

地面に押し倒される。口を塞いでいた手が今度は喉にかかった。

「やめ……」

声はやはり声にならない。苦しい。息ができない。やめて。死にたくない。ばたばたと手足を動かし抵抗する。しかし首を絞める力はますます強くなる。涙が溢れた。暗闇の中でも自分を襲っている相手の影が見えた。わたしは、このひとに殺されるのか。でも、なぜ？

意識が薄れていく。脳裏を過《よぎ》ったのはハーバルの姿だ。尻尾《しっぽ》を振り、舌を出して駆け寄ってくる。ごめん、御飯もうあげられない。ごめん……。

不意に首に掛かっていた手の力が緩んだ。覆い被さっていた影が消える。潰されていた気管に一気に空気が入り、激しく咳き込んだ。

顔を上げると、暗闇の中で何者かがふたりで争っているのがわかった。どちらも無言だった。レナーテはぜいぜいと息をしながら、そこから離れようとした。

一瞬、光の帯が闇を切り裂いた。拳銃《ブラスター》なのはすぐにわかった。どさり、と音がして誰かが倒れた。

光を放った人物が、こちらに近付いてくる。

「やめて……来ないで……！」

起き上がれないまま、手の力だけで後退《あとじさ》ろうとする。そんなレナーテの前に立った影は、その場にしゃがみ込んだ。そして言った。

「大丈夫。もう安心していいですよ」

小さな明かりが点り、レナーテは悲鳴をあげた。男の顔が照らし出されたのだ。

「大丈夫ですって」

再び男が言った。その顔を彼女は、やっと思い出した。

「……ハウザー捜査官？」

「覚えていてくれましたか」

「はい、イェシカの部屋でお会いした。でも、どうして……」

それから闇の奥に眼を向けた。

「……殺したのですか」

「いえ、麻痺させただけです。重要な容疑者ですからね」

「容疑者？」

「あなたを殺害しようとした現行犯。そして」

ハウザーは手にした懐中電灯を彼に向けた。

「イェシカ・ブルーメ殺害の容疑者です」

光に照らされた男の顔を、レナーテはまじまじと見つめた。

「やっぱり……」

「気付いていたのですか」

「いえ、襲われたときにわかりました。でも、どうして彼が？」

レナーテはハウザーに尋ねた。

「どうしてコッホ軍曹が、イェシカを殺したんですか」

8

翌々日、レナーテは情報処理課に出勤した。

「大丈夫ですか」

心配顔のグルトマン兵長に、彼女は笑顔で答えた。

「たいしたことないわ。入院もしなかったし」

「そうですか。ならいいんですけど……」

複雑な笑みを浮かべる兵長の視線が、自分の喉元に向けられていることはレナーテにもわかっていた。痣《あざ》を隠すためスカーフを巻いているのだ。

レナーテは上司の席に向かい、一礼した。

「戻ってまいりました」

そして続けて言った。

「お話ししたいことがあります。お時間をいただけますでしょうか」

オーベルシュタイン大佐は無言で部下を見つめた。立ち上がり、部屋を出ていく。レナーテは後ろについていった。

「聞こう」

会議室のドアを閉めると、大佐は言った。レナーテは一呼吸置いて、言った。

「大佐はどこまでご存じだったのですか」

「それは質問だ。話があるのではなかったのか」

「あります。だからお尋ねしているんです。大佐はコッホ軍曹がイェシカ殺害の犯人だとご存じだったのですか」

「知っていた」

大佐は応じる。

「君にも言ったはずだ」

「聞いてません、そんなの」

「忘れたのか。私は『あの軍曹に疑念を抱いている』と言ったはずだが」

「それは……クルーグハルト軍曹のことではなかったのですか」

「違う。コッホ軍曹だ。君に接近してきたときからわかっていた」

「どうしてですか」

「ヴァンダーリッヒ伍長が偲ぶ会と称して関係者を集め、ブルーメ伍長の死の真相を調べようとしていると知っていたからだ」

「なぜそんなことが……」

言いかけて、レナーテは気付いた。あの会の目的を知っている人間は、ふたりしかいない。自分と、それから……。

「大佐が洩らしたんですか」

「参列者にはそれとなく勘《かん》づけるようにした。餌《えさ》に飛びついていたのがコッホだった」

「わたしは、餌ですか。そんなことって——」

「さらに強く食いついてくるよう、君に動いてもらった」

レナーテの抗議を無視して、オーベルシュタイン大佐は続けた。

「コッホは続けて君に接触してくるとわかっていた。予想どおりだった」

「大佐がわたしに『君は自由に動け』と仰《おつしや》ったのは、そういう意味だったんですか。ひどいです」

「彼は君に接触し墓穴《ぼけつ》を掘った。欲しがっているものを手に入れ、さらに証拠隠滅《いんめつ》を図《はか》ることもわかっていた。だから現場を押さえるのは容易だった」

「……なぜハウザー捜査官があの場にいたのか、不思議だったんです」

レナーテは怒りを堪えながら言った。

「しつこく問いただして、やっと教えてくれました。わたしの上司からの指示だったと。大佐はわたしがコッホ軍曹に襲われるであろうことまで予測していらしたのですね」

感情が昂《たかぶ》り、泣きそうになる。それをぎりぎりで我慢して、上司に問いかけた。

「何もかも話していただけませんか。その上でわたし、軍法会議にかけられます」

「何の罪で？」

「上司を引っぱたいた罪です」

部下の舌鋒《ぜっぽう》をオーベルシュタインは表情も変えず受け取った。

「特別に話そう。私はブルーメ伍長に指示を与えていた。軍に出入りしている業者の変更についての調査だ。そして予想どおりの結果を得た。ミュッケンベルガー元帥の不正についての証拠だ」

「ミュッケンベルガー元帥？」

「彼の下で働いていた頃から、その噂《うわさ》はあった。なのでこの情報処理課に回されたのを幸いに調べてみたのだ。元帥はいくつかの出入り業者に便宜《べんぎ》をはかり、その見返りに莫大《ばくだい》な資金を得ていた。手口は巧妙だったが、ブルーメ伍長の手腕で確認することができた」

――ミュッケンベルガー元帥ってじつは……。

イェシカがそう言いかけたことを、レナーテは不意に思い出す。

「だがブルーメ伍長は致命的な過《あやま》ちを犯した。自分が行っている調査のことを恋人に話してしまったのだ」

「クルーグハルト軍曹に、ですか」

レナーテの質問に、大佐は首を振った。

「まだわからないのか。ブルーメ伍長の恋人はクルーグハルトではない。コッホだ」

「コッホ軍曹が……そんな……」

愕然《がくぜん》とするレナーテをよそに、オーベルシュタインは話を続ける。

「さらに不運なことがあった。コッホはミュッケンベルガー元帥に通じていた。正確には元帥の指示系統の末端と繋がっていた。早速《さっそく》彼は注進した。そして指示を受けた。我々がどこまで情報を手に入れているか調べろと。コッホは言われたとおり、ブルーメ伍長に問いただした。しかしさすがに彼女もそれを明かすことは拒絶した。そこでコッホは指示されたもうひとつの指令を実行した。可能なら、その情報源を断て、という指令を」

「……それで彼はイェシカを……あ、でもどうやって？　どうやってイェシカを殺したんですか。たしかあのとき、コッホ軍曹はクルーグハルト軍曹と一緒に行動していて、わたしたちのアパルトメントに来ることはできなかったはずですけど」

レナーテが質問すると、

「ふたりがずっと一緒ではなかったことは君から報告を受けたのではなかったか」

逆に訊き返された。

「あ、はい。コッホ軍曹の犬が病院にいて、その見舞いのために別々になったって」

「コッホはそれを、さもクルーグハルト軍曹のアリバイ証明であるかのように君に話したが、本当は自分自身のアリバイを主張していたのだ。実際は獣医になど行っていない」

「そうだったんですか」

納得しかけたが、ふと思い出す。

「でも、たとえ獣医に行ってなかったとしても、あの場所からアパルトメントまで行ってイエシカを殺害して戻ってくるなんてこと、時間的に無理です。彼にはできません」

「君は思った以上に頭が固いな。なぜコッホがわざわざアパルトメントまで出かけてブルーメ伍長を殺害したと考える?」

レナーテも、その言葉の意味を理解した。

「イエシカのほうが、コッホ軍曹のところへ行ったというんですか」

「巡回している区域内のどこか、人目《ひとめ》のつかないところに停《と》めておいた車の中で待ち合わせていたのだろう。そこでコッホはブルーメ伍長に知っていることを教えろと脅迫した。それが成功しなかったので、銃で脅しながら彼女に睡眠薬を飲ませた。意識をなくしたブルーメ伍長を残し、自分は任務に戻った。そしてあとになって車を運転し、アパルトメントの部屋に彼女を運び入れ、その場で薬を飲んだかのように見せかけるため、手に睡眠薬の瓶を握らせた。彼としては考えた上での手筈《てはず》だったのだろうが、そのひと手間は余計だったな」

レナーテはやっと理解した。わたしはまんまと騙《だま》されていたのだ。

「更《さら》なる情報を手に入れるため、コッホが君に接近することはわかっていた。あとは君が知っているとおりだ」

「まだ知らないことが、たくさんあります」

レナーテは言った。

「クルーグハルト軍曹は本当に自殺したんですか」

「いや、あれもコッホの仕業《しわざ》だ。ブルーメ伍長と恋愛関係にあるという嘘を糊塗《こと》するために消す必要があったからな」

「そんな……たったそれだけの理由で?」

「計画の綻《ほころ》びを繕《つくろ》うための処置だ」

なんでもないことのように大佐は言った。

「君を殺そうとしたのも、彼のついた嘘を知りすぎていたからだ。ブルーメ伍長の恋愛の相手とか、犬のこととか」

「犬?」

「コッホは犬など飼っていない。そのことを知られるとまずいので、君は死ななければならなかった」

「そんなことで? ひどすぎます」

「嘘を取り繕うために、それ以上の犯罪を犯さなければならなくなる。コッホのやりかたはあまりにも拙劣《せつれつ》だ。あんな人間を使っていたと言うだけで、組織の質の悪さがわかる」

大佐の論評に異論を唱えたかったが、レナーテは我慢して次の質問をした。

「あの香水瓶に入っていた紙切れ、あれは何ですか」

「私が撒《ま》いた餌のひとつだ。あのパスワードが誰の手に渡るかを知れば、コッホに繋がっているミュッケンベルガーの手下がわかる」

「どういうことですか」

「私がブルーメ伍長の部屋からわざわざ持ち出したのだから、重要なデータバンクを閲覧するためのパスワードであることは間違いない、と彼らは考えるだろう。それを手に入れたらコンピューターに入力してみたくなるのは当然だ」

「重要なデータバンクって、大佐がイェシカに調べさせた内容が収められているとか？」

「君なら仕事上の情報はどこにまとめておく？」

「課内の人間ならそれぞれ独自のデータバンクを作っていますから、そこに……じゃあ、あれはイェシカの？」

「実際はそうではない。あのパスワードを入力したら、すぐに使用者の特定ができるようにしておいた」

「あれ、偽物《にせもの》なんですか。でもどうしてイェシカの鏡台にそんなものが入ってたんですか」

「あの鏡台から取り出したとき、瓶に入っていたのは何の変哲もない香水だった。パスワードを記した紙は後で私が入れた。そして君の眼につくように机に収めておいた」

「……わたしが中身を見ることを見越してたんですか」

恐ろしくなった。このひとは、どこまで先を見通しているのだろう。どこまで策を練《ね》っているのだろう。逃げ出したくなる気持ちを抑え、レナーテは尋ねた。

「じゃあ、パスワードを使った人間が……それが誰か、わかっているんですね？」

「わかっている。しかし君には明かさない」

「どうしてですか。その人物がイェシカを殺した張本人なんですよ！」

レナーテはいきり立つ。そのとき初めて、大佐が彼女に顔を近付けた。無機質な茶色の瞳が真っ直《す》ぐに自分を見つめる。レナーテは思わず後退った。

「これ以上首を突っ込むと、君は死ぬ」

大佐は感情の籠もらない声で言った。

「すでにこの件では三人が死んでいる。君が四人目になりたいと言うのなら、かまわんが」

「そんなことは……え？　三人？　イェシカとクルーグハルト軍曹だけじゃないんですか」

「今朝、連絡があった。コッホが留置場で死んだそうだ」

「コッホ軍曹が……どうして？」

「首を吊って自殺した、ということらしい」

その言いかたが引っかかった。

「違うのですか。自殺ではないと？」

「自殺だろうと他殺だろうと興味はない」

「でも他殺なら、口を塞がれたってことですよね。そんなこと、許されていいんですか。人の命ですよ！」

言い募《つの》るレナーテに、オーベルシュタイン大佐は冷然とした態度で、答えた。

「十六万だ」

「え？」

「先日終わったばかりのアスターテ会戦で我が帝国軍は十六万人近くの死者を出した。叛乱軍はその十倍死んだそうだが。今、この宇宙ではそれだけの人間が戦いで死んでいる。君はそのことをどう思う？」

「どうって……痛ましいと思います。戦争なんかなくなってしまえばいいって――」

そう言ってから、今の自分の発言が反戦主義者のように聞こえたのではと危惧した。

「私もそう思う」

オーベルシュタイン大佐は言った。

「戦争などというものはなくなればいい。だがそのためには戦争より冷酷な行動を取らなければならない。その決断ができる者だけが戦争を終わらせ、この宇宙を支配することができる。君に、それができるか」

「わたしは……そんなこと、できるわけがないじゃないですか。大佐にはできるんですか」

逆に問いかけると、オーベルシュタインは少し間を置いて答えた。

「私は支配者ではない。だが、それが可能な者を見つけ、力を貸すことは可能だ。今回の仕事も、その準備だ」

そう言うと彼は、悄然《しょうぜん》とするレナーテを置いて会議室を出ていこうとした。

「お戻りになるのですか」

「机を片付けなければならない。もう私は情報処理課の人間ではないのでな」

「え？　どういうことですか」

「今朝、辞令が下った。イゼルローン駐留艦隊に転属だ」

「イゼルローンに行かれるのですか」

「ここでの活動が目障りらしい。しかし既に種は蒔《ま》いた。後は収穫するだけでいい」

「意味がわかりませんけど。ここでのお仕事は完了したということでしょうか」

「そうだ。君はよく働いてくれた」

思いがけないねぎらいの言葉に、レナーテは絶句する。が、すぐに気を取り直して、

「では大佐、最後にひとつ、よろしいでしょうか」

「私を殴って軍法会議にかけられたいか」

「それはやめておきます。その代わりに一言、進言させていただいてよろしいでしょうか」

「何かな?」

訊き返してきた上司に、レナーテは言った。

「犬をお飼いください」

そのとき初めて、オーベルシュタインの表情が動いた。

「出し抜けに何だ? 犬だと?」

「本当なら結婚されて家族をお持ちになられるのが最善だと思います。でも、失礼ながら大佐の奥様になられる方はけっして幸せにはなれないでしょう。そんな女性をひとりでも作ってしまうのは悲劇です」

言い出したらもう止まらなかった。

「でも犬なら、大佐の冷たい態度にもめげません。犬なら、大佐をずっと慕《した》ってくれます。そして犬なら、大佐を癒《いや》してくれると思います。この先大佐は、これまで以上に過酷で非情な道を歩まれると思います。それが大佐の御意志ならば、誰にも止められないでしょう。大佐はきっと、人間は誰ひとり信用されないと思いますし、信用してもらえないかもしれません。でも犬は、そんな大佐でも頼ってくれます。信じてくれます。それはきっと大切な存在になります。犬を、傍に置いてください」

レナーテが頰を紅潮させながら喋っている間、オーベルシュタインはずっと黙っていたが、最後に一言。

「言いたいことはそれだけか」

「はい。ご無礼をお許しください」

「無礼とは思わん。差し出がましいとは思うがな」

笑みではなかった。だがたしかに大佐の表情が緩んだような気がした。

「思い出した。荷造りをする前にひとつ、用事を済ませてくる」

「何をされるのですか」

「会ってみたい人間がいる」

オーベルシュタイン大佐は言った。

「アスターテから帰ってきたばかりの若者だ。彼が私の考えるような人物かどうか、見極めてくる」

そう言って大佐は会議室を出ていった。レナーテは閉められたドアを、ずっと見つめていた。

※

「オーベルシュタイン大佐——いけませんね、どうしても大佐と言ってしまう——が去られた後、キストラー准尉が情報処理課の課長になりました」

何杯目かの紅茶を飲みながら、レナーテは語った。

「その後の情報処理課の変化は眼を見張るばかりでした。気が付けば帝国内のありとあらゆる情報を一手に集約し管理する一大機関となりました。最初はキストラー准尉の力かと思ってたんですけど、違いました。すべてはオーベルシュタイン大佐の指示でした。あの方は他に転属された後も情報処理課を掌握《しょうあく》されていたんです。それでわたし、やっとわかりました。キストラー准尉だったんです。あの事件の黒幕は」

「どういうことですかな？」

問いかけるラーベナルトに、彼女は言った。

「コッホ軍曹にイェシカを殺害させ、彼女の探り出した情報を手に入れようとしたのは、キストラー准尉なんです。オーベルシュタイン大佐はそのことを承知の上で、彼を自分の後釜《あとがま》に据えた。そして自分が握っている事実をネタにして彼に協力を強《し》いたんです」

「つまり、強請《ゆす》ったということですかな？」

「ええ。結果的に情報処理課はオーベルシュタイン大佐のための諜報機関となりました。ミュッケンベルガー元帥も以降は表舞台に立つことはできませんでした。大佐に不正の証拠を握られていたからです。それだけではありません。ラインハルト帝が新帝国を興《おこ》されるのに、このことはとても役立ったのではないかと思います。その意味ではわたしは、歴史の重要な場面に立ち会ったことになるのでしょうね」

レナーテが微笑むと、ラーベナルトも笑った。

「なるほど、良いお話を聞かせていただきました。長年の疑問を晴らしていただけた」

「どういうことですか」

そのとき、小さな足音が聞こえてきた。振り向いたレナーテの視界に、ゆっくりとこちらに近づいてくるものの姿が映った。

「あら？　この子はラーベナルトさんの？」

「いいえ、彼はご主人様が飼っていた犬ですよ」

ダルマチアンの老犬は見慣れない客に鼻をひくひくさせたが、すぐに興味をなくしたのかラーベナルトの足許で丸くなってしまった。

「先程仰っていた彼というのは、この子のことだったんですか。でも、大佐が犬を？」

「なぜご主人様が彼を拾ってきたのかずっと不思議だったのですが、今のお話でやっとわかりました。あなたが進言されたからでしょう」

「まさか。あの方がわたしの言葉に従うなんてこと、あり得ませんわ」

そう言いながらレナーテは、横になった犬の背中を撫《な》でた。その様子を見ながら、ラーベナルトは言った。

「ご主人様は亡くなる間際にも、彼のことを気にかけていらしたそうです。鶏肉《とりにく》をやってくれ。先が長くないから好きなようにさせてやるようにと」

「そうですか。あの方が……大事にされていたのね」

レナーテの指先が震えた。彼女は姿勢を戻して目尻の涙を拭い、あらためてラーベナルトから渡された木箱を見つめた。

「今やっと納得しました。大佐がなぜこれをわたしに遺されたのか」

彼女は箱の中に収められていたものを手に取った。

「あの方にとってわたしは、これと同じもの。目的のための道具」

彼女の手の中で紫色の香水瓶が輝いた。

「でも、結構役に立ったってことですよね」

星たちの舞台

高島雄哉

■高島雄哉（たかしま・ゆうや）

一九七七年山口県生まれ。東京大学卒、東京藝術大学卒。二〇一四年、第五回創元SF短編賞を「ランドスケープと夏の定理」で受賞。『ランドスケープと夏の定理』『エンタングル：ガール』『不可視都市』などの著書のほか、ノンフィクションに『21.5世紀 僕たちはどう生きるか？』がある。一六年の劇場用アニメーション『ゼーガペインADP』ではSF考証を担当、以降『機動戦士ガンダム THE ORIGIN』『ブルバスター』など多くの作品に参加している。

1 依頼と理論

宇宙暦《Space Era》七八七年——西暦三五八七年——惑星ハイネセンには数多くの教育機関があり、そのなかには十九歳になって十一カ月が過ぎたヤン・ウェンリーの在籍する、自由惑星同盟《フリー・プラネッツ》軍士官学校も含まれていた。

ハイネセンや地球《テラ》が属する天の川銀河には、〈宇宙暦〉の他にもうひとつ、〈帝国暦〉が用いられている広大な領域がある。銀河帝国だ。

自由惑星同盟と銀河帝国——異なる暦《こよみ》を用いる二つの勢力は、銀河を舞台に、激しい戦争を繰り広げていた。

三カ月後には士官学校を卒業するヤンも、その百四十七年続く戦争に参加することになる。彼自身は皮肉を交えて、「加担する」と言っていた。後方で勤務するにしろ、最前線で戦闘するにしろ、士官としての仕事は、戦闘を抑止するよりは激化させると彼は考えていた。

「ヤンくん、楊振寧《ヤンチエンニン》って、あなたと関係あるのかな」

そう言って彼女がテーブルのうえで開いた本は、数式がたっぷり書かれた物理学の専門書だった。彼女とヤンがいる音楽学校のカフェではあちこちで楽譜が開かれていて、ヤンが感じている居心地の悪さに比べれば、数式はこの場の雰囲気に馴染んでいるとすら言えた。

「ここにいると数式が楽譜に見えてくるみたいだ」

「音は物理現象だから」

彼女が示したページにはヤンと同じ黒髪の人物の写真があった。背後には黒板があって、そこにも数式やグラフがいくつも書かれている。西暦一九二二年生まれの物理学者だという。人類が宇宙に進出する遙か以前だ。地球から遠く離れたハイネセンにこうした資料があるというのは――むろん運び出されたのはデータであって、彼女が持っている本は最近印刷されたものだけれど――ほとんど奇跡だった。

自由惑星同盟の祖であるアーレ・ハイネセンは、圧政を続ける銀河帝国から脱出するとき、数少ない物資と共に、様々な歴史資料も持ち出した。新しい星々で真《しん》に自由な人類の新天地を切り拓《ひら》くために。のちに〈長征一万光年《ロンゲスト・マーチ》〉と呼ばれる、苦難の旅の途上、ハイネセンは事故死してしまった。

「偉大な物理学者と私の関係か。さしあたり、同じ銀河に属する以上の関係は思い当たらないね」

「ヤンくんが楊博士の子孫だったら面白いと思って」

ヤンは士官候補生でありながらも、歴史研究家になることを夢見ていた。元々は戦史研究科だったのだが、科の廃止を知らされ――ヤンは存続運動をしたものの、まったく効果はなく――戦略研究科に強制的に転科させられて、今では最終学年である四年生となっている。彼は歴史書を読むことを決してやめなかった。それは彼にとって大いなる喜びだったから。そして様々な時代を想像することは歴史の基本に他ならない。

「私が千六百年前までの記録があるほどの大層な家系に連なる人物ではないことは確かだね」

「でも理論は千年万年と続く。ヤンくん、〈ヤン－ミルズ理論〉は知ってる？」

ワープ技術を確立するまで、人類が地球で積み上げてきた無数の理論は――かなり整理整頓されて――もちろん教育課程に組み込まれている。脳拡張手術が流行した一時代を除いて、士官が学ぶべき内容はそれほど変化していない。彼女が言及したヤン－ミルズ理論は、宇宙工学を支える素粒子理論の、その基礎であるという。そして士官の多くはその理論の内実までは知らない。

「ヤン博士とミルズ博士が作ったんだろうということはわかる。もしかしてミルズ博士はきみのご先祖様なのかな。ヒュパティア・ミルズさん」

「思っていた通りの楽しい人で良かった。西暦一九二七年生まれの物理学者ロバート・ミルズも、わたしの祖先ではないと思う。そうであれば光栄だけどね。あと、わたしのことはヒユパティアって呼んで」

「私のほうこそ楊博士の末裔《まつえい》と勘違いされて光栄と言いたいところだけど、そろそろ頼み事というのを聞かせてほしいな。まさか物理学の話のあとに、金を貸してくれとは言わないだろうね、ヒュパティア？」

ヤンは、士官学校の寄宿舎の同室で親友のジャン・ロベール・ラップに言われ、近くにある音楽学校のカフェを訪れて、この鮮やかな赤毛の女性と会っているのだった。彼女は頼み事があるらしい、引き受けるかどうかはお前に任せる、とラップは付け加えてヤンを送り出した。

午後の講義が終わったばかりで、店内は学生たちで賑《にぎ》わっていた。音大らしく、楽器ケースを傍《かたわ》らに置いた学生も多い。

ヒュパティアはヤンの冗談にひとしきり笑ってから、姿勢を正した。

「ヤンくん、お願い。楊博士の役で、わたしの演劇に出て。そしてこの寮を守って」

ヒュパティアは視線をまっすぐヤンに向けた。

冗談の類いではないらしい。

「質問しても？」

「もちろん！」

「守るという言葉から、寮が存亡の危機にあるのは推測できる。しかし私がきみの演劇に出ることで守れるとは到底《とうてい》思えない」

「……最近とある事件があって、このままだと学生の意思も聞かれないまま、廃寮が確定する可能性が高い。そしてわたしはこの寮を守りたい。できればわたしが卒業した後もずっと」

ヒュパティアは演劇科の三年生。卒業まで一年と少しある。

「とある事件って？」

それは先月、冬が終わりかけていた頃だったという。

夜、ヒュパティアが風呂場で体を洗っていると、見知らぬ子が入ってきた。寮委員長であるヒュパティアは、新入寮生かと思って声をかけた。入寮は随時可能なのだ。ただ審査は学校の事務局が行うため、寮委員長であっても、途中入寮した学生まで把握してはいない。

「その子、髪を洗いながら、何て言ったと思う？　自分は別の学校の学生で、結構前から住んでるって！　とんだ侵入寮生だったってわけ」

「誰かの部屋に転がり込んでいた？」

「もっと悪質。寮生の一人が、その子に部屋を又貸ししてたんだ」

ヒュパティアはさすがに見逃すことができなかった。部屋番号を尋ねた途端、相手は危険を察知して黙り込んでしまった。しかしすべての部屋を調べればわかることだ。

「又貸しをしてた子も、寮費を水増しして貸すほど悪どくはなかったけどね。二人とも即退寮」

又貸し事件は学内でかなり大きな問題となり、一気に〈楽寮〉の様々な課題——建物の老朽化や防犯上の脆弱性《ぜいじゃく》——までもが槍玉《やりだま》に挙《あ》げられてしまった。

「古くなれば建て替えればいいし、セキュリティだって予算が全然ないから!」

という一部寮生たちの意見は伝わることもなく、ついに今月の理事会において寮の廃止が話し合われることになった。

ヒュパティアはためらいがちにヤンを見つめた。

「わたしもね、寮って永遠に残るものなのかなとは思うんだ」

「建物を永遠に残すのは難しいだろうね。でも制度としての寮は、必要とする人がいれば存続するだろうし、いったん途切れても、いつだって復活させればいい」

「わたしはそういうことをみんなと話したい。だけど理事会は話し合いの場を設けることもしてくれなくて。そもそも学生の意見を届ける制度自体がないんだよ」

「わかるよ」

士官学校にも——民間の音楽学校とは実態も意味合いも大きく異なっているものの——校長がいて事務局長がいて、それぞれ執務室がある。しかし士官候補生がいきなりそのドアをノックすることはできない。窓口すらないのだ。

それゆえ戦史研究科存続のための直談判《じかだんぱん》をするため、ヤンは教授陣や事務方《かた》のなかに味方を一人ずつ探すことから始めていった。そこを突破口に、徐々に上層部に近づいたのだ。

「以前は寮で毎月のように開催されていたミニコンサートも、やる気のある寮生がいなくて、わたしが入寮してからは全然。そういうのも寮不要論の根拠になりそう」

「確かに、そういう議論に持ち込まれる危険性はあるかもしれない」

「だけど問題はやる気だから、わたしがやればいいだけなんだ。寮の出身者には有名な音楽家や批評家もいるし、そういう人たちを巻き込むことができれば、理事会は性急に寮を壊そうとはしないだろうし、他の人の意見を聞くようになるかもしれない」

　劇をすることから理事会が動くまで、何段階もの論理の飛躍があるようにヤンには感じられた。どれほどのギャップを飛び越えたら、目的の地点にたどりつけるのか。士官学校のさらに上の同盟軍上層部に、抗議の声を届けようとした二年前の無謀な自分を思い出さざるを得なかった。

「きみは私が学科存続運動をしたのを知っていたんだね」

「ええ。あのときは、くわしい事情はわからなかったけど。ジェシカと友達になったのは最近だし」

　ジェシカ・エドワーズは、この音楽学校の学生で、ラップとヤン共通の友人だ。美しく快活なジェシカに、ヤンもラップも魅《み》せられていたが、先に知り合っていたラップが積極的にアプローチしており、現状ヤンのほうは身を引いているのだった。

「先週ジェシカに相談したら、ヤンくんに訊くと良いって言ってくれて」

「そうか、だからラップから私のところに」

戦史研究科の廃止は、士官学校を管轄《かんかつ》する軍上層部からの通達だった。だから勝ち目がないことは、反対運動をする前からわかっていた。それでもわずかな希望に賭けたのだけれど、運動過程で、既《すで》に士官学校の予算の減額が決まっていることも判明し、協力してくれたジェシカやラップ、そして自分自身の損害が小さくなるように戦闘目標を変えたのだった。

「事情はわかった。勝利条件を確認させてほしい。劇で注目を集めることによって、きみは何を達成したいのかな」

「もちろん寮が残れば最高だけど、まずは寮についての議論をみんなとしたい」

おそらくそれも難しいだろうとヤンは思った。自分と異なる意見を聞きたがる人間は稀《まれ》だ。

「劇がどれくらい有効なのかは私には判断しかねるけど、そういう味方の増やし方は音楽学校ならではだね。もしかすると上手《うま》くいくかもしれない」

「そう思う？　やった！」

「ただ、それにしても、私が出るというのがわからない。何でも手伝う気ではいるんだけど」

ジェシカには戦史研究科の件で大いに手伝ってもらった恩がある。だからこうしてジェシカが間接的に頼んできたことに対しては選《え》り好みなどせず応じる気はあるものの、ヤンは演劇の経験が一度もないのだ。

「もしかして、さっきのヤン＝ミルズ理論って、劇の内容に関係しているのかな」

「まったくそのとおり、わたしが寮で上演したいのは、ヤン－ミルズ理論をめぐる対話劇。もちろんヤンくんは楊博士の役」

千六百年後にも伝わっているヤン－ミルズ理論は、寮存続に絡められるかもしれない。しかしテーマとしてはいささか離れている気がするし、いくらヤンでも、名字が一緒ということが劇に何の説得力も付与しないことくらいはわかる。

「……ヤンくんに演じてほしい理由は二つ」

「ぜひ聞きたいね」

「一つは、この台本が当て書き、つまりヤンくんが演じるって想定して書いたものだから。もちろんそれはわたしの勝手なんだけど」

ジェシカと話しているうちにヤンに依頼する決心をしたということで――あくまでもヒュパティアのほうの理屈ではあるものの――それは仕方ない。

「劇のアイデア自体はずっと前から考えてて、ヤンくんが演じてくれたらな、って思っていたんだよ。まさか実際に頼むことになるとは思ってなかったけど。……わたし、ヤンくんが士官学校の前で署名を集めているのを見たことがあるんだよ。そのときの声や仕草は、全然軍の人っぽくなくて、なんだか……ヤンくんの気持ちがとても率直に伝わってきた」

「伝わってよかったよ。そうか、そんなところまで見られてたのか。もう一つの理由は？」

「秘密。劇が終わったら言ってもいい」

ヒュパティアは楽しそうに笑った。

ヤンは頭をかきながら答えた。

「わかった。さっき言った通り、何でも手伝うと決めてるんだ。劇に出る」

「ありがとう！」

そう言ってヒュパティアはヤンの手をとった。


夕暮れの中、ヒュパティアとヤンは〈楽寮〉に向かってキャンパス内を歩いていた。

並木道の先に、円筒状の屋根の建物が見えてきた。

「あれが寮の中央ホール。左右の三階建てが住居棟《とう》」

「このあたりはラップやジェシカと来たことがあるけど、寮は初めてだ。入っていいの？」

「受付で手続きをすれば中央ホールまでは問題ない。住居棟は家族だけ。——寮母さん、ただいま」

ヒュパティアが寮の入り口にある受付に声をかけた。奥にはさらに部屋がある。住み込みで管理しているようだ。

「おかえり、ヒュパティア。——気づいてる？　あんたの後ろにあやしい人がついてきているよ」

「もう！　友人です。ホールまでの入館証を渡してあげてください」

「あんたはしっかりしてるから大丈夫だろうけどね。気をつけるに越したことはない。——後ろの彼氏、ここに名前と住所を書いて。ヒュパティアに触らないように」

ヤンはできるかぎり紳士的に、笑顔を見せつつペンを受け取った。それが好感に繋《つな》がったのか、鋭い眼光の寮母はにこやかに来客用IDカードを渡してくれた。

玄関奥の強化ガラスの自動ドアが開くと、ちょっとしたホテルのようなロビーがあった。左右には住居棟に通じるドアがあって、そこは電子ロックで固く閉ざされている。どちらのドアにも大きく赤字で、この先男子立入禁止と書いてある。

「こっち！」

ヒュパティアがロビー奥の木製の大きな二枚扉を勢いよく開いた。

「ここが中央ホール。最近は使ってないから空気悪いね。——換気して」

ヒュパティアの声で、ホールAIが換気扇を作動させた。音楽施設用だからか、音はまったくしない。

「きれいな建物だね」

白い壁と天井は最適な残響を生み出すためにギザギザの凹凸《おうとつ》が付けられ、使い込まれた木の床は美しく磨き上げられている。足音は見事に吸収されていった。

「古いっていう子もいるけど、わたしは気に入っている」

机や椅子がいささか乱雑に置かれたスペースを抜けると、ホールのつきあたり、階段五段さがったところに半円状の舞台があった。半円は左右十メートルほど。座席代わりの階段がぐるりと取り囲んでいる。一段ごとに二十人、五段で百人は楽に座れる。

「このホールは寮生が演奏や演劇をするために設計された場所。住居棟の地下には楽器練習用の防音個室もある。——はい、これ台本ね」

ヤンはクリップでまとめられた紙の束《たば》を受け取った。全五十ページ。表紙には『素粒子たちの楽園』と書いてある。

「これがタイトルかな」

「うん。わたしたちも星たちも、無数の素粒子が一定の領域に集まったものなんだよね。色色なものが集まって良いものが生まれる場があるとすれば、そこは〝楽園〟に他ならない——そういう意味」

「なるほど。タイトルは納得した。しかしこんなにたくさんのセリフ覚えられるかな」

「大丈夫。対話劇だから流れを押さえれば。それにちょっと忘れても、慌てずに話してね。相手が合わせるから」

「相手は誰？」

「自明では？」

ヒュパティアが両手を広げてポーズをとった。

「確かにそうだ」

劇は二幕物で休憩なしの一時間。ヤン・ウェンリーが楊振寧を演じ、ヒュパティア・ミルズがロバート・ミルズを演じる。

ヤンは自分を包囲する百人の観客を想像した。途端に舞台が狭く感じられた。

ホールの一番奥、舞台の背面はスライド式の全面防音ガラスの窓になっていて、屋根付きのテラスに通じている。楽器などの機材の搬入はこの窓からするのだという。

「この窓を隠すように白い幕を引いて、わたしたちが入退場するときはその幕の切れ目から。大道具も小道具もなし」

「そいつは楽でいい。しかし周りに何もないというのは不安な気もするな」

「ヤンくん良いよ。いつも本番のことを想像して」

「ただでさえ演劇の能力はゼロだからね」

「人は舞台に立つだけで演劇的存在になる。それが舞台という概念装置の力だから。そして誰しも演じる力を持っている」

「舞台の力か。言われてみれば自然と背筋が伸びているような……」

「それはヤンくんが舞台に不慣れで緊張してるだけ」

ヒュパティアは笑いながら舞台中央に立った。演劇科に進んだのも、幼いころから劇を作っては自分で出演してきたからだという。

「じゃあいきなりやってみよう。台本を見ながらでいいから。——二十ページ一行目、**ヤン**

のセリフから。このとき二人は結構仲良くなっているからね。ヤンくんのタイミングで始めていいよ」

ヤンは咳払いの仕草をして、覚悟を決めた。

ヤン　きみとの共同研究を始めて、もう半年になる。

ミルズ　電磁気学の自然な拡張だ。もう少し簡単にできると思っていた。

ヤン　きみがいたからここまで進んだと私は思っている。

ミルズ　しかし今のままでは論文にはならない。

ヒュパティアはにっと歯を見せてから台本を閉じた。

「どう？　楽しいでしょう？」

「この不安な気持ちを楽しいと表現するならね」

「もちろんそれが楽しいってことだよ！」

彼女の声はホールに軽やかに響き渡り、ヤンの不安を吹き飛ばした。

この寮が心地良く設計されていることは、一部しか見ていないヤンにも感じられた。しかし星々が棲《す》まう宇宙の広さに比して、人類の生息できる領域はひどく限られているということか、このささやかな寮一つ、永続させることは難しいようだ。

「音楽学校はどれくらいこの寮を廃止したいのかな」

「理事会は、キャンパス内にある寮というものに価値があることは認めている。学生が学校を選ぶときの魅力の一つとしてね。同時に、建物はこれである必要はないとも思っている。特別に有名な建築家のものでもないし。だからすぐに寮を壊したいわけではないけど、残そうという意志もまったくない」

「学生はどうなのかな。寮生かどうかで意見はかなり違う？」

「ううん。みんな寮には関心ないよ。この学校出身であるというのはプロの音楽家になるときに箔《はく》になるけれど、寮生だったことはまったく関係ないからね」

その種の冷徹な判断に、ヤンは戦史研究科存続運動のとき、イヤというほど触れていた。科存続運動のなか、ヤンというよりはラップの熱に呼びさまされたように本音を吐き出す学科生も多かった。曰《いわ》く――一番人気の戦略研究科に無試験で転科できるんだから邪魔するな、戦史研究なら自分でやれ、一人で退学しろ――どの意見も実質的にはヤンの理解の範疇《はんちゆう》であった。戦死率最低の戦史科から最高の戦略科に強制的に転科させられるとすれば犯罪的だ、損害賠償請求する運動だったら協力してやってもいいというつまらない冗談を聞かされもした。

結局、学科内の味方は唯一、同室のラップだけだった。ヤンが無料で歴史を学べるからという理由で選んだのに対して、ラップは、入試の結果では最難関の戦略研究科も選べたのに、戦史研究の重要性を認識し、自ら望《みずか》んで戦史研究科に進んだ。理由はまるで違うけれど、自主的に戦史研究科を選択したのはヤンとラップの二人だけだったのだ。

「相手の考えは理解できるのに。立場が違う者同士は永遠に和解できないのかな」

ヒュパティアは舞台を歩きながらヤンに問いかけた。劇のセリフのように。

ヤンは少し考えて答えた。

「互いに受け入れられる妥協点を見つけることはできる。そうして人類はここまでどうにかこうにか生き延びてきたんだから。未来まで考えれば、今やっている戦争の末に人類が滅亡する可能性は大いにあるだろうけどね」

同じものに対しても正反対の意見があり、それは対話によって——いささか強調された形で——明確化される。それによってわかりあえることはあるし、わかりあった結果、対立することもある。そういうことがわかったのは、存続運動の数少ない成果だったかもしれない。

負け惜しみであることはヤン自身も認識していたけれど、わずかなりとも学んだことは事実だ。負け戦《いくさ》から学ぶことは、次の勝利を必ずしも約束はしないだろうが、負け方は上手くなるだろうし、負け戦を減らす効能もあるかもしれない。

ヒュパティアは舞台背面の窓を開け放した。

初春の夜の冷気が入り込んでくる。

「ヤンくん、ちょっと出ない？」

テラスの外は駐車場を兼ねた中庭になっていて、ハイネセン原産の草木が植えられていた。古びたレンガや手作りの柵《さく》が並べられ、長年の丁寧な手入れを思わせた。テラスの脇には大きめの倉庫があり、それを控室として使うのだという。

この中庭は決して特別な場所ではなかった。けれどこのような丁寧に手が加えられた日常の風景こそが平和の象徴であるようにヤンには思えた。

「そういえば他のスタッフは？」

「音楽や映像はわたしが作る。流すのはＡＩにやってもらう。わたし人望ないから」

「そんなこと」

「いいのいいの。本当だから。たった二人だけの演劇だけど、よろしくお願いします」

「こちらこそよろしく」

ヒュパティアがやわらかく微笑《ほほえ》んだ。

2　稽古《けいこ》と懸賞

ホールに戻ると、ヒュパティアが切り出した。

「あと、これは言っておかないと」

「どうぞ」

「台本は楽譜みたいなもの。楽譜にも台本にも、最低限の情報しか書いていない。わたしがすでに考えていて、まだ台本に書いていないアイデアもあれば、これから二人で進めていくうちに出てくるアイデアもあるでしょう」

「たとえばどういうものかな。まさか舞台上でいきなりアドリブしろとは言わないだろうけど」

ヤンの冗談にヒュパティアはひとしきり笑って、

「それはしないから安心して。そうだな……、ホール全体に映像を流すつもり。あとセリフはあちこち変えると思う。なるべく早く確定させる」

ヒュパティアは、ヤン‐ミルズ理論を使って、演者を素粒子、舞台を量子場と見なし、両者の相互作用を映像と音楽で表現するのだという。

「量子場……。私は演劇にまったく詳しくないんだけど、こういう劇は一般的なのかな」

「科学者が登場する作品はよくあるよ。今回わたしがやりたいのは、理論そのものを舞台に表出《ひょうしゅつ》させること。わたしたちの演技と舞台装置を融合させてね」

「きみは科学がすきなんだね」

「元々は興味なかったんだけどね。わたし、小学校の音楽の先生になりたくて、色々昔の音楽の授業方法を調べていたら〈数理演劇〉というのを見つけたんだ」

数理演劇とは、子供たちが——舞台に投影される映像と相互作用しながら——歴史上の科学者あるいは数字や星を演じるもので、計算の仕方や天体の運動について、理解を深めるために考案されたのだという。

「教育効果の検証とかはされないまま廃《すた》れちゃったんだけどね。今回の公演には合うと思って、素粒子理論の内容を視覚的にも伝えられるから」

「なるほど。そういうところも話題になるかもしれない。告知はどうする？」

「わたしがするから心配しなくていいよ。ヤンくんはわたしが引っ張り込んだんだし、最後まで付き合ってくれるだけでうれしいから」

「途中で投げ出すなんてことはしない。最後まで演技がヘタだとしても」

「念押しみたいなこと言ってごめん。学生のこういう企画って、学園祭やチャリティーでも、途中でやめちゃう子が多くて」

ヒュパティアは、もしかするとわたしのせいかもしれないけれど、と、か細い声で付け加えた。自分の人望について、かなり自信を喪失しているらしい。

「私にはジェシカとラップというお目付け役もいる。最後までやりきるよ」

「ありがとう。——じゃあ、もうちょっと本読みしてみようか」

ミルズ　結婚したと。おめでとう。

ヤン　きみに祝ってもらえてうれしく思う。
ミルズ　五十歳以上年下の花嫁とあなたがどんな話をしているのか想像できない。
ヤン　彼女は物理の院生だ。きみとしている話と変わらない。
ミルズ　情報を与えられたはずなのに、ますますわからなくなるというのは新鮮な体験だ。

これは二幕目冒頭のシーンだ。このときすでに**ミルズ**は死に、**ヤン**は生きている。

「わたしが死んでいることを象徴するものがほしいかも。ヤンくんに黒い腕章でも巻いてもらおうかな」

「この博士の結婚は史実？」

「ええ。八十二歳のときに二十八歳の教え子と結婚したから、正確には五十四歳年下だね。劇中のデータは史実通りだよ。会話のほとんどはわたしの想像」

ヒュパティアは図書館で見つけたという記事をヤンに見せた。二〇二二年のものだ。見出しは『百歳の天才、楊振寧が語る』。

楊振寧は一九五七年にノーベル物理学賞を受賞した、とあった。

「地球時代の最大の賞のひとつか。私にはどうにも理解できない人物のようだ」

「そうでもないと思う。彼の言葉がいくつか残っていて、セリフに使ってるんだけど、ほら、これなんてどう？」

ヒュパティアは台本を開いてヤンに指し示した。

――私は一生のなかで知らないままに非常に正確な道を選んでいた。その中には十一年前に彼女に求婚したことが含まれる。

「こういうのもある」

――原子爆弾と水素爆弾は人類の将来に発生する奇怪な問題の一端に過ぎない。問題は非常に多く、私は絶対的な楽観者にはなれない。

「ご先祖じゃなくても半分は共感できる。もちろん後者のコメントに対して」

「両方に同意してくれても構わないよ。わたしもヤンくんの一つ年下だし」

ヤンはヒュパティアの微笑みの意味がまったくわからなかった。

舞台は三カ月後。ヤンの卒業式の半月前だ。

しばらくは――ヤンはひたすら台本を覚え、ヒュパティアは舞台用の映像を作り――毎週日曜日に〈楽寮〉で練習することになった。

初練習の日、ヤンが手続きをしてホールに入ると、舞台の奥には布が張られ、天井のプロジェクターから投影された映像が流れていた。光の波紋のなかを、繊細な粒子たちがそれぞれの速さで飛び交い、その背後に数式やグラフが浮かんでは消えていく。

「これがヤン－ミルズ理論？」

「そう言ってもいいかな。地球時代にこの理論のなかの未解決部分に対して〈クレイ数学研究所〉っていう民間組織がかなり高額な懸賞金を懸《か》けていて、数式はその解答」

「懸賞問題か。解答があるってことは、誰かが賞金をもらったわけだ」

「こういう場合の常として、問題を解いた人は有名にならなくて、この問題でも解答者の名前は伝わっていない。もしかして誰も受け取っていないのかも」

ヒュパティアがスクリーンに手をかざすと、文章が表示された。


【ヤン−ミルズ方程式の存在と質量ギャップ問題】

任意のコンパクトな単純ゲージ群Gに対して、非自明な量子ヤン−ミルズ理論が4次元ユークリッド空間上に存在し、質量ギャップΔ＞0を持つことを証明せよ。


「賞金の行方《ゆくえ》か。後輩が面白がりそうだ」

「それ、アッテンボローくんでしょう。ジェシカから聞いてるよ」

ダスティ・アッテンボローは士官学校に通いながらもジャーナリスト志望なのだ。ヤンと同じ戦略研究科で、なかなか成績優秀だということだが、本人は電子新聞に記事を投稿するなど、自らの所属とはいささか離れた分野で精力的に活動しているらしかった。

そのときホール入り口の扉が開き、寮生らしき女性が入ってきた。

硬い靴底で木の床をかつかつと鳴らしながら、まっすぐヒュパティアのほうへと歩いていく。

「ミルズ先輩、本当にやるつもりなんですね」

「……迷惑はかけないから」

寮生はヤンを鋭く一瞥《いちべつ》してから、ヒュパティアに向き直った。

「迷惑かけないなんて。わからないでしょう。私は卒業まで静かに過ごしたいです」

「前にも話し合ったとおり、あなたの意志が守られるためにも、寮が注目されて、学内で議論する雰囲気が作られたほうがいい。あなただって寮がなくなったら困るでしょう？」

「先輩が騒いだせいで廃寮が早まったら？　侵入寮生だって放っておけばよかったのに！　先輩は三年だから卒業まで寮は残るでしょうけど、私はまだ一年なんですよ？」

寮生は言うだけ言うと、さっと踵《きびす》を返して去っていった。

振り返ったヒュパティアは泣き出しそうな顔で笑った。

ヤンはかけるべき言葉を探したが、あいにく持ち合わせの語彙《ごい》の中には見当たらなかった。

「言ったとおり、人望ないでしょう？」

「いや、どうかな」

ヤン自身も冴えない返事であることはわかっていたが、しかしここで有効な言葉などあるのだろうか。

「あの子にどんな話をしても、きっと意見は変わらない。わたしの劇なんて見てくれるはずもない」

戦史研究科存続運動のときも、露骨に先輩や同輩から面罵《めんば》されたものだった。そこに議論の余地はなかった。あの子のような当事者にこそ見てもらえたら、などとはヤンの口から軽《けい》軽《けい》には言えないのだった。

「ヤンくんのときは味方が増えたりした？　ジェシカとラップくん以外に」

「ああ。極々《ごくごく》少数だったし、運動を始めて随分《ずいぶん》時間が経《た》ってからだったけどね」

ヒュパティアは涙を拭《ぬぐ》った。

「大丈夫。わたしにはヤンくんがいる」

ヤンは苦笑しつつうなずいた。

「よし、練習を始めよう。台本は読んできてくれてると思うけど、まずは舞台の空間性、わたしとの距離感を摑《つか》んで」

劇の練習とはそういうものかと興味深く思いながら、ヤンはヒュパティアが示す場所に立った。

「じゃあ今日は発声練習からね。時間もないし、基礎練習だけじゃなくて、役作りも兼ねて」

マイクは衣装に縫《ぬ》い付けるから、声量は問題ではない。それでもこれは映画ではなく演劇であり、舞台を成立させるためには声の張りが必要なのだという。

「楊博士は講義もたくさんしただろうね」

「待った！　楊博士から離れて、架空の物理学者を想像して」

ヒュパティアも架空の物理学者としてのミルズを想像するという。

「実際にいた人を演劇化すると問題があるってこと？　でも千六百年前の人物だ」

「何年前であっても気にする人はいるから。銀河帝国の貴族の子女が通う学校では、ルドルフと対立した祖先が歴史の教科書に出てきて、授業中に泣いちゃう子もいるって聞いたことがある。申し訳ないって思うのかな」

銀河帝国の成立期において、のちの初代皇帝となるルドルフと対立した人物は少なくないが、しかし現在の教科書に載っていて、その子孫が貴族として現帝国の学校に通っているからには、その子が帝国成立期から今も続く名家出身であるということだ。自由惑星同盟にとっては敵の枢軸《すうじく》に他ならないけれど。

「正解を探すように演じてほしくないんだ。標語的に言うなら〈自らの内側を見ながら外側に見せることを演技という〉」

「標語ね。きみの言葉？」

「わたしの指導教官の言葉。外側にあるものを真似るように外側に見せてしまうと、その演技は上っ面《つら》なものになってしまう。内側をそのまま見せても演技にはならない。いったん自分の中を通してから見せる。想像し続けて。舞台の上でも」

「よくわかるよ。戦闘でも、敵を想像することをやめた瞬間、敗戦は確定してしまうだろうね。――しかし想像上の物理学者か。想像上の動物みたいだ。二人の理論は理解できそうにないし」

「劇とは無関係に、ヤン－ミルズ理論は知っていたほうがいいよ。自然界にあるすべての素粒子の相互作用は、アインシュタインの〈一般相対性理論〉と、この〈ヤン－ミルズ理論〉によって説明されるんだから」

西暦二〇三九年――楊博士の結婚の三十五年後――に起きた〈十三日間戦争〉では、その名の通り十三日間にわたって大量の熱核兵器が使用され続けた。それも、それ以降に開発された兵器も、多くの大量破壊兵器は素粒子を操作して得られる膨大なエネルギーを利用するものだ。

翻《ひるがえ》って紀元前後には地球の各地で発見されていた〈三平方の定理〉は、それから三千五百年たった今も、数学の基礎として十代の子が学習している。

同様に、千五百年前に完成した〈素粒子の標準模型《スタンダードモデル》〉は、その数学的基盤と合わせて科学技術の根幹《こんかん》になっている。ヤン－ミルズ理論はその一部なのだという。実際の運用は、科学官僚が専用AIと協働して行うにしても、ヒュパティアの言う通り、士官候補生として概要は知っておくべきだろう。自分の使う力がどのようなものなのか、ということだ。最低限のことくらいは知っておかないと、想像することなんて決してできない。

ヤン　私たちの理論を完成させるためには新しい数学が必要だ。
ミルズ　しかしわたしたちは物理学者であって数学者ではない。
ヤン　きみは数学が得意だろう。
ミルズ　あなたのような天才的数学能力の持ち主に言われたくはない。
ヤン　しかし確かに数学者ではない以上、数学的に瑕疵《かし》のある理論になるかもしれない。
ミルズ　すべて完全なものを用意することはできない。
ヤン　私たちに与えられた時間は無限ではないから。

「そういえば公演、本番は一回だけ？」

「そのつもりだよ。何回もしたい？」

「いや、一回で充分だね。二回あれば、もし一回目にひどい失敗をしても挽回《ばんかい》できるかもなんて思っただけなんだ。でも二回目でさらにひどい失敗をするかもしれない」

「何か心配？　緊張しそう？」

ヤンは当日のことを考える。開演直前、自分はヒュパティアと共に舞台裏のテラスにいる。ホールには百人とまで行かずとも、数十人は集まっているだろう。士官学校の人間も少しは来ているだろうか。ヒュパティアが作った曲をＡＩが時間通りに流すと、人々のざわめきが収まっていく。ヒュパティアとうなずき合い、背景の布をすり抜け、舞台に立つ――。

「緊張はするだろうね。でもそれより心配なのは、どこかで冷めてしまう、素《す》に戻りそうということだね」

「……ヤンくん、今、未来のことを想像したの？」

「いつもそういう訓練ばかりしている。――そのせいで冷めるのかもしれない」

宇宙空間での艦隊戦においては、何万もの艦艇が互いに連絡を取りながら――整然と、時に乱れながら――刻々と動き続ける。一瞬に囚われることなく、未来のすべての瞬間をありと視《み》ることができなければ、たちまち敵戦艦に狙い撃たれて、何千何万もの人名が一瞬にして宇宙空間に消え去ってしまう。

ヤンの言葉を受けて、ヒュパティアは腕組みをして考え始めた。

「……クロスドレッシングしてみようか」

「それはどういう」

「異性装のこと。ヤンくんは女装、わたしは男装をする。元々ロバート・ミルズは男性だから、わたしが男装しようと思っていたんだけど、劇中では名字しか出さないし、別に性別を合わせる意味もないから、ヤンくんもやってみない？　普段と違う装《よそお》いをすることで役に集中できる、かもしれない。結局はどこまでもヤンくん次第ではあるけれど」

軍服や制服にもそういう効能はあるだろう。社会から要請される役割を演じやすくなる。

「女装ね。いいよ」

「即答するとは思わなかった」

「そう？」

「そうだよ。でも、ありがとう。じゃあ決まり。服はわたしが準備するから楽しみにしておいて」

「楽しみか。異性装をすると、どういう効果があるのかな」

「この劇のテーマは、真理に近づくことだから。演じるわたしたちの身体《からだ》にも、越境性や曖昧さを与えられると思う」

ヒュパティアが駆使する語彙は、士官学校の講義でのそれとまるで違っていた。それはヤンにとって瑞々《みずみず》しい知的喜びだった。

ヤンが寄宿舎の自室に戻ると、同室のラップがにやにやして待ち構えていた。

「ヒュパティアと上手くいっているみたいだな、ヤン」

「お前の推測はきっと大部分が間違っている。でも劇は思った以上に面白い。その点は感謝するよ」

翌日の夕刻、寄宿舎中に放送が響き渡った。

――戦略研究科四年ヤン・ウェンリー、直ちに寮事務室まで来られたし。繰り返す……。

「まさかもうバレたのか？」

「さて、どうかな。行ってくる」

ヤンは制服に着替え、事務室に向かった。

3　呼出と衣装

「ヤン・ウェンリー候補生です」

「入りたまえ」

アレックス・キャゼルヌが座るデスクの前でヤンは直立し、手を後ろで組んだ。

キャゼルヌとは、戦史研究科存続運動のときに話し込んだこともある。そのときキャゼルヌは決して馴《な》れ馴れしくすることはなかったが、ヤンやラップに対して同情に近い理解は示してくれた。

「戦略研究科の教授が、こんなものを見つけたから何とかしろと俺に言ってきた」

キャゼルヌが机のうえに置かれたタブレットを示した。

情報ネットワーク上の演劇の特集ページだ。これからハイネセンで行われる様々な公演のスケジュールが載っている。

「こんなものまで目をお通しとは、さすがですね」

キャゼルヌはその皮肉を無視して、画面の下を指差した。そこには、楊役：ヤン・ウェンリー、ミルズ役：ヒュパティア・ミルズと書かれていた。ご丁寧なことに概要欄には〈楽寮のことをもう一度考えてみませんか〉とある。

「演劇が趣味でたまたま見つけたそうだ。それよりこれはお前だな？」

「同盟市民百五十億人のなかには自分と同姓同名の人間もいるでしょう」

「ああ、そのとおりだ」

キャゼルヌはどうやら本気だった。冗談が通じない。

「認めます。自分です」

「士官学校としては、他校の行事にまで口を出す気はない。しかし士官学校の士官候補生が他校で政治活動をすることは看過できない。シトレ校長も今回は庇《かば》えないだろうと判断している。退学処分が検討されている」

そこまで話が及んでいるとは予想していなかった。ここで収めなければ、たちまち音楽学校にも通知が行くだろう。そこで音楽学校の理事会が同盟軍に忖度《そんたく》してヒュパティアを退学ないし無期限停学にすることにでもなれば、目も当てられない。

「政治活動などありえません。弁明させてください、キャゼルヌ先輩」

ヤンはデスクに詰め寄った。士官であるキャゼルヌは当然、ヤンの先輩ということになる。

キャゼルヌは大袈裟《おおげさ》に肩をすくめた。

「ありえないとお前が言ってもな。そして俺は確かにお前の先輩だが、それはお前の卒業を保証するものではない」

「他校で演劇をすると退学ですか」

「女子寮で政治活動をすると退学かもな。一体何をするつもりだ。隠さずに言え」

「女装のこともご存じですか」

「何のことだ？」

「昨日決まったことです。私は女装を、もう一人は男装をします」

「昨日決まったことなど知るか。一士官候補生の動向をいちいち追いかけるほど同盟軍はヒマじゃない。お前が元帥《げんすい》にでもなれば別だが」

「安心しました。私などを内偵する余力があるなら休息していたほうがマシですから」

キャゼルヌはようやくふっと短く笑った。彼は基本的にヤンに対して敵対的ではないのだ。

「服くらい自由なものを着ろ。自由惑星同盟軍は思想信条の自由を守るために百年以上も帝国と戦っているんだからな。問題はあくまでも、他校での政治活動への参加だ。頭の固い連中が納得できる弁明をしてくれると俺としては助かるな」

「改めて申しますが、政治とは大きくかけはなれた公演です。科学史をテーマにした演劇で、公演の前後に何らかの署名などを集める予定もありません」

とりあえず今のところは、とヤンは心のなかで付け加えた。

「しかしお前には前科がある。俺は騙《だま》されてやってもいいがな。寮とは、お前もなかなか微妙なところを攻めてくるものだ。しかし明確に思想的な政治活動とは言えないが、集団が形成されれば政治性は免《まぬが》れない」

キャゼルヌは弁護のために、さらなる理屈を提供しろと言っているのだ。

「私の演技のまずさが話題になって、士官候補生の名に傷がつくことは懸念されますが、それは自分が死守します。それに演劇は、公共の場において誰であろうとどんな話もできるという、まさに自由の象徴です。それこそ自由惑星同盟が死守するべきものでしょう」

「いいだろう。それくらいハッタリが効《き》いていたほうが教授陣には効き目があるかもしれん。しかしヤン、この公演情報を俺のところに持ち込んだ教授は、お前の現時点の行動を危惧しているわけだが、俺としてはこのあとの結果が気になる」

「結果ですか」

「ああ。音楽学校で政治運動が巻き起こって、音楽学校から俺のところに抗議の電話がかかってくるようなことになるのか？」

キャゼルヌはヤンを睨《にら》んだ。

「何も起きないでしょう」

「ほう」

「意見がある人間は意見を変えないし、意見のない人間はいつまでも意見を持たないままです。戦史研究科のときに思い知りました」

偽《いつわ》らざる本心だった。ヒュパティアには言えない。彼女は今も寮の存続を熱望しているのだ。

キャゼルヌは納得したらしく、深くうなずいた。

「最後の条件だ。公演には俺が行く。一番後ろの席を空《あ》けておくように」

「お断りするわけにはいきませんね。ぜひいらしてください」

翌週、ヤンが〈楽寮〉を訪れると、受付の前からコート姿のヒュパティアが駆け寄ってきた。長かった赤毛をかなり短く切っている。

「ヤンくん、告知ページのこと、本当にごめんなさい！」

「電話でも話しただろう。謝ることなんて何もない。今日だって問題なく外出は許可されたし。それよりきみ、髪を切ったんだね」

「その顔、わかってないね？」

ヒュパティアはヤンの手を取ったままホールを抜けて、外のテラスの控室まで引っ張っていった。

控室の中央には見慣れないハンガーが置かれ、緑色のワンピースがかかっている。

「これ、ヤンくんの衣装ね。わたしの手作り。ウィッグも借りてある。で、わたしはこういう感じ」

ヒュパティアがコートを脱いだ。

これまでスカートばかりだったヒュパティアが灰色のスラックスを穿《は》いている。上は白いシャツに紺《こん》色のジャケットだ。

「そうか、男装してたんだ。似合ってるよ、劇は関係なしに」

「それはどうも」

ヒュパティアは両手を広げ、その場でくるりと回った。

千六百年前のスーツを模しているはずだが、どことなく同盟軍の軍服にも見える。

「参考にしたから。ワンピースの緑も同盟軍の艦艇でよく使われている色だよね」

「軍のものに寄せる意味は？」

「だってこれはわたしにとっての戦いだもん。ヤンくんだって士官候補生だし。そういうことは観客には特に説明はしないけど、でも何らかのニュアンスを感じ取る人はいると思う。

——さあ、ヤンくんも着替えて。わたし、ホールで待ってるから！」

ヤンは一人控室で着替え、肩までの長さのウィッグをかぶり、ホールに向かった。化粧はなし。本番でもしない。

「ヤンくん、どう？」

ヒュパティアがためつすがめつ、ヤンを検分する。

「正直言って鏡を見ると違和感は少しある。服としては着やすいね。ウィッグはかなり気になる」

「その違和感、忘れないで。ヤンくんはヤンくん以外の存在になる。違和感はあっていいんだよ。わたしたちの衣装は違和感を思い出させてくれるでしょう。わたしたちにも、観客にも。そしてその違和感は、常識という重い膜を引き裂いてくれる」

ヤンは客席に向かって立った。

客には自分はどのように見えるのだろうか。音楽学校の寮にわざわざ観劇に来る人たちは、色々な芸術に触れているだろう。クロスドレッシングに強く反応することはないかもしれない。

「舞台において観客は大きな要素ではあるけれど、要素は他にもあるからね。背景映像できたから見てくれる？」

ヒュパティアの合図で、ホールには初めて見る建物の外観がプロジェクションマッピングされた。一九五四年に楊とミルズの共同研究室があった〈ブルックヘブン国立研究所〉だ。ヒュパティアが当時の写真から再構築したという。開幕後しばらくして二人の歩きに合わせて研究所のなかの映像に切り替わる。

ヤン　世界の定義は？　宇宙が生まれる前については？

ミルズ　それも世界と言っていいだろう。少なくとも世界と呼ばない理由は見当たらない。

ヤン　数年前にジョージ・ガモフが、宇宙はかつて超高温超高密度の火の玉だったと主張した。彼はその宇宙の始まりの火の玉をイーレムと名付けたんだ。

ミルズ　イーレム。アリストテレスの言葉だったか。

ヤン　ああ。万物の原料のことだ。つい先日は、ハロルド・ユーリーがフラスコに閉じ込めた水と水素とメタンとアンモニアに一週間、電気と熱を与え続けて、アミノ酸を作り出した。

ミルズ　世界は炎から生まれるということか。

ヤン　そうかもしれない。

ミルズ　ユーリーは知り合いだ。重水素を発見してノーベル化学賞を受賞している。

ヤン　我々の理論はノーベル賞に届くだろうか。

ミルズ　世界のすべてを書き下すよりは容易《たやす》い。

ヤン　それは間違いない。

ミルズ　計算を再開するとしよう。

一幕終わり。舞台は暗転。

ヤン－ミルズ理論の数式の映像と、理論から作られた音楽が流れる。

「ごめん。幕間《まくあい》に流す映像はまだ。急がないと」

「謝るのは私のほうだ。あと二カ月半でうまく演じられるようになるとは思えない。セリフはどうにか覚えられそうだけど」

ヒュパティアはヤンに歩み寄った。

「ヤンくんは真面目だね」

「下手なものを人に見せるのは気が引けるというだけだよ」

「〈時間を奪うことは、命の一部を奪うことに他ならない〉ってこと？　これもわたしの先生の言葉だけど」

「きみの先生には同意するところが多いよ」

実際、硬直した軍事理論とは比べものにならない。

「わたし、時々小学生に劇を教えに行くんだけど、ヤンくんって子供の頃に演劇やったことある？」

「私はずっと父の星間交易船に乗っていてね。もっぱら本が先生だった。船員たちも私によくしてくれたけれど、子供は私だけだったから、劇なんてしたこともない」

「もしかして悪いこと訊いたかな。でも楽しそう」

「実際楽しかった。で、昨今《さっこん》の同盟の小学校では演劇の授業があるということかな」

「たいていの学校で取り入れてる。何かの役を演じること、友達と演じ合うこと、そして友達が演じる様子を見ることを通して、自らの役割やまわりとのかかわりについて理解できるようになると期待されている。とても古い教育理論、演劇理論だけどね」

「つまり私たちはずっと誰かを相手に、何かを演じている？」

「そうとも言えるってことだけどね。演劇的空間はもちろん非日常で、だけどだからこそ共演者であるわたしや舞台装置は、より深くヤンくんを支えることができる。わたしはヤンくんに支えてもらう。だから大丈夫。きっと劇は上手くいくから」

ヤンも交易船のなかで、父や船員たちと過ごす中で、様々な役割を演じていたと言えるのかもしれない。

「わたし、他の星には行ったことがなくて、宇宙って聞くだけでドキドキする」

「私はずっと友人というものに憧《あこが》れていたのかもしれない。だから寄宿舎は自分に合っていると今更《いまさら》ながらに思っているよ。寮にはいつだって誰かしらがいるからね」

話したりしなくとも、ともかく同じ目的に向かう友人が四六時中そばにいるということが——人生のほんの一時期でも——重要であるならば、寮という仕組みは千年後も残るだろう。今回は、〈楽寮〉は残らないとしても。

ヤンはここで、自分が今まさにヒュパティアを相手に演じていることに気がついた。たった一度、戦史研究科存続運動の敗北からすべてを悟りきったつもりの訳知り顔の士官候補生の役だ。ヒュパティアが受け入れてくれているおかげでその演技はどうにか成立しているけれど、この劇が終わるとき、ヒュパティアはひどく落胆するだろう。

「ヒュパティア！」

ヤンがこれまでの振る舞いを謝罪しようとしたそのとき、ホールのドアが開いて三人が入ってきた。

「順調そう？」

ジェシカがラップとアッテンボローを連れて、差し入れを持って来てくれたのだ。

4　対話と幸運

突然ホールが騒がしくなった。

「ヤン、女装似合うじゃないか」とラップ。

「違和感、全然ないですね！」とアッテンボローが続く。

ヤンとしてはどう返事をしたものか迷ってしまう。

ジェシカも感心しきりだ。

「本当に。知り合いでも気づかないんじゃない？」

「まさか」

とヤンは肩をすくめた。

「こちら側の意図をすべて、自然なものとしてすんなり受け入れられると困るけど、無理に目立たせる必要もないから。ずっとあとになって、いつか不意に思い出すことだってある」

ヒュパティアはそう言うと、ジェシカの差し入れのドーナツを頬張《ほおば》った。

アッテンボローが飲み物を全員に配りながら、ヤンに文句を言った。

「先輩たち、こういう面白そうなことはもっと早く教えてくださいよ」

「劇のことを聞いたのは最近だよ」とラップ。

「悪かった、と言うべきなのかな。ともかく来てくれてうれしいよ」

ラップは親友で、アッテンボローは妙にヤンを慕《した》ってくれる後輩だ。

実のところ、ヤンは二人を巻き込まないようにしていたのだ。

しかし、とヤンは思い返し始めていた。

ヒュパティアは二つ目のドーナツに手を伸ばしている。

——まだ幕は下りていない。それどころか、上がってもいないのだ。〈楽寮〉のため、あるいは彼女のために何かもう少し試みる時間は残されている。

「みんなにも少しばかり手伝ってもらうことになるかもしれない」

「いいさ。チラシやチケットの準備もあるだろう」

ラップの言葉に、ジェシカも隣でうなずく。

人懐《ひとなつ》っこいアッテンボローは早速ヒュパティアと仲良くなって、ヤン－ミルズ理論の懸賞問題について熱心に訊いていた。

「何ですか、懸賞金の行方がわからないって。調べるしかないでしょう」

無邪気なアッテンボローに、ヤンは笑い返した。

「ああ、私も何かしないとな」

しかしかつて共に戦ったラップの表情は終始暗かった。小声でヤンに耳打ちする。

「今度は勝てそうなのか」

「どうかな。しかし二度負けるつもりはない」

しばしの休憩が終わり、練習再開となった。三人は階段席に移動した。ヤンにとっては初めての観客だ。

ヤン　停滞している。
ミルズ　自らの停滞がわかるというのは不思議かもしれない。
ヤン　私たちは形而上学《メタフィジックス》をしているのではない。
ミルズ　ええ。未来の物理学《フィジックス》を作りましょう。

二人が舞台をずっと歩きながら話し続ける、一幕目前半の見せ場だった。客席の三人は大きな拍手をしてくれるが、ヒュパティアは問題に気づいている。

「ヤンくん、観客を意識しすぎ。台本通りにセリフを言うだけでいっぱいいっぱいになってる」

「自分でもわかる」

客席の三人はのんきに手を振っている。

「人がいるだけで、こうも違うとは思わなかったな」

「誰だって人に見られると普段通りにはいかないし、見られることこそ演劇なんだけどね。そろそろ〈生成衣装〉の出番かな」

「生成？　衣装？」

「演《や》ればわかるから」

ヤン　そのテーマは私も少し計算している。
ミルズ　あなたの論文はすべて読んでいます。共同研究ができればと。
ヤン　それは願ってもない援軍だ。

ヤンとヒュパティアの身振り手振りに合わせて、細《こま》やかな幾何学《きかがく》模様が重ねられていく。

ヒュパティアが空中に数式を書き始めると、彼女の服から、指先から――光の粒子が拡散していく。AIがその動きを鮮やかに強調するべく、生成した映像を二人に投影しているのだ。ヤンはまるで自らが輝いているように感じた。

客席の三人が思わず、ため息をもらしたのがわかった。

ミルズ　あなたは戦争中に物理学を学んだと。

ヤン　大昔のことだ。きみが生きた時代とは違う。

ミルズ　わたしとあなたはたった五歳しか変わりません。

ヤン　その五年こそが――いや、そうだな。たった五年だ。

演技が終わると、ヤンのワンピースから〈生成衣装〉が空間に溶けて消えていった。

ヒュパティアが歩み寄る。光の残滓《ざんし》が彼女のあとをついてくる。

「プロジェクターのAIが演者の呼吸数や発汗《はっかん》から心理状態を読み取って、それに合うように映像を自動生成してるんだ。わたしたちが世界と相互作用しているみたいだったでしょう」

「確かに。あと私の声に、何か音が重なっていたけど」

「よく気づいたね。ほんの少しだけ、女性っぽく聞こえるように高音を足している。わたしには低音ね。光と音による究極の演技補助ってわけ。本当は観客の反応も取り込んで舞台に反映させると、まさに場と素粒子が相互作用して、より一体化した舞台になるんだけど」

「面白いと思います！」

客席からアッテンボローが大声で言った。

しかしヤンはヒュパティアの意図を察して苦笑した。

「読み取らせるのは私たちだけにしよう」

観客が劇のどの部分にどう反応するかは、当人の思想信条よりも根源的な個人情報だと言える。キャゼルヌも来る舞台で、そのような不穏な技術は使わないほうが賢明だ。

「私の生体情報についても、もし人様に見せて不快に思われるとすれば不本意だね」

不快というヤンの言葉にヒュパティアはくすくす笑った。

「それは大丈夫。たとえばヤンくんが焦《あせ》っちゃってたら、ゆったりとした速さの映像や音声を重ねて、落ち着いているように見せかけることもできるんだけど、そのとき読み取るのはその瞬間の心理状態だけで、それ以上の深い趣味嗜好まではわからないから安心して」

「なんだ。ヤン先輩の秘められた願望が映像化される危険はないわけですね」

アッテンボローがにやにやしながら話に入ってきた。

先輩後輩の序列をまったく気にしないヤンは、軽く笑って受け流した。

「アッテンボロー、お前さんに楽しんでもらえるほどの秘密を、私は持ち合わせてはいないよ」

「そうですか？　たとえばヒュパティアさんへの思いとか」

まったく、とヤンは苦笑した。そう言うアッテンボローこそがヒュパティアのことを気にしているのだ。

しかしヤンが文句を言う前に、ヒュパティアが大袈裟に笑った。

「ヤンくんの演技は、舞台慣れしたものではないけど、その点はかえって魅力になってると思う。本当に問題なのはわたしだよ、だからわたしも生成衣装は使う」

ヒュパティアはヤンに笑顔を向けた。

「言っとくけど、生成衣装はあくまで演者に寄り添うだけだからね。わたしたちが演技を磨かなければならないことは変わらない」

ヤン　対話によって。
ミルズ　対話によって。
ヤン　真理に近づいていく。
ミルズ　不思議だ。
ヤン　何が？
ミルズ　対話によって、真理に近づくことができるということが。我々はただ話しているだけだというのに。

ヤン　言われてみれば。
ミルズ　一人では真理にたどりつけないように世界が作られているかのようだ。
ヤン　いや。待て。一人で偉大な業績をあげた者は少なくない。
ミルズ　その業績は伝えなければ残らない。本人ともう一人。世界は二人以上でなければ成立しない。

本番まで二カ月を切った。ヤンは――この劇に参加することで退学にならないかぎりは――無事に卒業できることが決まっていた。

「ここ、説教くさくない？　全体的に、かもしれないけど」

「どうかな。台本を初めて読んだときは、なるほどねと思ったよ」

今日はジェシカたちはおらず、テラス脇の控室で二人、台本の修正を検討している。セリフを言いやすくしつつ、密度も上げていくのだ。

「今のヤンくんはどう感じてる？」

「そうだな」とヤンは少し考えて続ける。「私は大抵《たいてい》のことを軍にひきつけて考えてしまうんだ。この対話劇についても」

「当然だよ。卒業したらすぐ任官するんだから」

ヒュパティアの口調には、ヤンへの同情のような感情は含まれてはいなかった。戦争は二人が生まれるずっと以前から日常化しているのだ。

ヤンとしても任官後はいずれ戦地に赴《おもむ》くことになる。そうなれば、また会おうというような約束はできなくなってしまうのだ。

「戦闘が対話だというのは極めて古い軍事理論だ。戦闘と対話が部分的に似ていることは否定しないけれど、決定的なところが違っている」

「……目的が違う？」

「そうだね。対話では勝つことを目的とはしない。言い負かしたくなることもあるけど」

ミルズ　わたしたちの理論は万物理論に到達できたのかな。

ヤン　万物理論？　言葉と数式で世界を書き表す夢のことか。

ミルズ　まったくそのとおり。

ヤン　問題は分割すべきだよ。

ミルズ　デカルトだね。

ヤン　万物理論はそもそも存在し得るのか。私たちの理論がそれになったかどうか。

二幕目では二人の仲はかなり親密になっている。その雰囲気に引きずられるように、観客はより深く、劇が作る空間に没入していく。この頃にはヤンとヒュパティアの異性装がもたらすかもしれない違和感はほとんどなくなっているだろうとヒュパティアは予想していた。

ミルズ　存在しないことの証明は難しい。存在しても不思議ではない。可能性としての万物理論だよ。

ヤン　きみはもう少し悲観的な人だと思っていた。

ミルズ　あなたはもう少し楽観的な人だと思っていた。

ヤン　私が悲観的だと？　そうかもしれない。でも私は世界に幸運があることだけは信じている。電磁気学を拡張しようと話し始めて、まさか万物理論の入り口に到達するなんて。

ミルズ　誰にも予想できないことが起きた。まったく幸運なことだった。

ヤン　少なくとも私たちにとっては。

ミルズ　人類にとっての幸運では？

ヤン　どうだろうか。

ミルズ　もしかして兵器に使われることを心配して？

ヤン　兵器かどうかはわからない。でも、知識は鎖で縛ることはできないから。

ミルズ　未来の子たちが愚かなことをしないよう、理論に警告文を書き込みたくなるよ。

ヤン　しかし書き込むことはできない。私たちにできるのは子を作り、理論を教えることだけだ。
子という言葉によって、ここで改めて、ヤンとヒュパティアの性差を想起する観客も出てくるかもしれない。あるいは継承や遺産ということを連想するだろうか。残るもの、残すべきものとは何なのか——ヤンには永遠に結論を出せそうもなかった。万物理論が今も見つかっていないように。

ミルズ　私たちがニュートンやマックスウェルの方程式を。
ヤン　アインシュタインやシュレーディンガーの方程式を。
ミルズ　彼らの思想や信条からはいささか離れて使っているように。
ヤン　遠く離れて使っているように。
ミルズ　理論は、発見されただけで。
ヤン　私たちの名前がついたとしても。
ミルズ　（手から光の粒子を溢れさせながら）わたしたちのものではない。
ヤン　（同じく光り輝く手をゆっくり動かして）私たちが定義した概念も。
ミルズ　理論内の種々《しゅじゅ》の概念も。
ヤン　私たちの名前がついたとしても。

ミルズ　わたしたちのものではないから。

「ヤンくん、ほんとに音感いいね。掛け合いのテンポ、良かったよ」

「それはどうも。お世辞でも、もらえるものはもらっておこう」

「お世辞じゃないって」とヒュパティアはためらいがちに切り出した。「でさ、今日は晩ごはん食べに行こう、わたしのおごりで！」

「食事は賛成だけど、割り勘でいこう」

「ダメ！　ヤンくんの誕生日祝いなんだから。もうすぐ二十歳《はたち》の誕生日だよね？」

「ああ、そうだったな。しかし祝ってもらうようなことでは――」

いいからいいからとヒュパティアがヤンを連れて行ったのは、音楽学校から歩いてすぐの小さなレストランだった。

「ここ、そんなに高くないから大丈夫。前に親戚のおばさんに一度だけ連れてきてもらったんだ」

楽寮への入寮条件には、保護者の収入上限が含まれている。裕福な家庭の令嬢では入れないのだ。というようなことを彼女に言うわけにもいかないが、おごられるのは気が引ける。そもそもヤンにしてもほとんど無一文で士官学校に入ったから――おそらくはヒュパティアよりも――金銭的余裕はないのだけれど。

「入学金や授業料も免除されて、そのうえ学内に住んで、と言って〈楽寮〉を忌避《きひ》している人はいるかもしれない」

「それは制度設計に問題があるんだよ。きみが気にする必要はない」

全員の学費を免除して、全員分の学内寮を作るという方法だってある。もっとも、戦時下の自由惑星同盟において、そのような学校は士官学校以外にはないのだけれど。

「ヤンくんに言われると信じちゃうな。あ、ここは本当に大丈夫だからね。お誕生日おめでとう！」

「きみは来年か。そのときになったらわかると思うけど、あんまりめでたいとは言えないな。きみが祝ってくれたおかげで救われた気分だ」

「ヤンくんはおとなになりたくないってこと？　わたしはすごく楽しみだよ」

ヒュパティアはてきぱきと二人分のメニューを決めてしまった。

二人の前に運ばれてきた料理は、質も量も充実しており、ヤンとしては値段が気になりつつも、非常に満足度の高い食事となった。

「ねえ、ヤンくんが協力してくれているのは、わたしがジェシカの友達だから？」

「私の運動に協力してくれたジェシカのお願いだから、というのはもちろんある」

「だよね」

「でもそれだけでもない。私は目の前で何かが失われることを、すべて仕方ないと受け入れるほど人間ができていないんだ」

「じゃあヤンくんが最優先で守るものって？　人の命か」

「もちろん」

「また即答だ」

「命というものはとても不思議な、特権的な存在なんだ」

「どうして？」

「命に偽物《にせもの》はない。私の父が集めていた美術品はほとんどが偽物だった」

真贋《しんがん》が判明したのはヤンの父が事故死して、星間交易船のチームが解散するときだった。美術品を処分して船員たちの最後の給料にしようと考えていたヤンはひどく落胆してしまった。それでも船員たちはヤンを新しい船に誘ってくれたけれど。

「きみの書いたあのセリフは、だからとても気に入っている」

「どれ？　恥ずかしいな」

「——世界に幸運があることだけは信じている」

「ああ、楊博士だったら、そういうことを言うかなって」

ヤンは自分と同姓の天才物理学者が、もしも本当にそのような思想の持ち主だったとすれば——同姓だというだけではあるものの——なかなか気分の良いことだと思った。その言葉は、幸運を信じながら、幸運に期待しない人間の言葉であるように思えたから。

ヤン　この計算で正しいようだ。
ミルズ　何度繰り返しても同じ結果になります。
ヤン　きみが計算したのだから間違いないだろう。
ミルズ　わたしたちは（間《ま》）もしかして真理にたどりついたのでは？
ヤン　真理と呼ぶにふさわしいと私も思う。

ホールで練習できる日は限られている。士官学校は卒業直前までカリキュラムがあり、日曜以外は来られないのだ。その日の練習はいつになく熱の込もったものになっていた。

二人は舞台の背面に掛けられたスクリーンの隙間《すきま》を抜け、テラスを通って控室に駆け込んだ。

「ここで幕間ね。映像、やっとできたから見てて」

控室には小さなモニターが置いてあった。ヒュパティアが持ち込んだらしい。舞台の真上にある三六〇度プロジェクター内臓のカメラを経由して、ホール全体の様子が音声付きで見えるようになっている。

今日の客席にはジェシカだけ。例のヤン－ミルズ理論をイメージした楽曲が突然止まり、照明が不規則に明滅を始めた。ジェシカがきょろきょろとあたりを見回している。

そして大きな破壊音と共に、二人の研究室の壁に亀裂が入っていく。亀裂は縦横無尽に広がり、天井が崩れ始める。破片はがらがらと客席に降り注ぐ——すべてが立体映像と効果音で表現された力作だった。

「いいね。ジェシカ、びっくりしてる」

「私もだよ。二人がいた研究所が壊れたのは史実？」

「これだけは創作。時間経過を表現したいのと、〈楽寮〉が壊れるのを想起してほしくて。天井に穴が開いて星空が投影されたタイミングで舞台に戻るからね」

第二幕。満天の星空。
ヤンは百歳、ミルズは故人。ヤンが黒い腕章を巻く。
ヤンには濃い緑、ミルズには濃い青の光が投影されている。
生成衣装から時折かすかな光の粒子がこぼれる。

ミルズ　人類は未来予測できるようになっているのか。
ヤン　なるはずがない。どうして？
ミルズ　何が起こるかわからないなと思って。
ヤン　まったくだ。きみがすでに死んでいるとは。

ミルズ　わたしが死んだのは七十二歳のときだから不思議ではないが、わたしたちの理論がすべての素粒子の相互作用を説明するようになるとは思わなかった。

ヤン　ああ。超弦理論やM理論の根幹として使われている。さらに次の世代の数学や物理学の基盤になるかもしれない。

ミルズ　テーマを絞った研究をしたつもりだったけれど。

ヤン　しかし理論を適用できる対象を絞ったつもりはなかった。

そして劇は最後のシーンに入っていく。

このときヤンは自分の作り出した楊博士になっていた。そういう状態にいると感じることもなく。その感覚はこの三カ月の稽古で初めてのものだった。

ミルズ　わたしたちの理論はピタゴラスの定理になりえたのか？　多くの子供たちが知るようなものに。

ヤン　いずれそういう時代も来るかもしれない。今はせいぜい素粒子理論専攻の大学院生にとっての必須《ひっす》の教養といったところか。

ミルズ　いつかすべてがわかる時が来るだろうか。

ヤン　来ない。

ミルズ　即答だ。
ヤン　わかった瞬間、わからなくなる。
ミルズ　知が謎を生み出す。
ヤン　私たちの理論が示したように。
ミルズ　相互作用によって。
ヤン　異なる素粒子に移り変わるように。
ミルズ　わからなくても問題はない。
ヤン　まったく問題はない。

舞台は暗転する。

ヤンとミルズは暗闇のなか舞台から退場する。


二人は控室に戻り、モニターを確認する。

ジェシカが立ち上がって拍手をしている。ＡＩが設定通りにホールの照明をつけ、音楽をかけてから、退場のアナウンスをする。

ジェシカが当日の客の動きを予行して、いったんホールを出ていく。

その様子を二人ともしばらく何も言わずに見つめていた。

二人の演技はこれまでで最高のものだった。ヤンもそれがわかるほどには演技というものを摑んだのかもしれなかった。

ヒュパティアはヤンに向かって叫ぶように言った。

「ヤンくん、今の良かったよ！」

「これ以上は求められてもできないと思うね」

二人は台本を繰り返し読み、通し稽古も繰り返しやった。しかし、いま二人が演じたものは台本や稽古を大きく超えたもの——演劇だった。ヤンは生まれて初めての経験に半ば戸惑っていた。

そのときホールに駆け込んでくる姿がモニターに映った。アッテンボローだ。ジェシカに何やら尋ねている。ヤンの居場所を聞いているようだ。

ヤンとヒュパティアはようやく気をゆるめ、顔を見合わせて笑った。

二人がホールに戻ると、アッテンボローが駆け寄ってくる。

「ヒュパティアさん！　懸賞金の行方がわかったんです！」

「ホントに？」

ヤンは後輩をなだめるように言った。

「それはお前さんの手柄として大いに讃えられるべきだが、その言い方ではまるで懸賞金をいくらかでも貰えたみたいだ」

「それがですね、貰えたんですよ！　しかも全額！」

5　開幕と祝祭

本番当日、階段席のチケットは予約で完売、立ち見席を急遽《きゅうきょ》作ることになった。会場担当のラップとジェシカがてきぱきと動いている。

告知はアッテンボローが進めた。ヒュパティアの当初の目論見《もくろみ》どおり、寮出身の著名人たちも集まっている。

「まさかこんなに来てくれるなんて」

「今どきの軍人は広報活動もできないと——というのはヤン先輩の言葉で、告知はほとんど先輩のアイデアなんです」

「そう、ヤンくんが……」

アッテンボローは地球時代の電子情報を精査した結果、一つのニュース記事を発見した。ヤン－ミルズ理論関連を含む七つの懸賞問題を主催したクレイ数学研究所は、二十一世紀中葉に解散する直前、〈全権委任ＡＩ〉を制作、情報ネットワークに〝放流〟していたのだ。

そしてそれは——情報統制の強い銀河帝国側のネットワークではなく——アーレ・ハイネセ

ンが持ち出した電子アーカイブ内部に紛れ込み、さらに自由惑星同盟のネットワークのなかで生存し続けていたのだ。

「千六百年もずっと賞金の管理をしてるなんてね。時の環《わ》が閉じたみたいだね」

とヒュパティアは感慨に満ちた口調で話している。

「AIもすごいですけどね、発見した自分もすごくないですか」

目的を果たしたAIは、今後は研究所の歴史を語り続けるというメッセージを残して去っていったという。

ワンピースを着て準備万端のヤンが、アッテンボローに笑いかける。

「みんなわかってるよ。今日の客の大半はお前さんのおかげだ」

「そうだよ。本当にありがとう！」

「ヒュパティアさんにそう言ってもらえただけで、自分は満足です」

アッテンボローは自分が懸賞問題を解決したわけではないと正直にAIに告げた。しかしもはや誰が最初に解決したのかは調べようもなく、AIは最初の申請者であるアッテンボローに賞金を授与すると判定したのだった。

AIはできるかぎり賞金を延命させるべく、時代ごとに最適な資金運用を模索していたという。そしてネットワーク上での邂逅《かいこう》の翌日、アッテンボローの個人口座に振り込まれたのは、五百七十一ディナールだった。

「数十年前には八億ディナールまで増えたみたいです。時代が少しだけ違っていれば……」

自由惑星同盟軍においては大将の年収がおおよそ十五万ディナール。〈楽寮〉の寮費が四十五ディナール。五百七十一ディナールは、公演のポスター百枚とチラシ千枚を作ると消えてしまった。

アッテンボローはその経緯を記事にまとめ、ハイネセンの電子新聞に投稿した。記事は惑星全土で読まれることになり、賞金の使いみちを記事のオチにしたため、〈楽寮〉での劇についても広く知られることになった。問い合わせが殺到し、一時は中止にすると音楽学校が通告してきたものの——その展開はヤンが予期していて——ラップとジェシカに頼んであらかじめ関係各位に手を回し、無事に今日の公演を迎えることができたのだった。

ラップとジェシカが控室にやってきた。

「キャゼルヌさん来てるぞ。理事会のメンバーも何人かいるみたいだ」

「配信の視聴者も千人を超えたよ。頑張って、ヒュパティア、ヤン」

そこでヒュパティアが叫ぶように言った。

「三人ともありがとう！　そういう話は全部あとで！」

そうして控室はヤンとヒュパティアの二人きりになった。

いつもの練習のときのように。

「ごめん、大声出して。雰囲気を切り替えようと思って。わたし、ヘンだよね」

「私もラップもジェシカも、そういうきみがすきなんだ。アッテンボローは特にね。きみに人望がないなんて信じられないな」
「……ありがとう。——じゃあ最後の練習をしましょう」
二人が向き合った。
ヒュパティアがおもむろに口を開いた。

ミルズ　はじめまして。ヤン博士。
ヤン　はじめまして。ミルズ博士。
ミルズ　お噂《うわさ》はかねがね。
ヤン　こちらこそ。

それは始まりのシーンだった。

ミルズ　高名なヤン博士と同じ研究室とは光栄です。
ヤン　きみが優秀であることは聞き及んでいる。
ミルズ　今のあなたのテーマは？
ヤン　電磁気学の拡張だ。

ミルズ　素晴らしい。基本的なテーマです。世界の本質にかかわっている。
ヤン　興味があるなら少し話そうか。

開演のブザーが鳴り響き、舞台に映像が流れ始める。

「行ける？」
「もちろん」

ミルズ　しかし可能でしょうか。千年解かれていない問題もある。
ヤン　これはもうすぐ解けるだろう。
ミルズ　なぜわかるんです。
ヤン　進展している手応えがある。ゆっくりではあるけれど。
ミルズ　あなたが言うならそうなのでしょう。
ヤン　きみのおかげだ。この理論が完成した暁《あかつき》にはヤン－ミルズ理論と呼ばれるようになるだろう。

いくつかのミスはあったものの、何とか一幕目を終えて、ヤンとヒュパティアは控室に戻った。

二人は用意していた水を黙って飲み干した。

「ヤンくん良いよ。その調子で」

「え？　ああ、ありがとう」

ヤンは返事もそこそこに汗を拭い、腕章を巻いた。

「よし、ラスト三十分、行こう、ヤンくん」

ミルズ　いつかすべてがわかる時が来るだろうか。
ヤン　来ない。
ミルズ　即答だ。
ヤン　わかった瞬間、わからなくなる。
ミルズ　知が謎を生み出す。
ヤン　私たちの理論が示したように。
ミルズ　相互作用によって。
ヤン　異なる素粒子に移り変わるように。
ミルズ　わからなくても問題はない。
ヤン　まったく問題はない。

ヤン－ミルズ理論を元にした楽曲が最高潮を過ぎ、終幕を示すために、舞台が暗くなっていく。

そして完全に暗転する直前――ヤン／**ヤン**が言葉を発した。

ヤン　それでも。

それはアドリブだった。意識したのではなく、しかしそれがこの瞬間における必然だと感じて、自然に言葉が出たのだった。

ＡＩが判定不能状態に陥《おちい》り、舞台の音楽と映像が止まった。

ヒュパティアは困惑を制御しながら、ヤンに問い返す。

ミルズ　それでも？

ヤン　きみと話せて良かった。

ヒュパティアはうなずき、ヤンの言葉を継いだ。

ミルズ　その喜びはずっと残る。

ヤン　ありがとう。

ヒュパティア・ミルズ／**ミルズ**の目には涙が溢《あふ》れていた。しかし彼女はそれを零《こぼ》すことを必死に堪《こら》えていた。最後まで演技をしようとしているのだ。

ミルズ　こちらこそ。

二人の沈黙が続き、ＡＩが終幕の判定を出した。

今度こそ舞台が完全に暗転した。


ヤンとヒュパティアは暗闇のなか、舞台背後の幕をすり抜けて退場する。

二人がテラスに出て、音楽が完全に消えて、ホールが明るくなる。

ホールから拍手が湧き上がり、テラスまで覆い尽くした。

万雷の拍手とまでは行かなかった、とヤンは後年懐かしげに語ったのだけれど、とはいえ盛大な拍手がこのときの二人を包み込んだのは事実だったと、さらに後にアッテンボローは自著に記《しる》すことになる。遠き日のヒュパティアへの淡い思いと共に。

そして拍手を聴いていたヒュパティアがタイミングを見計らって舞台に戻る。カーテンコールだ。ヤンも続いて、二人揃って観客に深々と感謝の礼をする。

拍手が一層大きくなった瞬間、二人は顔を上げ、再び礼をしてテラスに出た。

ヤンが控室に入った瞬間、ヒュパティアが抱きついてきた。

「終わった！　終わったよ！」

いつもは落ち着いているヤンも、さすがに興奮していて、ヒュパティアを抱きしめた。

二人は見つめ合い——拍手はいつまでも止まない。

「もう！　あと少しだったのに！　仕方ない、ヤンくん、行こう」

「どこに？」

「もう一回カーテンコール！」

ヒュパティアがヤンの手をとって控室を駆け出していった。


士官学校卒業式当日は、雲も風もなく、ロケットを打ち上げるには完璧な天候で、来賓《らいひん》のハイネセンポリス市長は幾度となく、士官候補生にふさわしいと言祝《ことほ》いだ。

芝生の植わった校庭には千人超の卒業生とその家族が列席していた。無論その中にヤンの家族はいない。しかし今は——軍に複雑な思いを持つヤンとしてはいささか不本意だったが——同期の友人たちを家族のように感じていることに驚いていた。

式が恙《つつが》なく終わり、ヤンがラップと話していると、キャゼルヌが軍の礼服をまとって現れた。ヤンたちと同じ、同盟軍の第一種正装だ。

二人は敬礼をした。

キャゼルヌが短く返礼する。

「問題児たちがちゃんと学校から出ていくのを見届けないとな」

「自分たちの知らないところでもキャゼルヌさんが色々やってくれたんだと思います。ありがとうございます」

「俺は何もしてないさ。面倒なことは全部、シトレ校長とエドワーズ事務長に回したからな」

「後でお二人には礼状を。戦史研究科のときにもお世話になりましたし」

ラップがいつも以上に真面目な顔で頭を下げた。ヤンも殊勝《しゅしょう》にうなずく。

キャゼルヌが二人を軽くにらんだ。

「よせよせ。学校は次のガキ共を迎え入れる準備で忙しいんだ。五年後、十年後にお前たちが出世したと聞くだけで結構だ」

ヤンとラップが敬礼すると、キャゼルヌはふっと笑って短く返礼し、去っていった。

待ち構えていたアッテンボローが声をかけてきた。

「ヤン先輩、ラップ先輩、卒業パーティーは自分たちが用意していますからね。会場は『黒猫亭《ブラック・キャット》』です」

「アッテンボロー、本当に世話になった」

ヤンは愛すべき後輩と固く握手をした。数年後、二人は同じ艦隊の上官と部下として共に銀河帝国と戦うことになる。

演劇公演後、久しぶりに寮を訪れた元寮生たちはヒュパティアから現状を知らされ、音楽学校に意見書を提出した。音楽学校理事会は〈楽寮〉の部分補修を決定、長期的に使用する方針を固めた。さらに学生との連絡会を設置すると共に、宇宙暦八〇〇年に向けて新キャンパス構想を策定していくことになった。最終決定は、つい昨日のことだった。

「寮がその構想に入ってると良いですね。十三年後なんて想像できないですけど」

「十三年後は三十三歳か。想像したくないな」

「自分も三十になります。ヤン先輩、二十代の謎も解き明かせないうちに、三十代のことを考えるのはやめましょう」

「その表現は悪くない」

二十代の謎か。

ヤンは小さな交易船と、このそれほど広くはない士官学校で、二十歳になるまでの多くの時間を過ごした。これから自分が体験する世界のほとんどが戦場だということはわかってはいるが、宇宙はそれよりもう少しだけ広く、戦い以外のことも起こりうるのではないか。

「軍服、似合わないね」

いつのまにか目の前に立っていたヒュパティアが話しかけてきた。彼女が見せる微笑みには、生成衣装のように、寂しさの粒子がまとわりついている。

「ヤンくんにとって二十歳は任官する年齢だったんだね、わたし……」

「あのとき言っただろう。きみに救われた気分だと。――来てくれたんだ」

「ジェシカに誘われて、ね」

ヒュパティアの美しい赤毛はほんの少し伸びていた。今日の彼女は、式に合わせたらしい、しとやかなスカート姿だった。劇は終わったのだ。

ジェシカが少し離れたところからこちらを見ていることにヤンは気づいた。ヤンとヒュパティアを見守るみたいに。

まいったなと思いつつ、ヤンはヒュパティアに向き合った。

ヒュパティアがふわりと、ヤンに手を差し出した。

ヤンはそっと握り返した。彼女の手は小さく、温かで――つまりは自分はこれからこの温もりを遠く離れて、冷えきった宇宙へと向かうのだ。

「そうだ。私を演劇に誘った、もう一つの理由を教えてもらうんだった」

「覚えてた?」

「いま思い出した」

「……わたし、ヤンくんのこと、ずっと前からすきだったんだよ。一緒に劇ができて本当にうれしかった。卒業、おめでとう」

そう言ってヒュパティアはゆっくりと手を離した。

「ありがとう」

ヤンはできるかぎり自然に応えるだけで精一杯だった。演劇の練習を始めたばかりのように。

「ありがとうはわたしのセリフだよ。思った以上の勝利だった」

「勝利か。そうだね」

劇によって寮はこれから十年は存続するはずだ。それから先は誰にもわからない。建て替えか補修か、はたまた廃止か――それでも今回は勝ったと言っていいだろう。永遠の存続は望みすぎというものだ。

式典後のざわめきのなか、二人は――今となっては懐かしい――舞台の日々を思い返していた。少なくともヤンは、もうあのような時間を過ごすことはないのだ。

「ヤンくんは楽しかった？」

「ああ、本当に。きみと会えて良かった。きみの卒業は来年だね。あらかじめお祝いを言っておくよ。……元気で」

ヤンはヒュパティアにもう一度だけ微笑んでから、士官学校の校門に向かった。門を出れば、名実共に士官候補生から士官となる。

軍人になれば休暇も自由にはならない。ヒュパティアの卒業式に出席できる保証はまったくない。むろん、自由惑星同盟なのだから、退役する自由はいつでもあるけれど。

いや、とヤンは思い直した。それくらいの自由は銀河帝国の軍にもある。むしろ一定期間を軍人として勤務しなければ、無料だった学費の一括返済を求められる分だけ、同盟のほうが不自由かもしれない。

「ヤン・ウェンリー！」

ヒュパティアの声がハイネセンの空に響いた。

ヤンは振り返る。

ヒュパティアは舞台と同じように華《はな》やいでいた。

「今度は世界を守って」

ヤンは頭をかいて誤魔化《ごまか》した。

「私の手の届く範囲で」

ヤンは卒業後、少尉として統合作戦本部記録統計室に任官した。

この日以来、二人が会うことはなかった。

ヒュパティアは翌年から小学校の音楽教師として多くの星々で勤務し、惑星ハイネセンに戻るのは十五年後のことだった。

一方ヤンは卒業から十三年、魔術師とも称される軍事的才能によって異例の出世を果たし、帝国に対する劣勢を退け、新銀河帝国皇帝ラインハルト・フォン・ローエングラムとの対話を引き出すことに成功する。しかし、ヤンは会談の場に向かう途中、同盟と帝国の共倒れを願う地球教徒の放った凶弾によって命を落とした。享年三十三。それはラインハルトが制定した新帝国歴二年――宇宙暦八〇〇年のことだった。もし対話が実現していたら何が語られていたのか――すでに歴史となった以上は、想像するほかはない。

ヒュパティアは定年を迎えるまで音楽教師を続け、時折友人とした演劇のことを子供たちに楽しそうに話したという。

晴れあがる銀河

藤井太洋

■藤井太洋（ふじい・たいよう）

一九七一年鹿児島県生まれ。国際基督教大学中退。二〇一二年、電子書籍のセルフ・パブリッシングで発表した『Gene Mapper -core-』が注目を集め、一三年に『Gene Mapper -full build-』として出版されデビュー。一五年に『オービタル・クラウド』で第三五回日本SF大賞ならびに第四六回星雲賞を、一九年に『ハロー・ワールド』で第四〇回吉川英治文学新人賞を受賞。他の著作に『ビッグデータ・コネクト』『東京の子』『ワン・モア・ヌーク』などがある。

帝国軍航路局のシュテファン・アトウッド少尉は、電源の入っていないスクリーンに映る自分の制服姿を確かめていた。

今朝ロッカーに届いていた金モール付きの士官服は、地球《テラ》の人類が生まれた大陸にルーツを持つ褐色《かっしょく》の肌と、眉、目、鼻、口の大きな造作、丸く膨れた金色の縮毛、そして青い瞳という、いささか混乱した人種的な特徴に似合わない。詰襟《つめえり》のホックを外して袖《そで》をまくれば少しはマシになるだろうか、などと考えていると、開けてあるドアにノックがあった。

「どうぞ」

答えて入り口に向き直ると、今年の秋に入ってから中央庁舎で見かけるようになったメッセンジャーボーイの姿があった。真っ白な肌と金髪、そして青い瞳を持つ少年は、半ズボンからにょっきり伸びた両足をピタリと揃え、非の打ち所のない敬礼を披露した。

「航路情報管理分隊長、シュテファン・アトウッド少尉どのはご在室ですか」

「アトウッドは俺だけど――」

言いかけたアトウッドは、少年が敬礼のまま固まっていることに気づき、慌てて答礼してから続けた。

「部署名が違う。ここは航路情報管理室だよ」

この少年にメッセージを託した者が勘違いしたのだろうが、分隊と呼ぶからにはせめて七名は配して欲しいものだ。

不満が顔に出てしまったらしく、少年は顔を引きつらせる。しまったな、と思ったとき、少年の背後に大きな人影が立った。

「うわあ課長、ゲルマン制服が似合わないですねえ」

「課長？」と、少年メッセンジャーが目を丸くする。

現れたのはカメリア・ランカフだった。階級は軍曹だ。

身長一九〇センチ、体重を聞いたことはないがおそらく一〇〇キログラムは優に超えているであろう彼女は、丸々とした指で、呆然とした少年が携えている革のフォルダーを指差した。

「それは課長あて？」

アトウッドよりも濃いチョコレート色の肌の指から、わずかに後退《あとずさ》った少年は消え入りそうな声で抗《あらが》った。

「アトウッド少尉への、命令書です」

「あらそう、やっぱり課長あてね。じゃあ、受け取っとくよ」

フォルダーを取り上げたカメリアは、少年に手を振って部屋に入ると、受け取ったフォルダーで廊下を指した。

「課長は見ました？　ホールにぶっ立てられたルドルフ像」

アトウッドは顎をしゃくって、オフィスの天井に取り付けられたカメラを指し示す。カメリアは「ははっ」と笑った。

「ルドルフはルドルフだし、課長は課長ですよ。ここのオフィスだって、制服を除けば何にも変わってない。帝国軍の航路情報管理室なんかじゃないんです」

頬を膨らませるカメリアに、アトウッドは苦笑いしてしまう。宇宙暦《SE》が三一〇年で時を刻むのをやめてからまだ二年しか経っていないのだ。連邦の文官組織が帝国軍に変わったところで、制服が似合うようになるわけでもない。もちろん、属する者の精神もだ。

しかし、指摘はしておこう。アトウッドは表札の掛け替えられたドアを指差した。

「君の言う通りだよ。この部屋は帝国軍の航路情報管理室じゃなくなったらしい」

「消滅したんですか？　大歓迎ですよ。失業保険が簡単に出るんで」

「そんな甘い話があるか。組織変更だよ。さっきのメッセンジャーによれば、この部署の新しい名前は航路情報管理分隊だということだ」

「あら勇ましい。じゃあ、課長は隊長さんになったってわけ？」

「そうらしいね。大方、そのフォルダーは辞令だろう。少尉に任命されたからにはその分は働け、と言うことだ」

アトウッドがデスク越しに伸ばした手に、カメリアはフォルダーを載せた。

「ありがとう――」「……ちょっと」

アトウッドは口をつぐみ、カメリアもフォルダーを渡したままの姿勢で固まった。二人の目は、革の表紙に象嵌《ぞうがん》された双頭鷲の紋章に釘付けになっていた。

レターヘッドや、オフィスの前に掲げられた旗などよりもずっと手の込んだ紋章の目には、緑色の宝石も埋め込まれている。何より、紋章の下に組織の名前が書かれていないフォルダーなど、見たことがない。

アトウッドはフォルダーをデスクに置いて、恐る恐る中を開き、閉じた。目も閉じて金色の縮毛をかきむしる。カメリアが、可聴域の下端すれすれの声で尋ねた。

「皇帝から――？」

うなずいたアトウッドは、フォルダーを開いてカメリアに読めるように回した。

もっとも、逆さのままでも読めたはずだ。命令は、わずか一文だった。

〝余は正統なる銀河の航路図を求む〟

「おはようございます。あれ？」

シュテファン・アトウッド少尉とカメリア・ランカフ軍曹が、命令書を開いたデスクを挟んで立ちすくんでいると、三人目の同僚、ホンダ・スマイリー軍曹が入り口に立った。姓を先に書くE式姓名のスマイリーだが、静脈が透けるほど白い肌と真っ青な瞳と短く刈り込んだ金髪は、新たな帝国が好む「ゲルマン風」そのものだった。体つきも理想的と言っていい。一八八センチの長身は帝国暦の開始とともにテオリアで流行し始めたボート競技のおかげで厚みのある筋肉に覆われている。

開いたままのドアの脇を歩く時、表札の変更に気づいたらしいスマイリーは、アトウッドのデスクに近づきながら言った。

「組織変更があったんですか」

「らしいね」

ぼんやりと答えたアトウッドに怪訝な顔を向けたスマイリーは、表札を確かめてから言った。

「航路情報管理分隊。つまり、少尉もついに隊長になったというわけですか。部隊を編成する折には人事データの整理をぜひ——」

「らしいね」

「少尉？」

二人の心がここにないことに気づいたスマイリーは、デスクの上に視線を落とし、そこに開かれている命令書に気付いて姿勢を正した。

「陛下直々のご下命ではありませんか」

「見たことがあるのか?」

「いえ初めてですが、話には聞いています。足長のRは直筆の特徴と言われています」

「そうか」

アトウッドはフォルダーに挟まれている紙を見直した。

普通の命令書ならばタイトルがある場所には、見事な筆記体で「銀河帝国帝国軍　宇宙軍統括師団　航路局　航路情報管理分隊長　シュテファン・アトウッド少尉」と書かれていた。

その下には一行の命令文があり、流麗な文字でしたためられた帝国暦二年八月十六日という日付の下に、特徴的な「R」の文字のサインが描かれていた。

それでおしまい。結局、この書類の情報量は、期限も、手段も、予算も、相談していい部門も書かれていないわずか五単語の命令に尽きるのだ。

〝余は正統なる銀河の航路図を求む〟

「これが皇帝の命令というものか」

ため息と共にそう漏らし、内心でやってられないな、と思ったところでスマイリーが口を開いた。

「そのようですね」

「何が？」

「陛下が直々にくださった下命だということです。サインも直筆ですし、フォルダーの革も、オーディンの直轄領で育てられた仔牛革《カーフ》のバックスキンです」

スマイリーはフォルダーを持ち上げて、表紙を改めた。

「双頭鷲の目にエメラルドが象嵌されていますね。電子顕微鏡で見ると、結晶構造の中にも同じ紋章が刻まれているはずです。これは本物ですよ。どこに持っていっても皇帝陛下の命令書として通用します」

アトウッドは、何秒か口を開けたままスマイリーの顔を見つめていた。向かい側ではカメリアも同じように、スマイリーを見つめている。

スマイリーは二人を見渡してから言った。

「だから、そうですよ。この命令書を持っていって、勅命だって言えば、大概のことは叶えられます。民間企業だって言うことを聞くんじゃないかな」

「そういう風に使うものなのか」

「他に何がありますか」

航路図を作っている間、アトウッドはルドルフの力を使えるというわけだ。しかし失敗すれば、あるいは皇帝に「遅い」と思わせてしまえば、一生日の目を見ることのない辺境へ追いやられてしまうのは間違いない。より悲惨な未来もありうる。手を尽くし、皇帝の権限を借りて航路図を作り上げることができたとしても、皇帝が満足しなければ結果は同じだ。

こんなことなら、少尉の内示を受けたときに、軍を辞めておけばよかった。そもそも航路局が軍になる未来を知っていれば、ルドルフに投票はしていない。

再びため息をつくと、スマイリーが首を傾げた。

「でも、航路図ってあそこにあるでしょう?」

爪まで手入れの行き届いた白い指が差したのは、壁一面のディスプレイに描かれている航路図だった。

三世紀もの間、銀河連邦の行政中心を担ってきた惑星テオリアを擁するアルデバラン系を中心に描いた航路図だ。航路図の上部にはシリウス、ヴェガ、プロキシマや人類発祥の太陽《ソル》系といった歴史ある領域が描かれていて、右手には帝国が首都を置くヴァルハラ系が描かれる。下部はキフォイザーやアルテナなど、最近の開拓によって開かれた領域だ。

網の目のようにそれぞれの星系を結ぶ航路は、左手に行くに従ってほつれていた。変光星や巨星、星間物質によって航路が切り開けない領域が始まるのだ。かろうじて、数年前に航路が見出されたアムリッツァが描かれているにとどまっている。

「あれを提出するだけですよね。もちろん銀河連邦《USG》の色合いを消して」

派手なため息をついたのはカメリアだった。

「ホンダさんがうちに来て、何ヶ月経ちましたかね」

「三ヶ月ですかね。あ、僕も軍曹です」

だからどうした、という顔でカメリアはコンソールに一冊の書物を立ち上げた。

「渡しておいた航宙概論、読みました?」

「あ、ええと……まだ」

カメリアはコンソールを操作して、航路の中心にあるアルデバラン系を拡大した。戸惑ったスマイリーに、アトウッドは画面を見るよう促した。

これから、航路の本質が見えるのだ。なぜ航路図の提出でここまで悩んでしまうのか、そして、航路とはなんなのか。

はじめは手のひらを使って勢いよく航路図を拡大したカメリアが、コンソールに指先を立てて、画面の動きを緩やかにする。ちょうど、アルデバラン系が画面に大写しになったところだった。全図では、星系から四本の太い航路が上下左右に生えているように描かれていたが、ここまで拡大すると、それぞれの航路が何百、何千もの線の集合体であることがわかる。

そしてその起点もまとまってはいない。星系のあちらこちらに、波打つ面の上に絵具を吹き付けたかのように散らばっているのだった。

「なるほど、航路は、いくつもの線の集合体だということですか」

アトウッドは、画面を指さした。

「そうだ。例えば、テオリアとオーディンを結ぶ航路をこの拡大率で見ると、二四〇〇本の単位航路が見える。一つ一つの線は、亜空間跳躍に使う座標対を結んだものだ。易しい言葉で言うと、跳躍《ワープ》の入り口と出口だな。それを結んだ線のことを航路と呼んでいる。便宜上、直線で描いているが、実際は亜空間を通るので、この線の上を艦が移動するわけではない。わかるかな」

「……はい、なんとか」

「カメリアさん、航路を一つアップにしてください。あ、それでいいです。諸元を表示して」

航路の起点からは線が引き出されて、識別符合と何種類かの座標、突入ベクトルと、亜空間長、そして何より大切な利用実績を示すスコアが表示された。人や荷物、あるいは兵器で死を運ぶ船乗りたちは、概ねこのレベルの航路図を参照している。船の性能と相談しながら航路を選び、指示された座標に、決められた角度で進入すると、亜空間跳躍——跳躍《ワープ》が行えるわけだ。

そして、単位航路は一度に一つの艦しか使えない。

膨大な艦艇を一斉に動かす軍の航宙計画では、移動させる艦艇数と座標の数のバランスを見極めるセンスが問われる。数秒で亜空間を通り抜けられる軍用の亜光速ドライブをもってしても、万単位の艦を、多くても数十ほどしかない単位航路で通すには、精密な艦隊運動を行わなければならない。この手順を無視して手近な、あるいは精度の足りない計算で航路に飛び込んでしまえば、亜空間に飲み込まれてしまう。

もっとも、本格的な艦隊戦などもう百年も行われていないのだが。

そんな説明を頷きながら聞いていたスマイリーがまばたきをした。

「さっきから気になっていたんですが、拡大したり縮小したりすると、星系の位置関係が歪む気がするんですけど、気のせいですか」

「いいや。それが問題なんだ。カメリアさん、全体像をもう一度見せてください」

画面に近づいたアトウッドは、航路図の右寄りに描かれているヴァルハラ系第三惑星、オーディンを指差した。

「今回作らなければならない航路図では、ヴァルハラ系を中心におかなければならない。命令の性格上、これは絶対、そうする必要があるんだ」

カメリアは渋々、スマイリーは熱心にうなずいて付け加えた。

「もちろんそうでなければなりません」

「しかし、そう簡単な話じゃない。航路は本来、跳躍《ワープ》可能な対の座標でしかない。それを二次元的に押しつぶして、空間の配置に合わせて可視化しているだけなんだ。カメリアさん、試しにオーディンを中心にしてみて」

航路図がずれて星系の配置が変わった。ルドルフが海賊退治で名を馳《は》せたアルタイル系が画面下から右隣へと移動し、太陽系《ソル》やヴェガ系などの旧領域が膨れ上がった。辺境と呼ばれるカストロプ系は内側に畳《たた》み込まれてしまっている。

何より問題なのは、銀河連邦の行政中心のあるアルデバラン系が、ヴァルハラ系と重なってしまっていることだ。カメリアが少し図の中身を動かすと、アルデバラン系がヴァルハラの右や左に、瞬時に移動してしまう。

「あらら」スマイリーが顎を撫でる。「これは、お見せできませんね」

カメリアが鼻を鳴らした。

「航路を描くプログラムは、空間的な座標と航路が大きく矛盾しないように作られているんだけど、テオリア周辺は航路が集中しているから、中心を外して置くと面倒なことが起こるわけよ。今までは問題にならなかったんだけど」

「これを解消するには？」

アトウッドは、命令を受けてからずっと考えてきたことを口にした。

「大きく分けて三つの方法がある」

カメリアがうなずいて、指を追った。

「一、航宙図のプログラムを書き換える。二つ目は、手で一から描く。三つ目は、重心を崩す原因となっている航路を間引いて、ヴァルハラを宇宙の中心になるよう据え直す」

「一番が楽そうですね」

「楽というか、本質的な解決法かな。ただし、すべての航宙艦が使っているプログラムを書き直すことになる」

「ダメですね。じゃあ、二番は——手がかかり過ぎますか」

「大きな航路だけならすぐにでもまとめられるけど、十五万の可住惑星をすべて網羅《もうら》しようとすると、難しいな。そもそも手が足りないし、作業指示書をまとめているだけで——」

皇帝、と呼ぶのは無礼だろうか。と思って言葉を切ると、スマイリーが正しい単語を口にしてくれた。

「陛下をお待たせするわけにもいきませんね。では三番ですか」

アトウッドとカメリアはうなずいた。

「ただ、重なっている航路を消すだけだと、今見えている航路にも影響が出てしまうから、いくらか新しく航路データを買わなければならない。オーディンに出入りするものを中心にね」

「売ってるんですか」

アトウッドはカメリアに答えるよう促した。部屋の中央にあるカメラのマイクに、この単語を拾わせたくはない。幸い、カメリアはカメラに背を向けている。

褐色の肌の手をデスクについて身を乗り出したカメリアは、スマイリーにささやいた。

「海賊《パイレーツ》の跳躍《ワープ》記録」

「どこらへんが使えそうですかね」

カメリア・ランカフ軍曹がコンソールを操作して、スクリーンに事業者要覧を映し出した。壁一面に会社名と連絡先、そして受託事業番号が並び、リストの下部には次の画面があることを知らせる矢印が点滅していた。

「やめましょうよ。海賊から買うなんて」

ホンダ・スマイリー軍曹は、明らかに腰が引けた様子でスクリーンの前を行ったり来たりしていた。

「何を勘違いしてるんだ。海賊が作成したデータを買うんであって、直接海賊と取引するわけじゃない」

シュテファン・アトウッド少尉はカメリアに向きなおった。

「カメリアさん、今、いったい何社表示したんだ?」

アトウッドがたずねると、カメリアはスクリーンに八桁のページ数を映して答えた。

「十五億社ぐらいでしょうか」

「億かあ」

天井を仰《あお》いだアトウッドにカメリアが笑顔を向ける。

「延べ数ですよ。連邦三〇〇年で、一度でもなんらかの公共事業を受託した企業の。最盛期には三〇〇億人を数えましたから、これでも少ないと思うんですけどね」

「なるほど。しかし、なんでまた全部表示したんだ。航路の買取だけでいいのに」

「無計画な部署改廃のおかげで、航宙省がなくなったからです。受注番号で、航路関係に絞り込みました」

カメリアが一歩下がると、リストが書き換わる。

「現存する企業と団体で、航路関係の事業を連邦から請負ったことがあるのは十二社ですね」

アトウッドはリストの中に、ゴシップ紙に現れる団体がいくつか混じっていることに気づいた。

「シリウス協同組合は、海賊の外郭団体だとかいう噂がなかったか？」

「ある程度は諦めるしかないですよ。ウッド提督がいた頃ならともかく、いまだに未踏宙域で跳躍《ワープ》して航路を拡張しているような組織は海賊ぐらいですし、座標・航路データの販売は、彼らにとってもいい商売になっているようです。それでも海賊行為の噂がある法人は、今回の案件から外《はず》しますか？」

「当然です」

スマイリーが硬い声で答えた。

「陛下がどれだけ海賊を憎んでいらっしゃるか、ご存知ないわけではないでしょう。もしも航路図を作成するために海賊の手を借りたと知られれば、よくて左遷《させん》。悪ければ――」

廊下にあるルドルフ像に目配せしたスマイリーは、像から見えない位置で喉に人差し指を当て、横に撫でた。ルドルフが本当に海賊を憎んでいるのかどうかはわからない。アトウッドなどは、人気を高めてくれた海賊に感謝しているのではないかと思っているぐらいだが、内務省でスパイごっこをやっている連中が民衆に信じさせようと躍起になっているルドルフ像は、海賊を撲滅した偉大なる銀河帝国皇帝だ。

「海賊の噂がある業者は外してくれ」

アトウッドが命じると、カメリアは上司の弱腰を鼻で笑い、スマイリーは露骨に安堵の息をついた。

「勘違いしないでくれよ。海賊が未踏宙域の航路データを大量に保有しているのは間違いのない事実だが、連中の縄張りは狭すぎる。俺たちが作るのは、連邦——いや、帝国の航路全図だ。個別の宙域しか行き来しない海賊なんかと契約していくのは効率が悪すぎる。そんなことは業者に任せればいい」

「おっしゃる通りですね。ついでに星系ごとのローカル事業者も外しましょう。残るは三社です。詳細表示します」

アトウッドは画面に一歩近づいた。

「シリウス系の銀河通商通信社《GTT》と、ヴェガのアスタウンディング旅行社、あとはプロキシマのラープ商会か」

シリウス系やヴェガ系も、そしてプロキシマ系の名前は学生でも知っているが、それは、人類が、地球《テラ》や太陽系《ソル》を見限った歴史を学べばこそだ。航路のような特殊な事例を除いて、これら旧領域の星系がビジネスの分野に現れることはほとんどない。

「どこも遠いなあ」

スマイリーが素直な感想を漏らすと、カメリアが笑って答えた。

「航路というのは、つまるところ跳躍《ワープ》の歴史です。旧領域の企業が大きなデータを保有しているのは不思議なことではありません」

「テオリアに支社がある企業は？」

カメリアは、リストの一番下を指差した。

「ラープ商会です。呼びますか？」

うなずきかけたアトウッドは、慌ててかぶりを振った。

「出向くとしよう」

アトウッドはホールの中央であたりを睥睨している大帝の像をチラリと見つめた。彼の命じた帝国全図を作るためには、海賊が蓄積してきた航宙データがどうしても必要になるのだ。不敬な話は避けられないし、そんな話を、あの像の立つ空間で行うのは気がひける。

「スマイリー、面会をセッティングしてくれ」

＊

テオリアの行政センターを見下ろす山岳地帯に、ラープ商会の支社はあった。地図ではわからなかったが、中央庁舎から地上車《ランド・カー》で二時間の道のりを経て向かった先にある別荘の一つが支社の社屋なのだということだった。

門から入った車がロータリーを回って、玄関の大きな庇の下に止まると、恰幅《かっぷく》の良いスーツ姿の男性が出迎えてくれた。ローレンス・ラープ三世と名乗った初老の男性は、きびきびと動き、軍服姿の三人を館へと招き入れた。

「呼び出してくだされぼこちらから出向きましたのに。シュテファン・アトウッド少尉に、カメリア・ランカフ軍曹、ホンダ・スマイリー軍曹ですね」

そう言われて招かれたのは、古風な外観からは想像できなかったモダンなオフィスだった。白を基調にしたソファのセットに腰かけた三人は、正面の壁に掲げてある金属製の航路図に目を見張った。

「やはり目が行きますか」

ラープが、恐縮しながらも誇ってみせる。

「ええ、見事なものです」

航路図の中央に、銀河連邦《USG》の行政中心であるアルデバラン系のテオリアが描かれているのは、アトウッドたちの航路図と変わらない。だが、テオリアのすぐ脇に配されたオーディンには、オフィスの航路図には描かれていない航路が密集していた。

「この航路図は、常に更新しているんですか？」

「ええ。それが数少ないラープ家の当主の仕事です。新たな航路が確定するたびに、専用の小型炉で溶かしたスズと亜鉛を炭素棒につけて、壁に描いていくのです」

「やり直しの効かない作業ですね」

「そうでもありません」

ラープはかぶりをふった。

「初代が作ったときは皆さんが旧領域と呼ぶ、太陽系《ソル》、シリウス系、ヴェガ系が真ん中にあったと聞いています」

「旧領域を中心に据えるということは、三百年ほど前ということですか」

「西暦を使っていた時代ですね。あれを創業と言っていいのか……もともとは宇宙省航路局航行安全部の、航路調整課でした」

連邦政府の組織に詳しくなってしまったスマイリーが首を傾げる。

「そんな部署がありましたかね」

「おや、さすがにご存知ありませんか」

ラープは、壁の航路図に顎をしゃくって、テオリアのあるアルデバラン星系の上部を見るように促した。細い航路が密に飛ぶ宙域には、口にすることこそほとんどないが、誰でも知っている星系がある。人類が生まれた地球《テラ》を従える太陽系《ソル》だ。

「地球統一政府《GG》の、一部署です。私どもの航路データの、最も古い記録は西暦《AD》二三六〇年、イオ・ケレス間の跳躍《ワープ》に用いられたひと組みの座標なのですよ」

「それは、初めての超光速航行のことをおっしゃっていますか?」

カメリアが口を挟む。

「そう。アントネル・ヤノーシュ博士の実験です。航路として記録されたのは復路の座標ですけどね。行くときに使っていた目的地のイオ宙域座標があまりに大雑把だったために、復路の設定をした研究チームが書き換えてしまいました。座標の生データを見ると、初期の座標の粗《あら》さには驚かされますよ。現在のものと比べて七オーダーも粗い。あの精度では、一光年の跳躍でも亜空間に飲み込まれてしまいます」

「つまり、御社の航路は跳躍《ワープ》の歴史とともにある、ということですね。古い方の充実ぶりはよくわかりました。新しい方はいかがでしょう」

ラープは、鈍《にぶ》く光る航路図の中で、一際輝いているオーディンを指差した。

「ご覧のように、いくらか仕入れてございます。必要でしたら、オーディンに物資を運び入れている当社の貨物船をご利用ください。今日の夕刻にでも試していただけます」

「助かります」

「では、ご発注は、航路試験の結果次第ということで」

「はい。結果次第で、御社にお願いするかどうかを検討します」

「ありがとうございます」

ラープがうなずくと、部屋にコーヒーと、スパイスティーの香りが満ちた。先ほど、飲み物をどうするか聞きにきた給仕が、四つのカップを載せた銀のトレイを持ってきていた。

「少尉のご決断があまりに早かったので、飲み物が間に合いませんでしたね。せっかくですからお楽しみください。私の故郷でとれたものですよ」

音もなく、カップが供されていく中で、アトウッドは疑問を口にした。

「どちらのお生まれなのですか」

ラープは、自分の手前に置かれた、濃い緑色の茶を取り上げて顔の脇に掲げた。

「地球《テラ》です」

*

ローレンス・ラープ三世が提案してきた新航路の試験は、支社を訪問した日の夕方、無事に終わった。オーディン近傍宙域から跳躍《ワープ》した貨物船団は、アルデバランの第一惑星軌道へと無事に姿を現したのだ。

航路データを預かったシュテファン・アトウッド少尉は、皇帝の命令書を用いて帝国軍の艦艇にも双方向の跳躍《ワープ》を依頼して、やはり同様の結果を得た。

それからの一週間、アトウッドはラープ商会から提供を受けた主要星系航路と、旧領域航路、辺境航路、探索段階のサンプルを用いて次々に跳躍《ワープ》の試験を行い、同社の航路データが高い品質を持つことを確かめた。一方、航路図のモデリングを試していたカメリア・ランカフ軍曹は、ラープ商会のライブラリで、オーディンを中心に据えた航路を設計できることを確信していた。

航路データを扱えないホンダ・スマイリー軍曹は、ラープ商会の経営状況や出資もとを調べていたが、こちらは捗《はかど》らなかった。現在の状況は良くも悪くもないのだが、地球統一政府《GG》に遡《さかのぼ》る社歴を証明することは叶わなかった。だが、穴があったわけでもない。

アトウッドは、調査に当たったスマイリーの印象も聞いて、ラープ商会との契約を交わした。

航路の作成は、ラープ商会の支社で行うことにした。

直径一万光年に及ぶ帝国の版図で行った航路調整のための航宙計画には、ラープ商会が保有する超光速《FTL》通信網が必要だったのだ。日々、軍政の色を強めていくテオリアの中央庁舎では、超高速通信を利用するために申請書が必要になっていた。皇帝の命令書を振りかざせば、通信ぐらいはいくらでもできたのだろうが、わざわざ反感を買いに行く必要もない。

私服で勤務できるのも、アトウッドにとっては都合が良かった。スマイリーは相変わらず制服を着てきたが、カメリアとアトウッドは、ビジネス・カジュアルを決め込んだ。

作業をラープ商会で行った理由は、中央庁舎のあちこちに立ちはじめたルドルフ像のせいもあった。ラープが、像の両眼にカメラアイを仕込んであると教えてくれたのだ。

「神聖にして不可侵なる銀河帝国皇帝を敬愛する臣民の姿を、留めおきたいのだそうです」

あまりに辛辣、かつ不敬な物言いに思わず笑ってしまったアトウッドは、こんなふうに笑える場所でなければ、ラープとの共同作業などできないことを思い知ったのだ。

ラープ商会で行った作業は大きく分けて二つある。

航路の改廃と、航宙実績の蓄積だ。

前者はカメリアが担当した。銀河連邦の中心地だったアルデバラン系に接続されている航路の束を三分の一ほどに削り、逆にオーディン近傍の航路を、ラープ商会のライブラリから抽出して嵌め込んでいくのだ。地道な作業が大きく進展したのは、ラープの貸し出してくれたスタッフが、一世紀前に行われた、ヴァルハラ系とヴェガ系を結ぶ跳躍《ワープ》の記録を発見したときだ。

カメリアは、アルデバラン系と、旧領域の中心地であるヴェガ系を結んでいた航路を廃し、新たに見つかったヴァルハラ系との航路で置き換えることに決めた。

航路――跳躍《ワープ》の実績が一度でもあるなら、その部分を強化できる。

アトウッドは帝国軍の艦艇とラープ商会の貨物船を借りて、ヴァルハラ系とヴェガ系を幾度となく往復させた。跳躍《ワープ》のたびに出るわずかな誤差を、新たな航路として登録していくのだ。スマイリーは航路の質量実績を増やすために、普段なら輸送費で原価われしてしまうコンクリートを買い付け、ヴェガから建設ラッシュに沸く新首都のオーディンへと運ばせた。

カメリアが記録を発見してから二週間で、ヴァルハラ・ヴェガ系航路は一、二を争う帯域の主要航路へと成長し、オーディンが航路図に占める位置は中央に寄っていった。

皇帝には、内務省を通じて進捗を連絡していたが、返答は一度もなかった。

「いい感じですね」という声が何度か出るようになったのが、作業を始めて三週間目。「そろそろいいんじゃないですか」とスマイリーが言い始めたのが四週間目のことだった。

この頃、スマイリーが改名した。何かと混乱の種になるE式の姓名を改めて良いことになったのだ。多くのコーカソイドが「ゲルマン風」の名前を選び、ホンダ・スマイリーはエックハルト・ウーゼルボーデンになった。

それから二週間ほど、アトウッドとカメリアは最終的な航路図の使用感を検証して、皇帝に提出することを決めた。

こうして新たな銀河帝国航路全図が完成したのだ。

＊

打ち上げは、やはりラープ商会で行われた。

作業をしていた清潔なオフィス翼の奥にある扉からさらに奥に通されたシュテファン・アトウッド少尉とカメリア・ランカフ軍曹、そしてこの一ヶ月の間にホンダ・スマイリーから改名したエックハルト・ウーゼルボーデン軍曹の三人は、賓客《ひんきゃく》を迎えるための応接間に感嘆の声をあげた。

木製アーチに支えられた背の高い空間の壁は書架で覆われ、所々に嵌め込まれたステンドグラスが、七色に染まる夕陽を室内に投げかけていた。

アーチの中央に下がるシャンデリアは、細かな円筒を束ねて大きな塊《マッス》を作り出す、ネオ・モダニズム様式の名品のようだった。足音を完全に吸収するカーペットには蔓草《つるくさ》の模様が描かれていた。

おそらくそのほとんどが、持ち主であるローレンス・ラープ三世の故郷、地球《テラ》から持ってきたものなのだろう。地球《テラ》に属していないとはっきり言えるものは、ただ一つ。奥の壁に掲げられた航路図のタペストリーだ。

黒いビロードに銀糸とガラスのビーズで刺繍《ししゅう》された航路図は、地球《テラ》時代の慣習を踏襲して、銀河の北極を上から見たときの配置に合わせたものだ。皇帝に提出した航路図は、オーディンを中心に寄せるために、わずかにずれた角度から見た配置になっている。

堂々としたものだ。

航路図が描く、人類の活動する範囲は直径一万光年。

差し渡しが十万光年あるこの銀河と比べればささやかなものだが、銀河中心から渦を巻いて伸びるオリオン弧の先端を包む程度には広い。

ガラスのビーズで表される恒星の数は、航路図の左下から右上にかけて徐々に減っていく。右上にあるカストロプ系を越えたその右側は、恒星の少ない銀河の腕の隙間に落ち込んでいくのだ。さらに右に進んで、惑星を従えた壮年期の恒星が連なるサジタリウス弧に出会うまでは、一万光年の旅が必要となる。

そして航路図の左側は、無数のビーズで輝いていた。まるで白いもやがかかっているかのようだ。オリオン弧の中心にあたるこの宙域は、変光星や赤色・青色巨星による空間の歪みと、観測の容易ではない星間ガスの密集する危険地帯だ。三千光年とも五千光年とも言われるこの危険地帯を抜けられれば、人類は居住可能な惑星のある領域にたどり着けるのだが、危険地帯を縫って跳躍《ワープ》を行うほどの観測も、座標の収集も進んでいない。

ルドルフの指導力があれば、数万隻からなる亜光速調査船団を放ち、跳躍《ワープ》の可能な座標対を蓄積することも可能なのだろうが、どうやら彼は、掠め取った権限を自分の神格化と側近の幸せのためだけに用いるつもりらしい。

六週間の共同作業の賜物《たまもの》か、アトウッドの口からは皇帝に対する愚痴がこぼれ出た。

「つまらん像よりも、こっちを飾るべきだな。ずっと偉大だ」

「まあまあ」となだめたラープが、アトウッドを席へと誘った。

応接間の中央にあるテーブルには、ワインのボトルとフラスコ、そしてグラスが置いてあった。

「みなさま、本当にお疲れ様でした。どうぞおかけください」

ボトルの封を切り、栓を抜いたラープは匂いを確かめてから黒々としたワインをフラスコに注ぎ入れた。

「こちらこそ、ありがとうございます」

アトウッドは、内務省に用意させた勲章を差し出した。対価は支払っているが、ラープの協力がなければこれほどの短期間で航路図をまとめることは不可能だった。フラスコの首を持って振り子のように回し始めたラープは「ありがとうございます」と礼を言って、空いた方の手で箱を引き寄せた。

「もしも帝国のパーティに招かれることがあったら、おつけください。銀鷲市民章です」

「市民？」

ラープがからかうように笑い、アトウッドは「臣民ですね」と訂正した。

「私は臣民になったことなんかありませんよ」とカメリアが続けると、スマイリーことエックハルトが渋い顔で「あんまり茶化すもんじゃないですよ」とぼやく。四人は、それぞれの「帝国」に対する感覚が異なることを認め合えるようになっていた。あるいは、相手を変えることを諦めたのか。

「ありがたく頂いておきますよ」と、誰にとっても不利益のないまとめ方をしたラープが、フラスコを振る手を止めて、ガラスの内側を流れ落ちる赤黒い液体をすがめ見た。

「こんなものでしょう。あとは、グラスの中で開かせながら味わうといたしましょう。すいすいと飲めるワインでもありませんのでね」

「貴重なワインなのですか？」

「古くはあります」

ラープは緑色のボトルをアトウッドに手渡した。分厚いガラスに貼り付けられたエチケットは、アルファベットこそ銀河公用語と共通しているが、アトウッドには読めない言葉で記されていた。辛うじて読めたのは年号だけだ。

「二三七年、というと宇宙暦ですね」

「その通り。ラグラン・ファームで醸造された七十五年ものの古酒ですよ」

「ラグランって、シリウス系のラグラン市《シティ》？」

カメリアはアトウッドの手からボトルをとりあげてエチケットを確かめた。

「ラ・ニュイ・サングラン――何とも不吉な名前。〝染血の夜《ブラッド・ナイト》〟は地球軍の虐殺のことですよね」

「その通りです」グラスの淵から高い鼻を差し込んだラープが答える。「わが故郷が人類から見放された夜ですよ」

ボトルを取り返したラープは、フラスコから、四つのグラスにワインを注ぎ分けた。

「さあ、宇宙を切り開いた先達たちに乾杯といきましょう。どうぞ、皆さんも」

ラープは空いた方の手で、向かい合う三名にワインを勧めた。真っ先に手を出したカメリアは、グラスをとりあげて縁に鼻を近づけた。

「木の香り？」

「すばらしい感覚ですね。森でお育ちですか？」

グラスに口をつけたカメリアはこくりと喉を鳴らして、半分ほどを一気に喉に通した。

「テオリアの集合住宅ですよ。臭い実を落とすイチョウ並木でよければ、確かに、似てなくもないですね」

ラープは額をぴしゃりと叩いた。

「これはこれは、曹長には一本取られました」

「軍曹ですよ」

ラープは首を横にふった。

「皆さん、間違いなく昇進しますよ。皇帝陛下の下命をこなして、昇進しなかった軍人はいませんので」

カメリアは興味なさそうにそっぽを向いて、応接室の調度品を観察しはじめた。

「アトウッド少尉もすぐに大尉ですね。ウーゼルボーデン軍曹も、きっとすぐに士官への道が開けることでしょう。良いお名前ですね」

「苦労しましたよ」

エックハルトは嬉しそうにワインを口に運んだが、アトウッドはグラスを持っていない方の手を振って拒絶の意を示した。

「大尉なんて話は辞退しますよ。そんなことになったら、それこそ本当に部隊を率いなければならなくなります。柄じゃありません」

「もったいない。あなたなら、より大きな仕事を成し遂げられると思うんですけどね」

グラスを揺らしながらアトウッドを見やったラープは、思い出したかのように言った。

「嫌なことなら、無理までしてやらないのが一番ですが、昇進すれば年金は増えますよ」

ふむ、とアトウッドは考え込んだが、あまり意味はないことに気づいた。三十代の半ばで退役した軍人の年金なんてたかが知れている。

香りを増してきたワインを一口含むと、渋みの中にわずかな清涼感が感じられた。ようやく開いてきた、と言うことなのだろう。アトウッドはグラスを揺らした。

「しかし、落ち着く部屋ですね」

「恐縮です」

アトウッドの視線が、タペストリーとは反対側の壁にあるテーブルで止まった。

「ラープさん、あのテーブルに積んである本は、なんですか？」

サイズを揃えた革装丁の立派な本が並んでいる中で、そのテーブルにある十数冊の書籍だけは雰囲気が違ったのだ。背にも、カバーにも、大きな飾り気のない文字が印刷されていた。逆に厚みは相当薄い。

「依頼されて、集めたものですよ。全部揃ったので来週、オーディンに送ります」

「装飾にしては小さな本ばかりですね」

ルドルフが皇帝になってから、高級官僚たちは自分のオフィスのスクリーンを外して、革装丁の本を並べ始めていた。だが、そこに積んである本からは、権威らしきものを感じない。

「装飾ではありませんよ」とラープは、アトウッドの推測が正しいことを認めた。「どうやら、依頼人は実際に読むつもりのようです。書名をご指定いただきましたからね。いずれも地球時代の書籍です。なかなか興味深い目録になりました。ご覧になりますか?」

アトウッドはかぶりを振って苦笑いした。

「いえ、結構です。僕は紙の本は読みません。しかし一安心ですね。終身執政官だの帝国だのと言っている官僚たちが、古い本から学ぶのなら、救いがありますよ。どちらのオフィスに納入されるのですか」

「内務大臣です」

誰だったか、とアトウッドは記憶を探る。二年前、ルドルフが銀河帝国皇帝を名乗ってからというもの、毎週のように省庁は改廃されて、それに従い閣僚も入れ替わってしまっている。とはいえ内務大臣クラスを思い出せないようでは情けない。帝国になる前は、辺境の執政官から叩き上げてきた女性閣僚だった気がするが、後釜に座ったのは、軍人上がりだったかそれとも――。

「エルンスト・ファルストロング内務尚書どのですよ」

エックハルトの答えに、アトウッドは膝を打った。

「ああ、彼か」

エックハルトによく似た金髪碧眼の官僚だ。就任記者会見の代わりに開かれた舞踏会で、遠くから見たことがある。ホロや立体TV《ソリビジョン》ではにこやかな顔しか見せないファルストロングだが、彼が書類にサインするたびに共和制と民主的な組織は解体されていくのだ。

アトウッドの隣でカメリアが席を立った。

「見ても構いませんか」

「ええ、どうぞ。公費でのお買い上げですし、発禁本は一冊だけです」

「ありがとうございます」

本を取り上げたカメリアを見て、エックハルトも立ち上がった。

「私も、見ていいですか？」

ラープはおかしそうに許可を出す。アトウッドも笑いながら言った。

「おいおい、どういう風の吹き回しだよ。君も紙の本を読むのか？」

エックハルトは、カメリアが置いた本を手に取ってタイトルを確認しながら答えた。

「内務尚書どのに会うことがあれば、話を合わせたいと思いましてね——ダーヴィンか。進化論ですね」

いまだ色あせない科学の巨人の名を帝国公用語風に発音したエックハルトに、カメリアは冷たい視線を浴びせてから、積んである本の背を改め、表紙を開き積み戻していく。

「意外だな、内務尚書が科学に興味を持っているとは思わなかった」

アトウッドが、半ば独り言のように言うと、ラープは首をゆっくりと振った。

「科学と呼べるものは、ウーゼルボーデン軍曹が今手にとっている一冊だけですよ。残りは——」

バタバタと本をひっくり返していたカメリアは、最後の一冊を、乱暴にひっくり返してから席に戻ってきた。

「あんなものが、よく手に入りましたね」

ラープは、グラスを揺らして目を合わせずに答えた。

「仕事です。骨は折れましたよ」

「そうでしょう」

見ると、カメリアの肌からは、どんな苦境にあっても輝いていた活力が完全に失われていた。血の気が引いた唇は、まるで灰色の粘土のようだ。

「どうした。体調がすぐれないのならホテルに戻っても構わないぞ」

「いえ――」カメリアは、ラープの顔をうかがってから、はっきりと、しかし小さな声で言った。

「ラープさん。最後の、月面都市《ルナシティ》の市長の自伝は、今も発禁ではありませんでしたか」

ラープがうなずくと、カメリアはアトウッドに身を乗り出して、囁《ささや》くために息を吸った。

その態度にアトウッドは驚いた。彼女ほど、権威を小馬鹿にしている人物はいない。何をそれほど恐れているのだろう――だがその疑問は、生涯で一度も聞いたことのない音の連なりが、単語となって頭の中で意味を結んだときに霧消した。

「優生学です」

アトウッドが「まさか」と口にできたのは、エックハルトが一冊目の目次を読み終えて「いやはや、まるっきりわかりません」と言いながら戻ってきたときだった。

まさか内務尚書は、いやルドルフの帝国は、〝血〟による選別を行おうとしているのだろうか。

口に含んだワインからは、漂っているはずの豊かな香りと、清涼感が消え失せていた。

＊

シュテファン・アトウッドが登庁した六週間ぶりの中央庁舎には、さらにルドルフ像が増えていた。以前はそれぞれのフロアのエレベーターホールで辺りを睥睨していただけだったのだが、今は、廊下の突き当たりごとに像が置かれている。

ラープが教えてくれたカメラアイの噂を裏付けるようなことも起こっていた。ビルのエントランスで行われていた所持品検査は行われなくなっていたのだ。

ロッカールームで制服に着替えていると、見たことのない士官たちが不愉快そうにこちらを見ているのにも気づいた。暗鬱《あんうつ》な気持ちでオフィスに向かうと、鍵が開かなかった。

掌紋認証、パスコード、IDカード、と認証方式を変えながら試しているうちに、ようやく、ドアに掲げられた部署名が書き換えられていることに気づいた。

『宇宙軍統括師団　航路局　帝国軍航路情報統制小隊』

「管理」から「統制」へ、また名称が変わっている。

「辞令、受け取り損ねたかな……」

「どうしました、課長？　そんなところで突っ立って」

振り返ると、カメリア・ランカフがやってきたところだった。

「鍵が開かなくて、困っているんだ」

「じゃあ、帰りましょうか」

アトウッドは吹き出した。

「そうもいかないよ。提出した航路図へのフィードバックが来ているはずだ」

「もう読まなくていいって言われてるんですよ。帰りましょう」

「無茶言うなって――」

言葉が出なかった。

黒に金モールの士官服を着たスマイリー――いや、エックハルト・ウーゼルボーデンが立っていたのだ。階級は、中尉のものだった。

「どうしたんだ」

「よくわかりません。ロッカーに――」

そこで口をつぐんだエックハルトが、唇を一文字に結んでドアノブを摑むと、鍵が解除された。

それぞれのデスクには、辞令や命令書を挟むフォルダーが置かれていた。課員のデスクには樹脂製のフォルダーが、そして隊長席には、皇帝の下命書のときに見かけた双頭鷲の紋章だけが刻印された皮のフォルダーと、四つの樹脂フォルダーが置かれていた。

大股で部屋に入ったエックハルトが自分のデスクからフォルダーを取り上げると、困惑した表情でアトウッドを振り返った。

「これは、アトウッド少尉宛です」

アトウッドは事情を理解した。おそらく自分が使っていたデスクには、エックハルト宛の辞令が載っているのだろう。

「つまりエックハルトさん——いや、ウーゼルボーデン中尉が、航路情報統制小隊の隊長になるということか。おめでとう」

何通も載っている樹脂製フォルダーに挟まれているのは、おそらく昇進の辞令だ。階級を飛ばして昇進できるのは死者だけなので、適当な間隔をあけて昇進させたのだろう。

「何も聞いてませんよ」と、エックハルト。「航路のことなんて何もわからないんです、どうやってまとめるんですか」

「好きにすればいいんじゃない」

カメリアが辞令のフォルダーを開いて見せた。

「私は異動。アルタイル系の第七惑星で鉱山の管理よ。課長も見た方がいいんじゃない?」

「ウーゼルボーデン中尉、どうなってる?」

いますか、と聞くべきだろうか。

エックハルトが手の中のフォルダーを開いて、囁くような声で言った。

「少尉も異動です」

「どこか教えてくれないか」

「シリウス系の、航宙管理センター」

笑いがこみ上げる。誰が決めたのか知らないが、どうやら、航路に関する技能があることは認めてくれたらしい。

「カメリアさん、俺たちは帰ろう。異動の準備もある」

　または退職の、だ。アルタイル系第七惑星といえば極寒の囚人惑星だ。左遷というよりも追放に近い。うなずいたカメリアは、アトウッドを待たずにオフィスを後にした。

「じゃあ、元気で。スマイリー」

　エックハルトは慌ててデスクを回り込んできた。

「異動の理由を聞かなくてもいいんですか？　僕で良ければ引き止めるための嘆願書を書きますよ。航路のメンテナンスなんて、一人じゃ無理です」

「メンテナンスなんてしなくていいよ。追加で必要な航路はラープから買うといい——待て、シリウスだって？　勤務地はラグラン市か？」

　フォルダーを確かめたエックハルトはうなずいた。すんでのところで、ラープに救われたようだ。それとも、彼が全て仕組んだのだろうか。

　アトウッドは、エックハルトに敬礼し、七年勤めたオフィスに会釈した。

「さようなら」

＊

「ああもう！」

　アップにまとめずにおろしたカメリア・ランカフの黒い髪の毛が、再び軌道に上る着陸船の排気で舞い上がる。顔を覆った髪の毛を擦るようにして後ろに流そうとするカメリアを、シュテファン・アトウッドは見つめていた。

「なんですか。髪型、おかしいですか？」

アトウッドは慌てて首を振る。

「髪をおろしているの、見るのは初めてかもしれないなと思って」

「呑気《のんき》なこと言ってるね！」

大声で毒づいたカメリアは、耳元に口を寄せた。

「課長と違って偽造の身分証なんだから、気を遣ってよ」

「わかってるよ、コニー・ゴウさん。真後ろをついていく」

アトウッドは、到着ゲートに向かう人の流れにカメリアを押し込んだ。言葉通りにすぐ後ろからカメリアを監視している目がないかどうかを確かめて、入境管理へと向かう。アトウッドの使うゲートは「公用」だ。

身分証明書だけで済むはずだが、念のために、紙の辞令も携えてきている。おそらく問題はないだろう。通り抜けたらカメリアがトラブルに巻き込まれないことを祈り、もしも何かあれば助けに入らなければならない。

アルタイル系に左遷された日、帝国軍に辞表を出したカメリアは、その足でローレンス・ラープ三世を訪ね、六週間の作業を行った部屋に「課長」が先回りしていたことと、自分が左遷された理由を知ったのだった。

カメリアとアトウッドの不敬言動を密告したのは、ラープだった。ラープ商会で作業していた最中の言葉を録音し、憲兵に知らせた。

そう告白したラープにカメリアは摑みかかろうとしたが、「俺たちを逃がすためだ」というアトウッドの一言で怒りを鎮めた。ネクタイを直しながらラープは言った。

「肌が白くない君たちは、いずれ軍から追い出される。そしていつか断種される。特にアトウッドさんは早いだろう。金髪と褐色の肌という人種的な特徴の混乱をルドルフは許容できない。その上、思想的にも問題があるわけだからね」

アトウッドにとって、軍と、現在の身分を捨てる理由にはそれで十分だった。

法律の名前がどうなるかはわからないが、近いうちにルドルフは優生思想政策を実施する。軍の人事が人種の差異に基づいて動き始めたことは、改名したエックハルト・ウーゼルボーデンを四階級昇進させたことでも明らかだった。

カメリアはその場で、ラープが用意しておいた偽造の身分証と、アトウッドが赴任するシリウス行きの航宙券をもらった。アトウッドは異動の辞令に従ってシリウスまで行き、ラグラン市に入ったところで、カメリアとともに姿を消す予定だった。

ラープの言葉を思い出しながら、アトウッドはゲートが開くのを待った。

「お二方は、銀河の姿が人の手によって、いかようにも描けることに気づかれたでしょう。

そして、あなた方がその術《すべ》を持っていることも」

ラープは、偽造された身分証や衣類、銀行のアカウントなどを用意しながら続けた。

「いずれ直径一万光年が狭くなる日がやってまいります。暗黒の空間を超えて、サジタリウス弧へ向かうか、オリオン弧の中心部を越えて、その向こう側を開拓する人々が出て来ることは必然です」

アトウッドは、ラープが何を求めているのかわかった。

「帝国に先んじて航路を作り、見て欲しくない場所から彼らの目を逸らしてもらうわけですね」

「その通りです」

「場所が必要です。小さくても、不便でも構いませんが、動かない大地が」

航路図のタペストリーを天井から吊ったラープは、航路図の左側で、星のもやに包まれた領域を指差した。危険地帯だ。

ラープはもやの中で、赤く煌《きら》めく輝きに指をあてた。

「地球統一政府時代に、航路を確定した恒星です。もちろん帝国には渡しておりません」

「居住可能な惑星があるのですか」

「ええ。大気に二酸化炭素を欠くため、緑化ができないのが玉に瑕《きず》ですが」

「名前は？」

ラープは首をふった。

「まだ決めていません。あなたのこれから使う名前と同じようにね」

なんだ、とアトウッドは笑った。

「候補を教えてくださいよ」

「ではアトウッドさんの名前からいきましょう」

ラープは、精巧な偽造身分証をずらりとテーブルに並べてみせた。

モキヂ・ルスクェン
ラバナン・ラクシュミ
レナン・ベルナルド
アルフレッド・ルビンスキー……

著者のことば（掲載順）

■竜《ドラッハ》・神滝《ヴァッサーフェル》の皇帝陛下　小川一水

一〇巻にある「川に釣糸を垂れていらっしゃるときでも～」というエミールの述懐は、二〇年以上前に初めて本編を読んだ時から、印象に残っていました。ラインハルトが魚を釣った？　あの華麗なる朴念仁《ぼくねんじん》、馬に乗ってもチェスしても本を読んでもたいして身が入らない、仕事（戦争）の虫が、釣りなどという長閑《のどか》な遊びをした？　にしても鱒《ます》が釣れたということは、まさか釣り堀じゃあるまいし、渓流《けいりゅう》だよな？　ということは別荘からだいぶ出たな？　当然身重《みおも》のヒルダと子犬のエミールを引き連れただろうから、乗り物乗ったよね？　まさか皇帝が単独行はないよね？　本人が嫌でもごっそりついていくよね？　道がわからんからガイドもつくよね？　えっちょっと待って、天才とその彼女とその保護者おじさんと少年が、ガイドを連れて渓流釣り？　おれそういうの読んだことあるよ？　ひょっとしてキャラ重ならない？　混ざらない？　混ぜても混ざり切らない、天才偏《かたよ》り皇帝青年ラインハルトの個性ガン出しで突っ走ったら、超おもしろくない？

というわけで、この話ができました。

■士官学校生の恋　石持浅海

『銀河英雄伝説』の魅力のひとつに、メインキャラクターでないけれど好感度の高い人物が多いことが挙げられます。

銀英伝のトリビュートを書かせていただくことになったとき、彼らを主役に据えたいと考えました。僕はミステリ作家ですから、主役といえば探偵役になれる人物です。

真っ先に浮かんだのが、キャゼルヌ夫人でした。「いつもにこにこしている、家事の上手な専業主婦」という描かれ方をしていますが、あのキャゼルヌが見初《みそ》めた以上、極めて優秀な人物であることは疑いありません。ヤン・ウェンリーがキャゼルヌのことを「魔法合戦で負けて、それ以後、家来になったにちがいない」と評した関係を再現できないか。そう考えて書き上げたのが本作です。

今回はキャゼルヌ夫人に活躍していただきましたが、他にも書いてみたいキャラクターは大勢います。ホワン・ルイとジョアン・レベロのバディものは面白いのではないか。「沈黙提督」アイゼナッハが奥さんを口説《くど》くシーンはどんな感じだったのか。幼い頃のヒルダと、彼女を温かく見守る父マリーンドルフ伯——想像は尽きません。

こんなふうに、さまざまな登場人物に夢を見られるのが『銀河英雄伝説』の素晴らしさなのです。

■ティエリー・ボナール最後の戦い　小前亮

私はこの企画にらいとすたっふから派遣された立場上、バランサーの役割を果たせたら、と考えていました。帝国を書かれる方が多いということだったので、じゃあ同盟で、とすんなり決まりました。最初はボリス・コーネフを主人公に予定していたのですが、他の方のプロットをうかがうと、どうも艦隊戦がないもよう。それなら、銀英伝らしい艦隊戦を書いてみよう、と思ったのが、本稿執筆の動機です。年表の隙間《すきま》を縫《ぬ》い、既存のキャラクターの動きを確認し、矛盾《むじゅん》のないよう組みあげる作業は、歴史小説を書く際とほぼ同じでした。「歴史小説って二次創作なんだ」と感心した次第です。

それはさておき、アンソロジーの一作とはいえ、子どもの頃から憧《あこが》れの東京創元社さんと仕事ができたことがうれしくてなりません。小学生の自分に自慢したい気持ちでいっぱいです。機会を与えてくださった皆様に深く感謝申し上げます。

■レナーテは語る　太田忠司

このトリビュートの執筆依頼をいただいたとき、真っ先に思ったのが「オーベルシュタインを書きたい！」だった。魅力的なキャラクターが多数登場する『銀河英雄伝説』の中でも、特に思い入れの強い人物が彼だったからだ。

目的のためには手段を選ばない冷徹さ。それでいながら個人的な欲望については一切頓《とん》着《ちゃく》しない清廉《せいれん》なところも魅力的だった。彼がいなければラインハルトの覇《は》権《けん》はあり得なかったし、宇宙が新たな秩序を手に入れることもなかっただろう。まさに新しい時代の礎《いしずえ》を築いた傑物《けつぶつ》であった。そんな彼の物語を書かせてもらえるなら、これほど作家冥利《みょうり》に尽きる仕事もない。だから真っ先に「オーベルシュタインを書かせて！」と手を挙げた。

彼を主人公に何を書くか。すぐに思いついたのはシオドー・マシスンの『名探偵群像』（奇《く》しくも創元推理文庫！）だった。アレクサンダー大王やナイチンゲールなど著名な歴史上の人物を探偵役としたミステリ短編集である。この顰《ひそ》みに倣《なら》ってオーベルシュタインを探偵としてみたら……そんな思惑《おもわく》で書き上げたのが、本作である。

ここではもうひとつ僕なりの冒険をしてみた。ワトソン役となる人物の設定だ。もしオーベルシュタインに女性の部下がいたとしたら。そして彼女が彼の有名な「意外な一面」の遠因を作っていたとしたら。

正直に告白する。書いていて、とてもとても楽しかった。

■星たちの舞台　高島雄哉

ヤン・ウェンリーという人物について考えるとき、その軍事的能力に触れないわけにはいかない。

彼の能力はどのように育まれたのか。士官学校では――ラインハルトと違って――首席卒業ではないものの、在学中の戦略戦術シミュレーションでは首席のワイドボーンに勝利を収めている。ではそれ以前から彼には何らかの能力が芽生《めば》えていたのか。あるいは何らかの転機となる出来事があったのか。

彼は歴史に造詣《ぞうけい》が深く、世界を多様な視座から見ることができる。とはいえ彼が在籍していた戦史研究科は廃止されてしまったし、その後も個人的に研究はしていただろうけれど、歴史という一言でヤンを理解することもできないだろう。

本作はそのようなところから書き始められている。

ぼくが初めて『銀河英雄伝説』を読んだのは大学生のときだった。同じ物理学科の友人とよく話したことを思い出す。

物理学者たちは古代から現代まで――ヤンと同じくらい――自由に思考していて、その多くは〈イゼルローン回廊〉はもちろん実在する可能性はあると言うに違いない。人類が太陽系以外の惑星を実際に観測したのは一九九五年、遠方の銀河にあるブラックホールの写真が撮影されたのは二〇一九年。ぼくたちはいまだ、自《みずか》らが住む銀河のこともほとんど知らないのだ。

そしてヤン・ウェンリーだ。

彼の魅力はもちろん汲み尽《く》くすことはできない。書き進める上での拠《よ》り所は、彼のその不可視性だけだったと言ってよい。本作がヤンの不可視の領域を――つまりは魅力を、わずかでも拡張できていれば良いのだけれど。

最後にヒュパティアについて。彼女の名前は、四世紀アレクサンドリアの科学者ヒュパティアから。ヤン・ウェンリーから見て楊振寧《ヤンチェンニン》博士は千六百年前の人物であり、アレクサンドリアのヒュパティアは楊博士よりさらに千六百年前、ほとんど最初期の科学者と言える。数学者で天文学者でもあった彼女の最期は――本作のヒュパティアとは異なり――暴徒化したキリスト教徒に惨殺された悲劇として伝わっている。その顚末《てんまつ》を描いたスペイン映画『アレクサンドリア』(二〇〇九年製作)では、ヒュパティア役をレイチェル・ワイズが演じている。四世紀の彼女のことも——楊やヤンのように——三十六世紀のさらに未来まで語り継がれていくことだろう。

■晴れあがる銀河　藤井太洋

銀英伝のトリビュート短編を書いてみませんか、とお声がけいただいたのは、成都市の国際SFシンポジウムから帰ったばかりの頃だった。二〇一八年の暮れごろだ。その場で「いいですよ」と答えた。もちろん書きたいテーマがあったからなのだけど、着手できたのは締め切り間際になってからだ。

『銀河英雄伝説』を初めて読んだのは、一九九〇年のことだった。ちょうど三〇年前、東京で一人暮らしの浪人生活を送っていた私は、古本屋で買ったノベルズ版の一巻にはまってしまった。夜を徹して何度も読み、朝になったら開店した書店に飛び込んで買えるだけ買って、その日は読み耽《ふけ》ったことを覚えている。絶妙な造形と立ち位置を与えられたキャラクターたちが、不安定な身分だった私には、何より魅力的だったのだろう。

「晴れあがる銀河」には正伝に登場するキャラクターは登場しないけれど、あの世界で、歴史を紡いだかもしれない人物を描いてみた。英雄たちの仲間には入れないだろうけれど、彼ら彼女らの活躍を楽しんでいただけると幸いだ。

検印
廃止

銀河英雄伝説列伝 1
晴れあがる銀河

2020年10月30日　初版
2020年12月11日　4版

監修 田《た》中《なか》芳《よし》樹《き》

発行所 (株) 東京創元社
代表者 渋谷健太郎

162-0814/東京都新宿区新小川町1-5
電話 03・3268・8231-営業部
03・3268・8204-編集部
URL http://www.tsogen.co.jp
DTP キャップス
萩原印刷・本間製本

ISBN978-4-488-72517-4 C0193

第1回創元SF短編賞受賞

Perfect and absolute blank:◆Yuri Matsuzaki

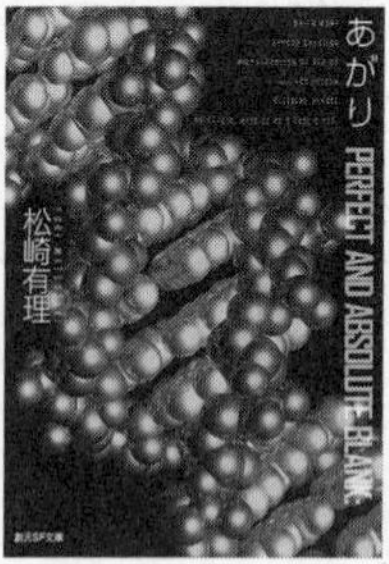

あがり

松崎有理

カバー＝岩郷重力＋WONDER WORKZ。

◆

〈北の街〉にある蛸足型の古い総合大学で、
語り手の女子学生と同じ生命科学研究所に所属する
幼馴染みの男子学生が、一心不乱に奇妙な実験を始めた。
夏休みの研究室で密かに行われた、
世界を左右する実験の顛末は？
少し浮世離れした、しかしあくまでも日常的な空間——
“研究室”が舞台の、大胆にして繊細なアイデアSF連作。

収録作品＝あがり，ぼくの手のなかでしずかに，
代書屋ミクラの幸運，不可能もなく裏切りもなく，
幸福の神を追う，へむ

創元SF文庫の日本SF

第1回創元SF短編賞佳作

Unknown Dog of nobody and other stories◆Haneko Takayama

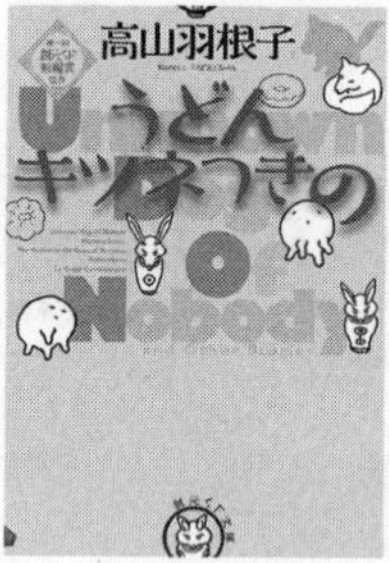

うどん キツネつきの

高山羽根子

カバーイラスト＝本気鈴

◆

パチンコ店の屋上で拾った奇妙な犬を育てる
三人姉妹の日常を繊細かつユーモラスに描いて
第1回創元SF短編佳作となった表題作をはじめ5編を収録。
新時代の感性が描く、シュールで愛しい五つの物語。
第36回日本SF大賞候補作。

収録作品＝うどん　キツネつきの，
シキ零レイ零　ミドリ荘，母のいる島，おやすみラジオ，
巨きなものの還る場所
エッセイ　「了」という名の檻褸の少女
解説＝大野万紀

創元SF文庫の日本SF